我和漂亮女上司

任民/著

中國華僑出版社

图书在版编目(CIP)数据

我和漂亮女上司/任民著. —北京:中国华侨出版社,
2010.9

ISBN 978-7-5113-0665-4

Ⅰ.①我… Ⅱ.①任… Ⅲ.①长篇小说-中国-当代
Ⅳ.①I247.5

中国版本图书馆 CIP 数据核字(2010)第 175323 号

●我和漂亮女上司

著　　者/任　民
策　　划/刘凤珍
责任编辑/宋　玉
责任校对/吕栋梁
装帧设计/周吾设计
经　　销/全国新华书店
开　　本/710×1000 毫米　1/16 开　印张 18　字数 250 千字
印　　刷/北京中印联印务有限公司
版　　次/2010 年 10 月第 1 版　2010 年 10 月第 1 次印刷
书　　号/ISBN 978-7-5113-0665-4
定　　价/30.00 元

中国华侨出版社　北京市安定路 20 号院 3 号楼 305 室　邮编:100029
法律顾问:陈鹰律师事务所
编辑部:(010)64443056　64443979
发行部:(010)64443051　传真:(010)64439708
网　址:www.oveaschin.com
e-mail:oveaschin@sina.com

我和漂亮女上司

内容提要

创业很艰辛？职场真阴险？商战太残酷？人生多磨难？一大堆的问题，怎么办？

我来了，一切就好办！

职业不必再愁眉苦脸，循规蹈矩，也可以演戏玩游戏，轻松做大单，快乐挣大钱。

我是男主角何阳，是可爱的新生代，有不错的答案。

小城市的何阳来到大城市打工，标新立异的他和守旧的信息部长发生太多矛盾。部长想方设法要赶走何阳，新女总到来有了新规定，部长这类人反而成了整治对象……

目　录

引　子

创业很艰辛？职场真阴险？商战太残酷？人生多磨难？一大堆的问题，怎么办？

我来了，一切就好办！我是男主角何阳，是可爱的新生代，有不错的答案。

第一章　恼人的 8 小时工作制

来到公司，何阳看看手机，晚到半个小时，部长会找我谈话，谈得好叫做聊天，谈不好称为训导，我得想出一个理由，部长说过下次注意。

东家做科学艺术的，全称为“光子传媒集团”，何阳在其中的飞讯公司。

进入信息部，何阳大声说“上午好！”里面只有一个陌生女孩，回应道：“好，好。”

女孩坐在何阳的专用电脑前，怯生生地看着他。心想：谁呀？大大咧咧的样子，大城市的年轻领导多是这种口气，慌忙站起，“领导好！”

一般人是扛着面子浪迹天涯，何阳却是带着灵魂飘来荡去，什么是灵魂啊？何阳理解为应对一切变化的另一个自己，做事情时虽然看不到，但能够出谋划策，和自己快乐地玩，是生命的天气预报。何阳在快速发展的M市生活了半年，来公司也将近5个月，公司一直在招聘新人拓展事业。女孩的穿着是刚刚离开学校又急于融入社会类的，长得嘛也算是个好品种，总体感觉为第一次绽放的花儿，有点羞答答，正好边赏花边逗乐。

何阳脱掉夹克，搭在椅背上，女孩赶紧闪开。何阳坐下，跷起二郎腿，目光中隐含着一种未知的神秘，“我说，能够离我近点吗？”

何阳的一系列动作使女孩深信他是正部长，报到时只见到另一个部长，是个50多岁的男人，说话总是犹犹豫豫，处处显着小家子气。

“部长，昨天没有见到你，他们叫我先跟着何阳。”

女孩子低下头，稍微向前挪了一点，她对这个青年男子的眼神很不适应，就是追求过她的校友也没有这么奇特。

“呵呵。跟他跟对了，他业务做得好，还会生活，人生不只是挣钱养家，得享受日子。”

女孩笑了，好男人就是如此，找老公就找这样的，除了风光体面还有快乐，部长社会经验挺丰富。

何阳的生活虽然普通，可他一点一点在上面写了感悟，他已经掌握了察颜变色的本领，几句话就读出女孩的心理活动。

“上过学的都知道一切为了祖国，祖国繁荣昌盛了，我们才有好日子过。”

“对，对。”女孩子点着头，“上小学那会儿就知道。”

“呵呵，很多博士生导师不一定明白生活就是把祖国、集体和个人的利益兼顾，做事情时三者都想想，到哪里都受欢迎。”

“部长，”女孩子的声音突然放大，她太激动了，这个要呆够八个小时的地方不次于想象中的天堂，“说真的，对于上班，我挺害怕的，都说职场处处勾心斗角，人人都只考虑自己，很险恶的。部长手下的人一定不这样了？”

女孩子结尾时用的是问号，事实上何阳不是部长，他怎么回答呢？他托住腮帮，“非常复杂的一个小社会了，跟着何阳至少不会被欺负。”何阳站起来，抬起手臂，握住拳头，“他很强大的！”

“咯咯咯。他这样的先进分子，不会是冷血动物吧，”女孩拉住何阳的衣袖，虽说和部长刚刚见面，似乎没有什么距离，“你有秘书吗？我特别能做事情的，大活小活都行。”

“嘿嘿，”何阳认为不可以深入了，“你叫什么名字？”

“张娜娜，你答应吗？”

女孩子使出制服男人的武器，声音娇滴滴像是可以酥软骨头。

何阳快速转移了话题，“这里的人都哪里去了？”

“星期一部里有周会。”

何阳跑了出去。

“他们让我等何阳，和他一起去。”

何阳返回来，朝女孩子招招手，“走吧，我就是何阳。”

进去时，部长冷冷地看了他一眼，何阳无视这种冷淡，他看做人类心灵阴暗时发出的寒光，他找位置坐下，左边是张娜娜，右边是美女同事“小精灵”，部里带张娜娜一共五个人，为了亲切交往，都有喜欢的昵称，何阳先是取名为骆驼，骆驼总是在穿越前吃很多东西储存好默默前行，接着他想无限大的空间是不是也有穿越者呢？会是什么生命？不知道？先当作自己了，昵称为“明子时空”。

部长还在进行老套的会议模式，这就像一个不会变化的程序，把参会人的思维限制在里面，想出去的马上会听到一个声音，部长很自信的高音：“别开小差啊，这是公司规定，有各项制度的。”

现实如此，部长的会议让何阳和同事们昏昏欲睡，实际上各有想的事情，小精灵把自己归入剩女熟女的队伍，时常唉声叹气，绿色渐渐变黄，花朵开了又凋谢，开来开去招来几个小虫子，只知道侵蚀自己的身体，那滋养肌肤、护肤美颜的空气在哪里？有一天办公时何阳收到她发来的短信，他很喜欢这种独特的表达，毕竟是做科学艺术的，心心相惜的地方太多。何阳请客户等下，马上过去说剩女不是宴席上的剩菜剩饭，倒掉喂了其他动物，熟女也不是经历过婚姻的女人，你是淑女，只要走出独家小室就会风情万种。小精灵点了下他的额头，笑起来。

这会儿，她正在按照何阳说的，广泛接触各界人士，物色男友，最近看上了三个男人，一时不知如何选择，照样发愁。

另一个女同事“梦幻子”，想着三岁的孩子送在外面，会议结束后想偷偷看下，可是又怕别人说工作不认真，心中一片纠缠。

还有“钞票男”，他的口头禅是：“什么时候钞票把我淹没呢？女人们，什么时候对我来场美色大围猎呢？”他一直在收集富家女的消息，已有具体目标。

“夜生活是不是太多彩了？”部长阴沉着脸，不次于大战爆发的前夜，“现在是早上，是上班的时间，别都萎靡不振！”部长恶狠狠地盯着何阳，对于这种盯视他觉得很无能很可笑，他移开目光，其他同事开始装作错了的样子。张娜娜忽然抖了一下，心想又没进对地方，下意识地握住何阳的手。

他微笑，低声说：“公司是不错，可惜你来错了部门，不过跟我你不会被欺负。”

“嗯，我试着做几天，不行我再找工作。”

部长抓了抓脑门上不多的头发，“现在分配新的任务。小凡，按照名单发下。”小凡是部长的秘书，一个挺朝气的小青年，只是在部长面前总是老相许多。“好。”部长的话对他就是命令，因为部长确实用的命令的口气。尽管同事告诉他不是旧社会，可小凡说，“现在工作不好找，我不想得罪上司，我还要靠这份工作找媳妇，女人结婚要的东西多着呢。”

看来，社会真是复杂，很多人的头也因此抬不起来。

何阳看了下分配单，说上面的任务完成了，可不可以下周再来。

部长拍了拍桌子，“自从你来公司，总是做得和别人不一样，你觉得制度给谁定的？”

何阳伸了个懒腰，说：“看看现在的法律和制度，就知道这个世界有太多的罪恶，制度自然是定给需要的人，我知道该做什么不该做什么，制度对我就是废话了。”

“哎呀！我做部长多年，什么人没有见过。”部长走到何阳面前，“你怎么和领导说话呢？顶撞上级公司有规定的，我停你职信不信。”

小凡赶忙跑到部长面前，说有工作汇报，先回办公室去吧。

何阳自从来到这里，就看不惯部长的很多行为，以前懵懂无知时，对于种种不满他都想冲上去给对方一顿教训，结果也遭到过报复，那时候觉得很正义。长大一点，他改变了策略，认为事物发展攻心为上，既好又安全。接着生活的经历告诉他，这不是最高明的，高明的是发展自己，强大自己，别人的所作所为极少过问。今天部长似乎山珍海味都已吃腻，就缺拳头没品尝过了。

他推开办公桌，“我……”学妹捂住他的嘴，惊恐地看着他，何阳拉开学妹，抓向部长的衣领，他抓到的只是空气，在他和部长之间，几个同事堵成一个人墙，学妹紧紧搂住他的腰。

很多人有过工作经验，一般来说片刻后就是下级给上级认错赔礼，接受处分等等。部长去了人事部，问了相关情况，准备对何阳进行最严厉的处罚。得到的答复是，公司新来了个女总，旧的规章制度暂停，等待新的出台，出台时间可能是一小时，或者一天以后。

部长返回时经过女总办公室，透过门缝隐约可见一个人影，想进去请示如何处理，忽然觉得不对，对于新的女总，这件事不说明自己无能处理上下级关系吗？谁知女总什么脾气，别把官帽给丢了，毕竟那小子提前完成了任务。只好悻悻回去，又闷气难消，还得砍他、劈他、蹂躏他。

部长让何阳立刻到他办公室认识迟到的错误。

何阳来到自己的电脑前，同事们围住他，经此一闹“梦幻子”更不敢想回家看小孩子的事情，不由得把他和老公比了比，竖起拇指，“男人，可靠的好男人。嘻嘻。”

小精灵也说：“员工什么时候对过呢？一会儿给他认个错算了。怎么办？好烦啊！”

钞票男拍拍他的肩膀，兴奋地说：“部长那叫人吗，刚才他要动手了，兄弟我马上让他爬到地上成赖皮狗，完了我再约几个兄弟找他麻烦，给你我承认错误。”

“呵呵。”何阳站起，他混过日子，知道钞票男指的什么，他决定去部长办公室，但不是认错，“我知道你的。”

刚走几步，碰到学妹，学妹到卫生间整了整凌乱的衣服。

“去哪?”

学妹声音很低。

“部长办公室。”

“哦，我跟你去吧。”

“行啊，再到那里来场拥抱。”

“说什么呢?”

学妹匆匆走过他身边，又回头。

何阳微笑，抬起手臂，握住拳头。

“咯咯咯。你挺有学问的，我想和你学。”

“没问题!”

从何阳见部长到出他办公室不到一分钟，部长摔坏两个东西，何阳说：“我没有犯错，按照规定，你只能扣我钱，扣多了我不找你，我找你上级。”

下午，何阳提前来到办公室，对于部长这种阴郁男，随时会找他麻烦，他也在考虑离开这家公司，一是四处投放简历，二是到招聘会跑跑。

推开办公室的门，又有陌生女孩在他电脑前，他轻轻过去，可惜没有看到她在做什么，女孩点了待机。女孩也发现有人靠近，抬头眨着眼睛，眼前的男人一脸阳光，只是很多男人看似阳光十足，做起事情来却不怎么阳光，不过这类男人迷个涉世未深的小女生绰绰有余。也有一些男人目光深邃，却空洞无物。公司的高层都见过，没这个人物。

“你好，你是哪家客户?”

女孩伸出手，何阳握住又快速放开，现在行业间竞争激烈，不会是商业间谍吧。

“信息部的电脑不可以随便用的，得请示使用者。”何阳紧张起来，自己设有密码的，而密码的设置不是常人思维。“请问，你是?”

“我是公司的，路过这里收到一个邮件提示，就进来，看到这台电脑开着。”女孩笑起来，她猜他是不是信息部的部长，担心工作出问题，她刚到公司，只见过高层。“先生，我可以离开回自己的办公室吗?”女孩说着已经走到外面。

“问题是我电脑有密码的。”何阳想追上女孩，忽然记起下班时学妹还在电脑前学习，一定是忘了关机。他还是跟上了女孩，如果女孩下一楼，那她在说谎，一楼是保安室，没听说公司招过女保安。女孩上了9楼，那是高层专区。

做高层就是过瘾，女秘都是漂亮的仙子，除了指点江山还可以欣赏美女，他把女孩当成了新招的女秘，幸亏这女秘没有跟部长，不然准给折磨的要死。再想想自己，飘来荡去的有什么。

回到办公室，看到已经就坐的同事，突然记起又错过了签到的时间，扣钱的话是两个50元了。学妹告诉他部长刚才来过，除了签到打卡外，再到他办公室签一次，一天四次，少一次100元。

“我倒，我汗，我晕。”

何阳趴到了电脑桌上。

学妹赶忙拉起他，“部长还说坐姿不好再扣50元。”随手递给他一张规范办公的处罚表。

何阳撕个粉碎。“学妹，今天我们先学自我解压，自娱自乐。”

8小时工作制，很多人在那里耗尽了青春和才华。更多的人时刻准备冲进来，继续着前人的消耗。工作，恼人的工作！

晚上是自由的，M市的夜生活绝对精彩，何阳参加了多个婚恋交友俱乐部，单飞这么久，也该找块栖息地了，练习飞行的过程中他一直搜寻着同类。鸟儿迁来迁去就是寻找一个温暖的家，他何尝不是。

回到宿舍，一番打扮后，钞票男约何阳会见一个富婆，何阳的任务是做跟班，服从他和富婆的命令，比如给他和富婆开车门，递东西，跑跑腿之类的，满足他俩能想到的所有虚荣，因为听说富婆喜欢使唤人。

何阳问了富婆的情况，她身价很高，掌握着三家公司的命运，还欣赏了她的玉照，怎么看都像喜欢了很久的影视红星，何阳经常有踩她的博客，有留言，有问候，就是没有回复，可能是看的时间长了，钞票男急的夺过手机，说：“别得红眼病啊，你注意这次的身份。”

“什么身份？”

“配角。”

“呵呵，那谁知道呢？富婆使唤的我多了，自然对我注意力加强，再做的顺她心事，也许能混一个跟班，接着我混跟随，随后就是寸步不离，你可就没戏了，你想好了。”

是人就有恋富恋星情结，何阳也在其中。

他俩相处到现在，钞票男以男人的角度审视过何阳，只要给他机会，如果他也愿意，他刚才的话真的能实现。

“在富婆身上我做了手脚，有机会给你找个其他的嘛。”

对于富婆要约见钞票男，有意思，太有学问了，特别想去。就在他俩商量好“猎艳计划”时，部长来电话，要何阳现在去某大酒店会见客户。

信息部的任务不只是利用媒体捕捉瞬息万变的市场，还有非常多的业务拓展。

在娱乐和工作前，在朋友和上级前，大家各有选择。

钞票男说搭理他做什么，他在公司号称“响尾蛇”，除了死缠特别有毒性，你告诉他有点事明天做吧，再说会见客户要给经费的，明摆着找你麻烦，怎么不让我做，你软他就硬。

“我知道，他上级，每天要来往的，短期看你说的是个好办法，这次我要让他心服口服，五体投地。你的约会自己去吧。”

何阳给学妹打电话，她住在市区，骑电动车上班，以电动车的基本速度到某酒店半个小时，自己打的去一样，昨天下午有对她简单培训，应付一下没问题。其实他可以单独做，只是学妹求知欲极其强烈，正好来个实践。他说我俩某大酒店 503 室外会合。

“行，行，我出发了。”张娜娜声音有点抖，很是兴奋，“妈，师父叫我出去，回来晚点。”张娜娜咽了几口米饭，到镜子前看了看，飞奔到车棚。

“吃完饭嘛，慌慌张张的，路上慢点。”

一个中年女人从窗户上探出头。

张娜娜先到了，在 503 室门前没有看到何阳，她佩服了下自己，觉得就是超凡女特工，从未有过的穿行速度，包括骑车技巧和停下车后的奔跑，不是因为公司任务重要，就为了给老师留下好印象，不知为什么紧紧搂住何阳的画面一直出现，竟然越来越甜，她看做热情的拥抱。

部长也在家乐着呢，偶尔发出“嘿嘿”的笑声。部长的老伴是个本分实在的妇女，对他一向容忍宽怀。

“大伟，单位发奖金了？要不怎么老是笑。”

“去，看电视就好了，和你这种老女人没什么说的。”

部长嫌烦地摆摆手。

“问问不行吗?”

女人声音低的像乞求。

“哎呀,”部长声音大起来,“工作上的事情你懂吗?我混到部长靠的是什么,知道吗?”部长站起来,“是手腕和疏通关系。”

“爸,现在流行的是沟通合作,你脑子里的东西有点旧了吧。”

说话的是部长的小女儿,时尚华丽派,从服装到声音全是新潮流。

部长对两个女儿很是疼爱,发生矛盾时一般以回避为主,沟通合作也不是什么新事物,公司有规章制度,他不过照着念一遍,紧一阵松一阵的,那些规章制度对自己有什么用呢,部长级别一般办公自由的,只是何阳的新观念超越了女儿,却没有女儿那样乖。

他来到卧室,打手机问何阳到了没有,得到肯定回答后,他给保安打电话说 503 室有男女交易。

何阳见到学妹时,相视一笑击掌激励。

“部长说这次是大客户,要注意很多。”

学妹看到何阳穿的不是便服,可自己匆忙赶来没有换服装,“我就不用进去了,别让客户当作乡下妹笑话。”

“没关系,你长得水灵,见机行事吧,OK。”

何阳轻轻地敲了敲门。

“进来嘛。”

一个娇滴滴的声音传到他俩的耳朵,特别刺激大脑。

客户有许多种,兴趣爱好各不同,灵活应变就行。

何阳再次告诉学妹,推门进入。

“哟,还带了小妹妹。”一个少妇围着何阳转起来,“有头有脸的哈,你喜欢快点解决,还是来点浪漫。那个谁,说你是大客户,伺候好了随便给。”

从女子的装扮、声音、语言,何阳判断出部长玩了个小花招,一会儿就有大的反应。

“你好,我们是……”

张娜娜保持微笑,实践着初级礼仪。

“对不起,我们进错了房间。”何阳拉住张娜娜撤出,“快点离开。”

这会儿,部长给保安室打了电话,说 503 室有非法交易。值班的保安是个 20 来岁的社会青年,做保安仅仅是混个吃穿,叫混子。他想:非法交易是多大的事情啊,我过去不送死吗,你报警啊。

“我一烂保安管得了吗!”

混子声音极大。

前几天看上个女孩子，人家嫌弃他的工作，正郁闷呢。

部长嘿嘿一笑，说不是什么大事，就是个非法同居。

“那也不关我事。”

“脑子灵活点嘛，过去罚点款不就有奖金了。”部长没有选择报警的原因是，自己是主谋，警察认真起来麻烦就大了，目的只是让何阳乖起来。“去吧，500、1000 的你说了算。”

“知道，我能不知道吗。”混子挂断电话，戴上保安帽，又坐下想，万一是个名流大哥的，我连往哪逃都不清楚，忽然站起，“这次我罚 2000。为了钱，大爷又怎样。”

他俩没有离开酒店，站在楼梯拐弯处，何阳想验证一个事情，部长安排自己来这里要发生什么。学妹着急了，说：“不错啊，是 503 室。”

“没看出来吗，不是正儿八经的客户。”

“她穿的挺帅呀，气质也不错。”

“当然了，那类女人也有高级别的。”

“哪类?”

学妹用着不耻下问的态度，她相信好老师都会不厌其烦地讲。

“你只顾紧张，背礼貌语你好，我们是……有人进 503 了。”

“嗯，是个保安，怎么?”

“走，听听去。”

他俩到 503 室旁，门露着一条小缝。

“和谁非法同居了，男的呢？是不是躲卫生间了。”

是保安严厉的声音。

“没有。”

女人想夺门而逃，被保安拦住。

“身份证看一下。”

“你一保安无权这样。”

女人试图推开混子。混子干脆碰紧门。

“没有吗？罚款 2000。”

“干什么，闪开。”

女人声嘶力竭地喊着。

"哎呀，想闹大是不是，我可给队长打电话了。"

呵呵。何阳拉着张娜娜走出酒店，夸奖她今天的任务完成得漂亮。

"我没有做什么。"学妹明白些什么，"部长对你不满意。"

何阳拍拍她，"这是我和部长之间的事情，你别掺和进来，跑来跑去的也累了，吃点宵夜去。"

何阳说这些话时，张娜娜看着他的每一个动作，男人味特别足，可惜没有遇到明主，幸运的是她遇到了好老师。这一刻，她有一种冲动，有一天何阳离开这里的话她也走，他不走，她就陪着他。想到这里，她摸了摸脸蛋，好热！

信息部的办公室里传言四起，新女总来了有新制度。女总的来历大家没多关注，关注的是制度，说白了大家都被制度限制着，好听一点叫约束行为，恰恰是我们爱上了自由自在。

小精灵的天性是飞来飞去，她在同事间穿插着，说新官上任三把火，也就严几天，各位要小心，不过上有制度，下有方案，这个公司呢，有些人是说人情走关系来的，制度对他们只是废话，人家该怎样还是怎样，只是我们的日子难过了。

小精灵是个喜欢比较的女孩，她知道在清闲的部门，不少领导安排了亲属，人家来不来没人过问，来了也是玩玩电脑游戏，聊聊天。自己呢？刚视频了一个男网友，挺好的，还想着趁没事情做时，多QQ一会儿，也许终身大事就此定下。现在可好，新女总来了，很多东西会给打破的。

小精灵走到梦幻子身边时，她回应了几句，"改它做什么呢，已经习惯了，别把我整的水土不服就行，我有家有孩子的。"

何阳问张娜娜怎么看，他有自己的教学方法，不仅教她专业知识，还帮助她处理日常事物。张娜娜回答刚来不知道，你怎么做我就怎么做。说这句话时，她给何阳泡了杯绿茶，绿茶挺烫的，更烫的是张娜娜的眼神，何阳没有回避，为什么要回避，一切光明正大。

"呵呵，只要积极主动工作，而且会工作，制度对于你我没有用处，相反就会成为孙悟空头上的紧箍咒。"

钞票男突然闯进来，大嚷着要发布最新消息，女首领来了，公司将有惊天动地大震荡。

"切，你这是旧新闻。对了，在哪儿听到的？"

小精灵又靠过去。

“几个部长闲聊时，我偷听到了。诸位，近期公司在女头儿的带领下，会有大行动，我们这些虾米、小虫之类的是主要被收拾对象。不过，”他转折了语气，“好像是一次人性和制度的大解放。”他看向何阳，“哥们儿，人性和制度大解放什么意思？有点深奥啊。”

何阳笑而不答。

“好的意思呗!”

张娜娜瞟了钞票男一眼，钞票男说话做事有点那个，幸好没有跟他，不然会变成白痴女，她上学有经验的，名师才能培养出高徒。

“我说影子女，”张娜娜跟着何阳跑来跑去，钞票男早给她取了昵称，“我知道啊，好具体什么意思?”钞票男想过来和张娜娜理论，他很少在口头上认输，事实上他坐在了电脑前，认真工作的样子。

部长进来了，背着双手，证实了刚才的消息。

“看看你们，乱糟糟的像什么，都别给我乱跑胡侃的，公司将有大举动，谁让我干不成，我让谁走人。”这不是他来这里的目的，他走到何阳身边，悄悄说：“昨晚的客户怎样了?”

何阳站起来拍拍他，微笑：“下次我带上一盒套子。”

“马上接待新的客户，”部长阴沉着脸，甩给他一叠资料，走出去又回头，“办公经费 1000 元，花费多了自己掏腰包，这次多带点钱吧。”

何阳很想追上去把资料扔给他，说老子辞职不做了，如果再敢耀武扬威，老子给你拳头尝尝，我是来工作，不是听训话的。

他跨了出去，张娜娜拉住他的手，眼神慌乱，“就算要离开，没动武的必要。”

“打他手疼，出去吐口痰，他在我眼中就这形象。”

昨晚那女人被保安缠住后，着急地打部长电话，让他麻烦了好大一阵子。计划失败后，部长想在工作上激怒何阳，最起码可以让他离开信息部。

部长回到办公室问文秘小凡，觉得何阳怎样。

小凡知道部长和何阳真闹矛盾，回答说：“一般吧。”事实上他俩交情不错，彼此帮过忙。

“根本就不行!”部长拍了下桌子，一想起昨晚的事情，就急火攻心，“不是提前完成了任务吗，很能干啊！我又给了他一个新任务，有强大对手‘索雅公司’，目前飞讯没有人可以完成。他可能吗?”

部长斜视着小凡。

“我不知道。”小凡避开部长的目光，他想真是没家没业的，来这儿上班不容易，见什么人说什么话好混一点。“部长，我想他完不成。”

“嘿嘿。这次完不成，下次再给他一个，还是完不成，只有调职离职处理了。”

小凡点了点头，幸亏没有反驳部长，不然自己得滚蛋。

“何阳总是给我出难题，我离退休没多少日子了，保住位置很重要。哈哈。”

部长又说了很多，这些话很有目的性，就是想让小凡告诉何阳反抗只有走人，如果态度软下来，没有那么多标新立异，一切都好谈，在他心中何阳算是个机灵人。

小凡明白了其中的意思，说会在恰当的时间以恰当的方式让何阳聪明起来。

这会儿，何阳正在和张娜娜互换着看资料，两人的手接触了几次，对于何阳太正常了，张娜娜却脸红心跳的，不是她很少碰过男孩子的手，在大学差点把第一次交出，只是和何阳在一起总会联想很多情节。

这个任务呢，一开始是个商业机密，公司选派了多位能干的人去争取一个大客户，全军覆没，业内有名的“索雅公司”对客户下了大注，现在客户只要听说是“飞讯公司”的一律推辞不见。拿下这个客户等于拿下公司一年五分之一的利润，谁想放弃呢？公司另有规定，可以个人联系客户，奖金相当丰厚。现在部长当作部里的任务派给何阳，一旦做成部长会拿大头，说不定能升职的。

何阳的职场信念为：客户就是情人，满足她，然后占有她。对外的信念是：把客户当作老爸，爱他温暖他，他的利益就是自己的利益。

资料显示客户为“世纪浪子”电子制造公司，产品覆盖了手机、电脑、机器人、光能应用等尖端高科，是极具投资潜力的爆发型公司。

集团老总张诚，男，三十五岁，十年前曾以“世纪浪子”混迹网络，未成名，却结交了各类才子佳人，浪迹天涯时做过技术工人、给科研机构尽过义务，买卖商品、炒期货股票，自制小玩具等等。

光看这样的经历，就知道人家的本领一定超好超管用，再看人家的产业结构，大手笔啊!. 何阳就喜欢和这样的人结交玩游戏，他一般不把任务看的太严肃，相反当作演戏和游戏，也能做得很满意，还有相当的亲和力。

可惜，主要资料就一张纸，他需要详细地做分析判断。

“张娜娜，资料你也看了，觉得能拿下吗？”

“困难太多太大，虽说老师你很有才。”

张娜娜说得漫不经心，她认为这是天大的任务，只有天大的人才能完成，比如老总，最起码得是副总。

“叫我何阳就行。”

“行啊。实话实说，我心中可没谱。”张娜娜看了看指甲，上面涂着漂亮的图案，她觉得这件事情太幻想，资料里讲张诚对飞讯公司的人一概不接见，他们这种人物怎么可能。现实是她的指甲是自己做的，很想听何阳夸一句，他俩第一次说话时，就感觉有一种自然而然的般配。她按住资料，“大哥，请告诉我任务能完成吗？”

“能啊，要想完成，必须先研究张诚，找到他排斥‘飞讯公司’的原因就 OK 了，咱们来做个分析。”

“简单啊，虽说我没有做过生意，可知道‘索雅公司’给‘世纪浪子’的钱多。”

“呵呵，次要原因。”

“呃？”

“一个明事理的老总看重的不是短期回报，是长远发展，张诚的经历说明他知识丰富，追求高品位，有大战略。按照实力言，索特是单独的公司，飞讯身后有强大的‘光子传媒集团’，奇怪的是飞讯公司不只没有得到客户，居然受到强烈排斥，很极端的表现，莫非‘世纪浪子’和‘飞讯’之间有什么？”

“会有什么呢？还是钱多钱少的问题，再说公司之间的秘密我们怎么可能知道？”张娜娜把手伸到何阳面前，“我的指甲漂亮吗？”

“哟，哪里做的？真好看！”

“自己做的，有学过，还练了一段时间小摊。你要吗？”

“呵呵。”何阳抬起张娜娜的手欣赏起来，他做科学艺术很久，依照他的审美，她的小创意蛮不错。“我是男人。”

“可以的，在大拇指上做，做你喜欢的图案，非常时髦。”

“哦。你这是心灵手巧，我看上你了。”

“什么？”

张娜娜缩回手。又不是谈过一次恋爱，只是这么快就表达爱情，她有点慌乱。

何阳大笑："我看你行，一起演出好戏，拿下任务。"

"演戏?"张娜娜松了口气，"部长知道你在闲聊又要涮你了。"

"没有闲聊啊，这就是工作。"

"工作?"学妹看了看四周，"他们埋头苦干的样子才是工作。"

"我的工作方法就是演戏，效率可高了。我初步有个计划，"何阳回头望了望，大家确实低着头，但不一定是在工作，又扭回来压低声音，他知道人在职场要清楚什么话放在什么场合，高调、低音还是静默。"是……"

第二章 考察领导

董事长办公室里一个女人忙碌着，她接手飞讯公司已有几日，来那天正在集团办理度假，一个月的带薪度假是她期盼了许久的，阳光、海滩、森林、高山、草原，这些大自然的纯净可以消除劳累，集团高层却让她先去飞讯公司治理一下，然后休假。

飞讯公司一开始在“光子传媒集团”业绩排前，近几年日益下落，公司老总换了两个，依然如此，她是第三个，而且这次换的特别急，除了带着刚刚升级好的服务器：大脑外，她没有其他准备。想到升级，她笑了，就是一次博览群书、充分体会、自我学习。

集团有指示，说第三次换公司老总了，不能总是换，就按照自己的思路整治，不要又是老一套。

女总二十九岁，名字很好听，叫连会心，她是集团唯一的金牌女将，能够支撑起集团半边天，尽管职务没有到那个份上。知道这一切的只有集团老总，虽说她功绩挺大，却没有美名扬，因为她是老总控制全局的隐形服务器。

连会心跟了集团老总5年，当初进集团是老总的贴身文秘，除了一般的公文写作，时常陪着老总聊生活聊社会，参与了多次大策划，老总见她管理方面很有才，给她换了几个职位试着做，出乎意料的是她所到之处都是财源广进，这不正是小福星吗。

临走时，老总说飞讯公司基础还行，让她去是不想看到“千里之堤毁于蚁穴”。

“光子传媒集团”是老总一手打拼，从小培养大的。飞讯公司做不好等于丢掉了一个阵地，接连失去的话，最后阵亡的就是自己。

既然被老总委以重任，就整治吧。

连会心要做的是在庄稼地中，辨别出哪些是荒草，哪些是优良苗子，整来整去整出了一大堆麻烦事，她可以不管这些，保持业绩增长就行，能不做吗？她问自己。她开始约见一些人，都是单独约见。

连会心问了三个高层同一问题：你认为公司现在和未来要怎样发展。

分管行政的副总马枫进来后，仰头靠在沙发上点燃一支烟，他四十五岁，对于集团派来一个丫头很不满意，内部竞选的话，他最具实力，可现实是外派，怎么看怎么像是在校女生，问题更是弱智到书本化。想和我来不耻下问，就凭你老总的身份吗？没必要告诉你的，我还想等你做砸了，自己接着干呢。

“现在很好，未来也不错啊。”

马枫微笑，使自己看上去像可亲的大哥，泄露想法的人多是蠢货。

“嗯。”连会心点点头，她的笑容比马枫更有亲和力，“你领导做得很好，也不错。现在的领导都爱上了大概化，公司会有一次人事调整，公司最新的生存哲学是什么人用在什么位置，让有真才实学的人站起来。”她领会集团老总的意思比以往更深刻。

“不会是一根筋吧！”马枫暗自骂了一句，挺起胸膛，“连总，你的问题既大又深远，近期我会做出书面汇报。”

“马经理，市场不是生就是死，现在病的不轻，未来能走多远。对公司形成利益和构成威胁的都可以表述。”

连会心的声音严肃而沉稳。

“呵呵，一点工作经验谈谈了。”

忽然马枫有了危机感，眼前的分明是个职业女刺客。

第二个是中青，沟通相对轻松点。集团派她上任时，没有给资料参考，不符合做事情的逻辑，可能是集团对她充满信心，事实上信心有限啊，可她没有表现出来。

“我叫楚浪，分管市场前沿和实际操作。”尽管连会心来时，和高层有过短暂会面，但他还是积极介绍着，主动出击让他受益匪浅，“可以先不谈公司的现在和未来吗？”

“哦？接着说。”

“只有了解过去，才能把握现在，控制未来。对于你，更需要知道公司的昨天。”楚浪拿出一叠资料递过去，“我汇总整理过。”

连会心翻阅了一下，总体为公司的五年历程，分为市场、外联、人事、管理、现状、优势、缺陷、矛盾、预测等等类别，条理非常清楚。这正是她想要的，还需要现场考察，实际验证，因为每个人对事物发展理解不同，更有人为了某种利益伪造数据。

总经理是个老同志，叫孙和蔼，进来后就拍拍女总的肩膀说，有什么事情可以晚宴上聊，他邀请全体干部，为女总的到来庆贺。连会心感谢了总经理的好意，恰恰相反，她认为情谊不是在饭桌上培养起来的，而是实际工作中。当然，她会在一定时候宴请大家的。

孙和蔼以为女总在说客套话，还想坚持，女总笑起来："孙经理，我可以单独请你啊，你辛苦了这么长时间，应该庆功才对。"

"不，不。"孙和蔼能混这么长时间，知道靠的是什么，他也算是人际关系的专家，嘴皮子磨得早以油滑，"那个，你新来，公司情况不怎么了解，有事情你说声我叫人办去。这里有几个娱乐场不错。"他还在坚持，集团来的都是想镀的金身升职，谁会吃苦受罪领着真做呢？

"老经理，想听听你对公司现在和未来的看法。"

连会心泡了一杯茶端给他。

"好好。"孙和蔼接住，"连总，你和我女儿年龄差不多，可比她有本事的多，比她……"他看了看手中的水杯，"比她热情大方。平时我太惯她，总是我给她服务。人老了，你说图个啥？不就希望孩子们孝顺点。"

连会心点点头，眼圈红了，忽然想到了老爸，只是老爸去世的早，一场大雪、一次车祸、一个司机的无证驾驶，说白了就是一幕腐败的交易，一个只开过四轮车的人凭借着父亲是厂里的书记，给调到开小车，剥夺了她特别希望得到的爱。

"连总，公司挺好的，用用劲完全可以。不过毛病也不少，缺少良医啊。哎，我是平庸了一辈子，只能守个摊子。"

"老经理你谦虚了，守业也是大学问。"

送走三位高层后，连会心沉思了一会儿，每个集团公司都有自己的中枢，要成功识别找到它，才会超强运转，信息部可以普遍看成中枢，中枢的健康与否，够不够发达，关系到全身的成长，这是连会心的逻辑辩证和艺术思考。

做女人你能只在漂亮上花心思，不兼顾家庭吗？做公司也不能只在金钱权位上玩头脑，要考虑大局的，大局不妙的时候，也是各自玩儿完的时候。做员工时她就想过类似的问题，当初是没有机会做管理，一旦有机会了，千万别不知道如何怎样。

连会心叫来信息部长，约见的事情本来由秘书负责，原董事长因业绩不行，退到了可有可无的职位，类似休假养老，他唯一的请求是让原秘书跟着，秘书知道太多的秘密。

新的秘书连会心正在物色中，通话时以为是上次见到的男青年，却听到慢吞吞的声音。

“喂，哪里。”

“董事长办公室。”

部长端着水杯，欣赏着电脑里美妙的音乐，听说来的是个年轻女人做董事长，他根本没有放在眼里。

“哦，女秘吗？说事情吧。”

“带上最新的信息报告来一下。”

连会心的声音冷酷又严厉，她很反感有气无力的声音，说明对方又慢又迟钝。

果然，半小时后部长才到她办公室。

部长大骂着：“你不就一小女人吗，那么牛做什么，你不就新官上任吗？时间一长照样耗成一堆烂泥，现在哪有最新的信息报告？”他找来找去，找到一份一个多月前的，落款是何阳，他看到这个名字就想扔掉，可这是最新的，想想又拿上。

连会心请他坐下，看了看报告标题《关于投资新能源的策划》，这份部长没有上报，原因是何阳写的，策划的相当有头脑，前期投资和后期运作一目了然，另外附有三家正在做新能源的公司，以此参考市场走向。

部长也更新信息报告的，不过只报其他人的。

连会心足足看了半小时，冰冷的脸上也温暖起来。

“这是最新的？”

“嗯。”

“是或者不是听着更清楚。”

连会心瞟了下日期，离现在有45天了。

“上报了吗？”

“准备报。”

部长抖了一下，觉得自己拿错了。

“平时工作做什么事情？”

“我们部……”

“打断一下，是问部长你。”

“部长有职责表的，就按照表上的做啊。”

怎么感觉到了警察局，原老总和他聊工作就像兄弟。

“除了职责表上的，还做什么？”

连会心微笑，在部长眼中，这种微笑太含蓄太阴险。他想：下套子呢？

“是这样，我什么职责就做什么事情，不能越级的。”

“好，职责表上怎么规定的？”

部长认为表上的都是废话，到处讲不要做坏事情，反问做好事情的有几人，他大致扫过几眼，没有记住，编个吧，他叹了口气。

“负责采集、编写、汇总、上报信息，处理好上下级关系，严格执行规章制度。”忽然他停住，想女总不会再问我有什么规章制度吧，慌忙加了一句，“主要是做好分内工作。”不能多说话了，否则问题越来越多。

“分内？太笼统，你去吧，何阳的策划书我留下了。”

连会心低下头。

信息部长出去后，她叫来人事部长，直接下达指令。

几番谈话后，连会心发现了重大隐患，人才使用不合理。比如说，人类创造出劳动工具，掌握了相应的劳动方法，又用方法操作工具，包括机器、设备等等，并创造新事物，人的自身占有主导地位，只有用好人才能有所发展。

连会心让人事部做出职员小档案，通知三日内各写一份职位自荐书。

连会心整理完事务，已是晚上 7 点，她望望天空，微黑，偶见星光，乘电梯时她看到挂有“维修中，请勿使用。”走到楼梯拐弯处，有办公室亮着灯光。

谁在加班加点？会不会遇到什么困难？

又是信息部，她轻轻推开门，空气似乎凝固，呼吸紧张急促，怎么会有这种感觉？也就看见上次那个男孩，他身边多了个女孩。何阳和学妹还在策划征服“世纪浪子”张诚的剧情，他告诉学妹，不管怎么上演都要做到一切尽在掌控中。

“是 9 楼高层的女秘。”他朝学妹笑笑，招招手，“怎么没有下班？进来聊聊。”

“是呀。”连会心走过去，“老总下了班，秘书不一定，我刚做完明天的日常安排。”

信息部是她重点关注的部门，“你们在加班？”

“我俩玩呢？”

何阳不想公开秘密。

“我俩在想怎么做好‘世纪浪子’的大单。”

对于“世纪浪子”，连会心了解一些，在集团的时候研究过对手和朋友，“世纪浪子”和“索雅公司”走得较近，难以拉拢。她分析过原因，“世纪浪子”张诚一生江湖，感情排第一，然后才是利益，只是似乎看不上“飞讯公司”，而“光子传媒集团”的态度是既然“世纪浪子”心有所属，何必强求粒粒盘中餐呢。

“哦，怎么想的。”

学妹刚要张口，何阳笑着说：“不能告诉你。”他用力吸了一口空气的味道，好迷人的香水味，“除非你参加行动，保证不泄密，”他退后几步欣赏了女总片刻，“有点气质，做我副手好了，会给你主要角色的。”

“副手？好啊。”连会心觉得何阳的样子特别逗，和上次完全不同，“我的职责是什么？”

“听我和学妹的话了。”他得意地看张娜娜，“她跟我一段日子了，事情做得很好，你排第三。”

“行。”连会心找到一些童真童趣的感觉，像是玩过家家的小游戏，这让她极为放松，“怎么才能得到我们的需求，把‘世纪浪子’拉过来。”

“OK。”何阳打了个响指，“我们会围绕‘世纪浪子’制造一系列情节，让它主动归顺我方。”

连会心点点头，“原来在玩赢得天下。具体谋略是什么？”她忽然变成了急于知道结尾的观众。

“谈不上谋略了。”何阳朝两个女人眨眨眼睛，“一场好的情景剧而已，我们是导演兼主演。细节还需构思，今天有点晚了，明天你过信息部来。”他碰了碰连会心的手，连会心闪开，公共关系中，她握过许多手，这次有如微弱电击，惊险刺激。

“最近很忙，时间不允许啊。”连会心拿出手机，对何阳说，“不过挺喜欢交你这朋友的，贵姓？”

“他叫何阳。”

张娜娜抢着回答，好长时间没有插上一句话。

连会心记起手提包里的策划书，她想回家再翻阅一下，确实有创意，作者正是何阳，她笑了起来。

“大导演，请问你的手机号是，我给你打过去，有困难了就拨这个号码。”

连会心知道，要想谈定“世纪浪子”不仅仅是演出好戏那么简单，只是没有好戏的话，张诚不会跑来的。但奇迹总是在诞生！

连会心回到孤独的大房子中，足足200平方米，五室两厅两厨两卫，集团老总为了留住她，特别奖励的，成家立业嘛，老总管不了她的婚姻，那是自由的，但可以给她安身立命的好房子。这么大的房子一个人住，除了孤独还会害怕，尤其是雷电交加的晚上。连会心回到家，一下子懒了起来，饭是速食的，也没有什么胃口，业绩多少有点，疼爱自己的老公在哪？不是没有追求者，怎么能够轻易嫁人，后半辈子的路长着呢。

手机响起，看看来电，高中同学许凡的，想想没有接听，再次想起，依然未接，她知道是吃饭，只是人生除了吃喝还有太多，又一次响起，她接通。

“连会心吗，打好几次电话了。”

“知道。”

“没有接啊。”

“手机没带，刚回来。”

“你在公司忙一天肯定累，还没有吃吧，我准备了一个饭局，都是老同学。”

许凡是职业策划人，专门依照一个人的家庭背景和社会关系打造他们的未来，收费极高，在大城市非常吃香。女同学中他认为连会心最漂亮最具前途，想来个感情投资，更想发展成妻子。

“哦。代我问好，改日我请客。”

她连问是哪几位好友都省略了。她长长地打了个哈欠，除了想睡，更多的是无聊。

“大家都很想你。”

许凡还在坚持，他就在连会心家楼下，如果她同意，马上改口刚好路过这里，他要给她个惊喜，是什么呢？他将变出她喜欢的小礼物，在一起时许凡会记下她想要的东西，而变魔术的本领，又特意学了几个月。至于大家在哪儿，他确实联系了一顿大餐，大家正在以各种方式赶往酒店。

“最近公务缠身，我得休息。”

连会心的声音急躁起来。

“好吧，再见。”

许凡望了望连会心家的灯光，离去。

挂断电话，连会心斜靠在宽大的床上，打开电视，忽然她想到一幕，自己斜靠在床背上，何阳就在床前演讲策划，他一定会用尽手段赢得她的认可，她正好玩玩女总派头。嗯，给他几个难题，看他着急的样子，自己却偷着乐，最终还是要找自己的，想到这儿她拿来策划书翻阅起来。

手机响起，是一个温柔到极点的男声，“在做什么?”

“睡觉了。”

连会心的语气也异常柔和。

“这么早就睡了?”

“明天还有很多事情做。”

“呵呵，对飞讯公司不必那么认真，人生除了事业还有许多。”

“我知道的。”

“嗯。”

对方停顿了一会儿，想再说点什么。

“嗯。”

“你睡吧。”

“好的。”

这个男人叫刘刚，是集团大人物的公子，连会心对他更多是应付。

她起床泡了杯茶，研究起策划书，这份策划从形式到内容都显得新颖大气。

第三章　跟单就像玩游戏

何阳和张娜娜开始了“狩猎 1 号”的行动，意思是以狩猎人的智慧和勇气得到想要的。

部长依然要求一天四签到，何阳不想再和他理论什么，除了激化矛盾，一点用处没有，因为部长明摆着是要他难堪。但他有准备的，关键时刻不签就不签了，让他扣钱吧，最多离开这里，只是苦了刚来的学妹，张娜娜皱了皱眉头说：“我跟定你了。”这样有胆识的人，到哪里都会惊天动地，成就大事业。

他俩来到“世纪浪子”的门前，人生地不熟啊，怎么做呢？

张娜娜认为要想搞定张诚，先拿下他的秘书，要想拿下他的秘书，先摆平门卫，从门卫那里探听秘书的情况。

何阳否定了，道听途说不如亲身经历获得所需，他决定直接到秘书室，见机行事。他俩做了来客登记，直奔六楼秘书室。

张诚有五个秘书，一个贴身的，负责日常接待和事务安排，其他四个属于办公写作类，按照他的意思拟定公司文件和大小会议。

他俩先侦查了一番，贴身的是个女秘，在秘书室里工作，另外的在“秘书处”。何阳教了学妹点交流的秘诀，告诉她希望通过谈话要达到什么目的。

张娜娜有点抖，“和你演戏我行，真上场有点那个。”

何阳拍拍她，“你行的，我在你身旁。”

进去后何阳坐在了沙发上。

“微笑，始终是微笑，不管对方脸色多难看，说话多难听，就是要微笑。”

她默念着这些话。

“你好，”张娜娜先握住女秘的手，女秘对这种礼节见多了，没有觉得什么，回以微笑。“我是飞讯公司的。”

何阳握了下拳头，典型的临阵慌神，他并没有骂蠢货，只是想学妹仍需实践。

果然，女秘书晴转阴。

“对不起，我是方讯公司的。”

“到底哪个公司？”

秘书回到办公桌前，打量着女孩，看她红着脸不像在说谎，实际交往中，有些新人就这样。

“我是方讯公司策划部的，”张娜娜重点强调了方讯两个字，她靠近办公桌，顺便扫了一眼何阳，他竖起拇指。“我想和张诚董事长谈点业务。”突然她镇静下来，何阳告诉她按照工作程序，秘书不会让她直接见的，她只需要弄清楚董事长在哪里就可以，见了最好，按照目的随机应变。

“方讯公司？没听说过。”

“新开的，三个月了。”

“小公司啊，你业务员吧，去业务部问问，去问问吧。”

女秘整理起文案。

“我副总。”

“嗯？”

“和姐姐开的公司。”

“哦，你们公司也就几个人吧。”

“加我三十五个。”

学妹说了个数字，表示真实。

家族公司女秘也知道一点。

“这样啊，董事长特别忙，他没有和我说过方讯公司，你还是去业务部吧，谈得合适会上报到我这里，我再安排。”

女秘下了逐客令，董事长在什么地方，依然太模糊。

“你们一起的？”

女秘看了看沙发上的男孩。

“不认识。”何阳站起，“丽娜，你是丽娜。”

何阳进来时搜索了一下办公室，想找到突破口，他看到了秘书的名字，以小红牌的形式挂在墙上。

“你是？”

丽娜28岁，正在谈恋爱，对年轻男子特别敏感。何阳梳着油光发亮的背头，一身黑西装，显得精干又帅气。

“老同学了。”何阳热情地走过去，“小学同学。”小学离现在时间很长，记忆都不怎么清楚，“咱们那个，那个多少班的？你瞧我这记性。”何阳一副猜想的样子，“五年级那会儿我俩同桌。”

“我五一班的，同桌是个女的。”女秘奇怪地看着离自己很近的男子，“前几天我们吃过饭。”

“对，就是五一班，你同桌是个女的，我想起来了，我坐你后面。”

“后面也是女生，那届女孩子多。”

“不会吧。”何阳凝视着女秘的眼睛，试图传递一种神魂颠倒的魅力，“我给你写过小纸条，借过你的铅笔。”

“先生，”女秘小学在农村上的，先前那些话只是撑撑面子，再说这男孩挺欣赏自己的。“我想你记错了。”

“时间太长。”

“是啊，请问你来公司？”

“找董事长的，他很忙，在开会？”

何阳用的是引诱式询问，一般情况下对方会回答对，或者没有开会，去了某某地方。

“这样吧，”女秘玩动着手中的笔，“你有什么事情，我记下，董事长回来了，我给转达。”

“哦，他出差了？”

“也不是，直接说事情吧。”

“他回来再谈，谢谢。”

“应该的。”

何阳出去，张娜娜凑过来，笑眯眯地问探听出什么。

“已知出去办事情，就在本地。”何阳拉住她，“再到秘书处问问。”

进门时张娜娜停住，说自己派不上用场，不如他一人去。

“刚才你表现不错，把主题引了出来，这次我先行动。”

秘书处里的人对闯入者视若无睹。何阳找了个相貌温和的男子问，回答是冰冷的不知道。他退后几步，和张娜娜低语了几句，张娜娜又问一个戴眼镜的小青年，小青年直视着她，“刚才没有听到吗？”

“对不起，没有听清楚。”

张娜娜试图缓和生硬的气氛。

“不知道。”

“哦。”

张娜娜无望地看着何阳。

他朝她摆摆手，示意到外面再说。

路过一个女秘时，他注意到女秘在微笑，他点点头，忽然觉得似曾相识。

“何阳。”

他转回身，女秘笑得更灿烂了。

“你叫我。”

何阳走过去。

“你叫何阳?”

“何首乌的何，太阳的阳。”

“真是你啊!”

女秘站起来。

“你谁?”

“初中同学美美。”

“哦。”

“还记得不，那会儿你给我传过答案，帮我解答过好多题。对了，你现在怎样?”

“呵呵。”何阳想她到底谁呢? 上初中他换过三个学校，泡过多个小MM，用的方法都是解题传答案，不管是谁，先认下了。“混的可以。”

何阳顺着女秘的回忆开始回想，还真记起来了，是初一时的一个笨女生，笨是因为她总是有太多问题，却从不去深想，别的学生不懂多回答明白、知道，她呢想不明白喜欢问，实际交往中她是聪明的，她的问题往往涉及很广很大，一般人回答不出。

最有趣的是她问了一个都想知道的：先有鸡还是先有蛋? 一个著名的问题一直困扰着人们，何阳肯定地说是先有鸡，然后鸡为了适应生存，繁衍后代，自然而然改成了下蛋的方式。

“嘿嘿嘿。解题要有根据，过程是什么?”

那天，何阳搂着她的小蛮腰闲逛在大街上，他停住刮了下她的鼻子，“想知道?”

“想啊。你又回不到古代，怎么可能知道？”

美美甩开他的手，一副不信任的样子。

“听着啊，地球的环境时刻发生着变化，每一段时间会形成一次大变化，如果一个生命经历了所有时间，也许它在潜移默化中没有觉得什么，也许会对各种变化异常敏感，地球的环境变化多为洪水、冰雪、火山、地震、外星体撞击等等，很多病毒、毒害气体弥漫在空气中，会引发基因变异，形成新的物种。OK！”

美美主动扑到他怀中，“我要给你我的一切！”

事实上，美美没有给他一切，至少没有给他家庭，原因颇多。

他们聊来聊去聊到了饭桌上，美味加美好的回忆，何阳和美美显得相当兴奋。这次张娜娜做了个乖乖的聆听者，原来老师的故事如此丰富多彩。

回忆归回忆，何阳没有忘记行动，从美美口中得知张诚交际很复杂，经常有人找，找不到的就来秘书处问，而张诚有交代，是朋友都有他的手机号，来问的统统回答不知道。时间一长，秘书处的人连说不知道都省略了，又得到五天后张诚去V市考察的消息。新的计划快速地在何阳的大脑中形成。

分别时，美美对何阳说：“欢迎到我家做客，看看我的小宝宝，五岁了。”

“啊？呵呵，结婚挺早的。”

“稀里糊涂爱了一场就结了。”美美略显忧伤，“你呢？”

“还在找。”

“哦。”

美美看看张娜娜，一个天真可爱的女孩，正眨着眼睛朝她笑。

“何阳是我老师。”

美美把何阳拉到一旁，“这次还玩吗？”

“什么？”

“我还不知道你。”

“知道什么啊，我不再是年少轻狂。”

“去你的，上班时间快到了。拜拜，有事尽管找我。”

美美扭着屁股离开。

事情有了实质性进展，不会耗时耗工没有方向，可以开始下一步。何阳拍了拍张娜娜的肩膀，表示做得很好。

“嘻嘻，和你在一起工作真开心，像是玩游戏。”

其实张娜娜想，我哪行呢，全凭你泡妞的本领，旧情人相见多是冷漠，你们居然那么热乎。

“心不在焉的，想什么呢?”

何阳问张娜娜。

“报告老师，在想现在去哪?”

“回公司了。”

写职位自荐书的通知已经下发，更有传闻公司要来次大换人，从严整治。议论最多的是新女总属于老虎的性格，她在公司里走动，其他生灵唯恐避之不及。

“至于吗？你以为是在原始森林。”

何阳问炒得厉害的梦幻子。

梦幻子回答我不知道，是听说的。“天啊，我孩子还小，越来越严，怎么活呢?”

小精灵走过来安慰她，“靠你家老公了。”

钞票男也凑起热闹，“中国的传统一向是靠男方，我就不明白你着什么急。”

“他家有困难。”

“什么困难?”

钞票男步步紧逼，好像要揭穿一个谎言。

“你家有钱有地位，又是本地人，你会知道什么是困难，你不明白的。”

梦幻子绕开他。

“那靠自己家吧。”

小精灵又来安慰她。

“家里老人一身病痛，还得做小生意养活自己，不容易。”

梦幻子的眼角滚出一滴泪。

“当初嫁人就选个家庭好点的嘛。”

钞票男插了一句。

“不关你的事情，少说废话。”

办公室战争似乎一触即发。

“兄弟，她和你不是一个级别的。”

何阳拍了拍已经火大的钞票男。

“哥，我这也是为她考虑，哪句不对了。”

“第一，大家听到的只是传言。想想换的人多了，不就等于换了公司，直接另开一个更省心，管理的最终目的是轻松、自然和快乐，现在不是提倡文明社会，友好办公，和睦家庭吗。”

何阳一脸阳光。

“等下，我们是做科学艺术的，可不能什么事情都充满想象啊，你看看哪家公司和你说的一样。还有从古文明到现在，究竟做了多少文明的事情？就说战争吧，大大小小的数不清。”小精灵反问道，“不能总是喊口号，说空话啊。”

张娜娜有点惊讶，一丁点儿的地方却是卧虎藏龙，她望着何阳，觉得谁也无话可说了。

“呵呵，很现实的问题。为了生存和发展，大家都在找着理由，包括庞大的世界，挺可怜很无聊的一种自我安慰。”何阳大笑，“这不是你我能主宰的。其实，我指的是自愿自主的做事情，里面学问很多，能提前实现的，主要看谁做老总。我也听说了，来的是个女总，很有过人之处。”

“啪啪啪。”小精灵鼓起掌，“何阳，部里我最佩服你，那个糊涂部长什么时候走人，我肯定选你，你把刚才说的实现了。”

“行啊。”办公室里的玩笑逗乐何阳早已习惯，“第二，梦幻子有事要离开，我和张娜娜帮她做工作。”

张娜娜鼓掌，她又欣赏到了老师的光辉。

“第二个好。”梦幻子拉住何阳，“一开始就知道你人特别好，告诉你一件事，部长上午又问你了。”

“问我什么？”

“问你去哪了，没人理会他，灰溜溜地走了。”

“谢谢各位！”

何阳抱了抱拳。

下班后何阳奔向“佳人有情”，就是婚姻配对的地方。和梦幻子聊天给了他新的提示：结婚了小孩子谁来带？找本地女孩吧，经济处于弱势的他会被接受吗，想象里的爱情可以抛开柴米油盐酱醋茶，现实中的婚姻多少要贪图点什么。那就找外地的，都是打拼一族，共同点相对多些，决定好方向后，一起走了。

“佳人有情”是会员制，每月交300元，就可以自由出入，到那里的人都是冲着婚恋而去。据说会员人数过万，每天有增加，在M市较有名气。

何阳进去后，先观察了一圈，还是老样子，漂亮的女性总是备受男士青睐。有时候他觉得到了一个选美超市，大家都是商品被选来选去，然后交谈，合适的话就交易。想想有点悲哀，再想想人类一开始就玩货品交换，接着有了货币买卖，如果错了的话，一开始就错了，既然形成了一种生存规则，就入场玩起来吧。

某女人身边围着七八个男士，男士们穿的特别讲究，像是企业老总参加大型会议，物质丰富了，外型就会很重要。女人也极有姿色，打扮时尚，不过对于围攻有点心不在焉，不断地张望。何阳在一旁站好，捕捉起女人的目光，他认为陌生男女之间的相识就起于这个，女人的目光和他接触时，会停留一小会儿，何阳马上做出几个帅姿，任凭女人欣赏，渐渐女人的目光充满笑意。

“是时候了。”

他靠向女人，女人见他走近，忽然和几个男人群聊起来，聊到某个时候，偶尔瞥他一眼。他微笑，女人回以微笑。

男人们正在和女人聊现实的残酷。

一个男人说来这里五年了，生意做到几百万，金融危机爆发后资产一下子变成只有几十万。

“我招谁惹谁了，爆发什么危机呢？”

听到这，多数人叹气。

“做生意不能只是埋头挣钱，那样也挣不了多少，得关注世界格局。”

何阳说道。

男人没有理会他，问女人想嫁给什么男人。女人一笑，问他还有多少钱，男人回答七八十万。

“七八十万想在这个城市混？”女人大笑，“一套房子上百万的，你有吗？大城市很大的，做公交上班费时又麻烦，有车吗？”

女人此话一出，七八个男人只剩下三个，其中一个说这我都有，只是带着一个女儿。

“有女儿你找前妻啊，你以为这是保姆市场。”

女人突然站起来，男人们哆嗦了一下，都离去。

“请你让开。”女人对挡在面前的何阳说，“我要走了。”

“不妨聊聊。”

何阳微笑，女人要求的很正常，结婚必备嘛。可是现在的生活水平不是所有的人能应付得了的。

“聊什么，在我身上找同情？可能吗？你不会以为我嫁不出去吧？”

“呵呵。”

“来‘佳人有情’的人目标明确的，有房车吗？有就谈，没有请别浪费我时间。”

“好有激情哎，静心谈谈了。”

女人不但没有平静，越发急躁，“有就谈，没有绝对不谈。”

何阳叹气，女人长得确实漂亮，处处散发出动人的野性，很能激起某种冲动。

“现在没有，以后会有。”

“知道女人多欣赏什么男人嘛？”

何阳把耳朵凑过去。

“经济适用男。让开。”

何阳侧了侧身，“做朋友也不错的。”

“没那闲功夫。”

何阳只好搜索下一目标。

社会已经成了这样，在这里都是明码标价，衡量一个人的价值，多是看他的财产，比如一个工人熬死熬活也就几十万，至于做的什么工作，他们很清楚。给私人做，更悲惨。只不过这些明码标价多隐藏于内心，形成一种心理暗示，就是恐惧贫穷。

何阳的手机响起，是张娜娜，问他在哪里，他回答在宿舍睡觉。张娜娜笑起来，说你骗我了，我就在你宿舍门口，接着传来痛苦的呕吐声。

“喂！娜娜，张娜娜。”

他跑出“佳人有情”。

下班后，张娜娜遇到了几个好友，都带着男朋友，让她极其不爽，想给何阳打电话一起玩，想想觉得不是时候，明明对人家有感觉，却不敢表示什么。虽说父母希望她在本地找，她觉得爱情一旦来临了，就让爱做主。聚会还没有散场，她先跑了出来，当时心情很糟糕，她和男孩们拼了几杯，借酒浇愁，索性跑到人家宿舍，想来个借酒发挥了，也就是演一个情戏，试一试好老师会不会和她有好情缘。

何阳用的是飞人速度，他挺担心张娜娜的，不只是行动有她参与，更是因为她特别好学，脑子灵活多变。做事业嘛，很需要固定的搭档。

何阳回到宿舍时黑着灯，忽然在隔壁听到钞票男的求饶声。

“奶奶啊，别总是问一个问题了，我不知道何阳的事情。”

“什么时候问一个问题了，我问了很多问题的。”

“哎呀，都是关于何阳的问题，就是一个问题。”

“哼，不说是不是，好想吐啊！”

“奶奶啊，我知道你喝了很多，还知道你平时跟着何阳，所以我对你表示尊敬。别的女孩子，我早那个了。”

“哪个？哇哇哇。”

“奶奶啊，你糟蹋我行，别糟蹋我床单，晚上我睡哪儿？”

听到这里，何阳进去了。张娜娜也没有吐出多少，就一点酸水，心情不好没胃口的，她肚子里除了酒就是水。

“哥，怎么才来，等你好长时间了。”钞票男压低声音，“她在打听你，有好戏哎。”然后知趣地消失了。

“老师。”

张娜娜站起来，有点摇晃。

“你说。”

何阳回头。

“任务有了进展，和朋友小玩了一会儿，没有尽兴，找你来了。”

“哦。”

“肚子好饿，吃点东西吧。”

张娜娜看到何阳出现，兴奋起来。

“好啊。你家在哪块？就在附近吃一点。”

“嘻嘻。”张娜娜推了一下何阳，“想送我回家，一会儿满足你啊。有一个好地方，那里可有情调了。嗯，会让你回忆起很多，人家可想听你的故事了。”张娜娜挽住何阳的胳膊。

铃声响起，是何阳熟悉的，他摸住手机。

“是我的。”张娜娜按了接听，“我把铃声调成了和你一样的。”

何阳听了一会儿，大致是家人问她在哪儿，她说在加班，家人让她早点回去，经常早出晚归的，也没有挣几个钱，她反驳刚来哪里有钱。

何阳说：“告诉你家人，这月可以拿到2000元，不够我补给你。”

张娜娜按住听筒，“这么少，我给家人说有个好老师带我，可以拿

3000的。”

何阳无语。

最后她很无奈地说：“我不是那种女孩，这就回去。”张娜娜低下头。“无聊的结局，拜拜!”

“等下，喝酒了?”

“你管我呢！你是我什么。”

家人的电话让她急躁不安，20多岁的人了，毫无自由可谈。

“我是你什么无关紧要，重要的是有行动，行动期间不可以饮酒，你记住了!”

何阳严厉起来。

“别人是喝酒作乐，我受刺激了。”

“怎么?”

“没什么。”张娜娜想还是暗恋吧，今天的情形不是说出秘密的时候。“我挺喜欢喝醉的感觉，那时候可以不顾一切说想说的，做想做的。”

“哦，你想说什么？想做什么?”

“不告诉你。”

“呵呵，女孩子就秘密多。行的，行动结束了，不管做的怎样，我请喝酒。”

“你说的。”

“我说的。”

“咯咯咯。”

张娜娜拥了拥何阳跑下楼。

“也不急这一会儿，我送你。”

“别浪费你的钱了，挣不够还指望你给补呢。”

自荐书陆续交了上去，连会心安排人事部设置了收集的地方，她担心不上报的事情再次发生，何阳式的人才被掩盖。

连会心翻阅着的自荐书，一般人是汇总后才看，那样会产生审美疲劳而应付差事，她是一日一阅。已经两个工作日了，何阳的没有见到，他放弃了？或是其他？连会心开始猜想，会不会是工作太多太重了？她看了看信息部的电话号码，拨了几个号又放下，决定再等等。

连会心做工作喜欢提前安排，近期她想来个明察暗访，便于编制适合员工们的新方案，在这之前她需要招聘一个可靠的秘书，具体事情就在办公室展开。

应聘的是二男一女，连会心看了各人的简历，女的叫刘兰，没有稳定工作，靠给传媒采稿一直处于打游击中。

“董事长，飞讯公司特别有名气，我很喜欢在这里工作，我做文字编写好多年，能做好秘书工作。”

刘兰在竞争者前先发制人，快速推荐着自己。

连会心微笑。

另外两个男子大学刚毕业，叫程兵的当过学生会干部。连会心问他当了多长时间，他回答一年，又问做干部时遇到过什么困难。程兵急得直出汗，虽说看了很多关于文秘的书籍。

“用不上啊？都说招聘的经常问些奇怪的问题，看来不假。”他想了想，大声回答，“困难有一点，我积极克服了。”

另一个孙峰当过群众演员，连会心问他演了多少场。

“二三十场吧。”

孙峰嘿嘿笑着，他对应聘没有抱多少希望，除了碰运气，更想先获得应聘经验。

“请在五分钟内随意演个角色，好吗？”

“行。”

他一人演了三个角色，逗得大家直乐。

表演结束后，连会心说三天内聘用的会有通知。事实上已经选定了人，玩游击那女的做文秘应该可以，学生会干部也不错，却不适合这次招聘。半小时后，她给表演的男孩打了电话，派给他一个任务，带上录音笔想方设法在各部门坐一会儿，比如有人问你找谁，就说我们经理在和董事长谈业务，自己随便坐坐，实际上要引出会有新制度出台的话题，一共五个部门，一天完成，晚上再约地方交录音笔，酬劳1000元，现在他回去准备下，明天做完。

孙峰想：这老总够特别的，你说怎么就怎么，不就演戏吗，一天1000，哪挣去呢？接了。

做好这一切后，连会心发布了新工作制出台的消息，这会成为公司里的大事情，也必然会引发大讨论。

何阳在截止日期快要到时交了自荐书，另加一份公司前景策划。他想虽说不是高层，总可以自由表达吧，最开心的是自己的智慧能够在生活中得到检验。

“也许做完这单就要离开了，毕竟部长对我的行为很反感，要找到一个尊重自己的地方啊。”

近两天，何阳发现部长总在他身边转悠，如果是公共场合会以为是个贼，部长强调上班期间不能做私活，不能写自荐书，当时大家都在编写。

小精灵反驳说公司有通知的。

部长冷笑，自古以来都是走走过程，笼络下人心，你们是不是在信息部委屈啊。上次和何阳争吵没有占到便宜，火气自然发到了其他人身上。

何阳站起来。部长马上跟过去，要是何阳有所反应，他马上迎头痛击，激怒他，让他知趣地离开公司。

何阳递过请假条，请部长签字，只有这样才可以避开部长的打击。

部长扔到桌子上，“随便你了，给你自由，给你时间，月底是要任务考评的，三次评为低级，知道后果是什么吗？”

“离职呗！”

钞票男抬起头。

部长没有理会他，钞票男这类人他理解为社会中的垃圾。

“哥，我给你开送别会。”

张娜娜瞅了钞票男一眼，紧靠着何阳，害怕他再有反抗举动。何阳笑笑，拉起张娜娜离开公司。

接下来，何阳四处投放简历，探听了张诚出差的车次和时间，并记录了他的生活习惯。

一个小餐厅中，美美说：“我都成间谍了，问这些做什么？不会做出对‘世纪浪子’不好的事情吧，我还靠人家吃饭呢。”

何阳讲了近期的经历，美美能给他提供线索，他也要真诚。

“你们部长真是死脑筋，你在和他斗气？还是什么？”

上学那会儿，美美知道何阳是个不认输的小男孩，特别喜欢比试。

“呵呵。服务员，再上一瓶啤酒。”

他俩碰了下杯子，美美眯着眼睛笑起来，“你猜我想起了什么？我想起逃课那会儿你带我也在一个小饭馆。嗯，是那种又脏又小的，也是喝啤酒，一瓶我就吐了。”

“呵呵，是提前做完题下课了，你吐了我一裤子。”

“咯咯咯。后来你怎么了？怎么会来这个城市？”

“继续上学呗。哎，越学越枯燥，大学毕业后我就开始了流浪，去过很多城市。你呢?”

何阳和美美这次来往的时间不长，但她特别开心，一定家庭幸福，工作顺心。

“一般了。”美美喝了口啤酒，夹了点菜，“你们部长总是难为你的话，可以跳槽，你到哪里都行的。”

“也没有什么，只是想在走之前做个大单，检验一下自己的能力。”

在何阳心中，和“世纪浪子”的合作没有多大，还有特大单等着他，如果做成，依照现有的奖励制度，可以分到很多，他已经紧盯了一段时间，要是离开飞讯公司，个人力量又有点单薄了，当然自己做更自由快乐。

第四章　锁定大单

晚上 11 点的空调特快，何阳和张娜娜提前一个小时到达，在候车室里等着锁定目标。

张娜娜特别兴奋，“我从来没有和大领导合作过，主要看你了。”

“领导？你又不是张诚手下，当作偶然相遇，越随意越自然越好。”

何阳深呼吸了几口，“来，试着放轻松。”

“好啊。”张娜娜的身体还是有点抖，“哎，我今晚可是配角，一切行动听你指挥。”

“那怎么行，我俩都是主演。”何阳望了望四周，感觉像个身肩重职的特工，“完成，不可以松懈的。”他告诉自己。

“老大，离进站只有十分钟了，目标没有出现，是不是情报有误。”

“别用这种口气好不好，好像要发生战争。”

“哦。”

尽管何阳非常优秀，张娜娜却心虚，就两个小屁孩谈成大生意，可能吗？

何阳不停地走动，观察，看表，他判断目标就要出现，情绪自然高涨起来。五分钟后，张诚来到了进站口，他俩赶忙排到他后面，一不小心张娜娜踩到了张诚的脚。

“对不起。”

事实上是何阳顶了下她的屁股。

“不是故意的。”张娜娜望着高她一头的张诚，“不介意的话，我可以给你擦净鞋子上的脏。”

“没事。”张诚微笑，行走江湖多年，他不拘小节的，只是觉得女孩子有点诚惶诚恐了。“真的没事。”

“哦。”张娜娜扭回去，“你干嘛。”

“嘻嘻。”何阳凑到她耳边，“先来个亲密接触，你的戏份会越来越多。”

“哼，人家上车就睡觉。”

张娜娜想，接触就接触呗，也不提前说一声，还有张诚是个大人物，我真不知道该怎样谈，虽说事先排演过，可是人家底子薄。

列车不是始发，又晚点了，快进站时张诚接到一个电话，何阳和张娜娜换了下位置，在太多未知中，张诚的言谈举止极其重要。尽管何阳听不到手机里的声音，但能从张诚的话语中判断出他在和女儿逗乐。何阳想，看来传闻不假，张诚是个有情有义的好男人，这就更好办了，沟通点容易找到，他称之为进入张诚内心的接入点。

进入车厢后，他俩在张诚对面坐下。张诚快速地扫了俩人一眼，目光停留在张娜娜脸上，张娜娜笑迎着张诚，她准备先打招呼，张诚却把视线移向窗外，列车缓缓启动。张娜娜收回笑脸，无奈地看着何阳。何阳拿出一瓶矿泉水，拧开喝了几口，递给张娜娜，张娜娜没有接住，瓶子砰得掉在列车桌上，张诚受惊地站起来。

“对不起，又是我。”

张娜娜赶忙过去，用餐巾纸揺着他衣服上的水迹。这是一个策略：我们总是对不起。

何阳也帮着去擦。

“没事，没事的，一点点水嘛，一会儿就干了。”

看着一男一女赔礼道歉的样子，张诚反而不好意思了。

“坐下，快坐下吧。”张诚送他俩到座位前。“进站时，你俩在我后边吧，现在又坐在一起，挺有缘的。”

“对对。”

张娜娜用力点着头，这些话正是她求之不得的。

“是啊，”何阳乘机感慨着，“全国十几亿人，一生能见面的有几人，见面了说过话的又有几人。”

“嗯，嗯。”张诚也坐下。何阳说话的声音有气势很豪放，正是他欣赏的类型。“你俩哪里人。”

“本地的。”

张娜娜拿出罐装啤酒和下酒小菜。

策略之二：不能只让你精神快乐，再来点物质刺激。这些只是剧情的引子，按照计划是要大喝大吃大谈大大培养感情的。列车上有喝不完的酒，不知他俩和张诚是不是有说不完的话，进一步的交流将由何阳完成，至于接下来感情怎样，由他俩共同做好。

事先对张诚有过充分了解，不该说的事情绝口不提，而张诚玩得很大，话题相对也大。

张诚到V市是参加世界新能源博览会，他想看看太阳能的市场，其他的有点模糊了，而这些是何阳所了解的。

酒喝得有滋有味，谈天说地也尽显艺道，一个江湖多年，一个做科学艺术很久，越聊越热乎，很快就聊到了称兄道弟的份上。张娜娜在一旁听得惊讶万分，家事国事天下事头头是道，越听越有味道，肚子里面有真功夫啊。再想想自己每天聊些什么，汗死！如果不是亲身经历，真以为做梦做到了天堂，自己的老师不仅仅是那个什么，她暂时表达不出来。

在热聊中，何阳不停地想着，称兄道弟完了是酒肉一场，还是形同路人，必须突破到彼此相敬如宾，真诚合作，共赢同存的境界。何阳去过很多城市，接触过相当多的群体，知道要处好关系必须抓住对方的心，首先得付出，付出是漫长的过程，不是你给我多少钱，我就做事情这么直接，再说张诚不缺钱的，又可以给人家多少，还想着挣点。他缺什么？爱情？自己是男的，更不能牺牲张娜娜。亲情？自己不是他的家人。那就是三大情感中的友情了！如果我不计回报的给你设计发展，应该可以的，我就谈你现在想做成的事情。

他把话题引到新能源博览会上面，说自己也是考察几个项目，打赢未来市场这场仗。

“未来市场？”

张诚表示出极大的兴趣。

“很大很远的。”

张娜娜插了一句，何阳讲对张诚的话题一定要大而远。

“哦。”

张诚把胳膊环抱在胸前，大和远概念有点模糊，但他已在注意听。

何阳以为张娜娜有新见解，也看着她。

张娜娜却把脸扭向窗外。

“呵呵，是这样，我说的未来不是不切实际的东西，指的是提前一年的市场。”

“怎么个提前法？”

“比如现在是 2010 年 6 月 29 日，我们把 2011 的市场考察出来，提前投资布局，等别人跟风做起来的时候，我们已经赚得很多，然后守住现有，再布局 2012。”

“哈哈哈。你是说超前意识。”

“对啊，也可以提前半年投资。等别人做起来再去分市场的话，不会很多，风险也相对大。”

张娜娜突然灵感一闪，说出了想法，这归功于何阳的教导思路，有想法可以随时讲出来。

“哈哈哈。有点意思，可是一旦把握不好市场走向，风险更大的，跟风相对稳妥点。”

张诚端起一杯啤酒饮下。

“是啊，所以要考察嘛，很多人都在考察，但不会考察，得考察出个名堂来。”

何阳也端起一杯，朝张诚举了一下，喝掉。

“哦。”

“你想，”何阳接着开发张诚的思路，“新市场总是有第一个人去做吧？”

“是啊。”

张娜娜应和着，她看到张诚的表情越来越严肃。这是什么意思？

张诚忽然站起，说去下卫生间。

张娜娜问何阳他聊着聊着，张诚怎么变了样子。何阳笑着讲是好现象，刚开始只是随意的说话，渐渐说到了感兴趣的地方，现在他认真考虑了，心理活动往往会表现在脸上，除非对来人有充分防备。

张诚再次坐下时，谈话沉稳许多。何阳交易谈判过太多次，知道机会来了，也沉稳下来。

张诚问他俩什么职业。

张娜娜刚要张口，何阳暗自拍拍她，回答生意人。

“一样。具体做什么呢？”

“风险投资啊。”

何阳微笑着与张诚碰了一杯。

“那兄弟你玩的更大，生意做的怎么样？”

“一般了。”

“谦虚，兄弟你谦虚。哈哈哈，不会是春风得意马蹄疾吧。”

“呵呵，也是吧，不过不是进京封官，是去参加博览会。”

“一样，一样。”

“对了！这就是缘分。从看见你那刻，一直觉得似曾相识。”

张娜娜又开来了话题，把张诚引到了一个机缘中来，以此增加亲近感。刚才张诚离开时，何阳分析他回来会谈实质性的问题，这些只有参加世博会后才好解答，让张娜娜把他先绕到情感上来。

出站后，张诚邀请他俩到预定的酒店同住，开销算他的，因为好结伴同行。虽说是一个晚上的相聚，张诚对他俩特别看好，他很想知道何阳的考察怎样与众不同。考察嘛，次数多的记不清了，可惜没有独到之处，说白了张诚能有今天，靠得就是学习各类知识，这种天赐良缘他不会错过的。

何阳稍微婉拒了一下，就同意了，这次出来经费太少，带上自己拿了点也不多，一切得节省。只是花别人的有点惭愧，先记住这情义吧。

世博会开一个星期，他们商议了一下，决定好好休息一天再去。

张娜娜想第一次和老师出差就免费，太爽了，吃饭购物想要什么都行，面对大客户，不可以手软心软，就算何阳交代能省则省，她却不乐意这样做。

谁知定房间时，何阳又婉言拒绝了，他觉得不可以占小便宜，让人家把他俩看作唯利是图，既然做大单就要有大气势，所谓人穷气不短就是这个道理。

“也罢，留个联系方式。”

何阳越是这样，张诚越是想他真够奇特，越是想和他参加世博会。

“好的。”

两人交换手机号后，张诚说明天早上我接你去。

“客气了，我们找你。”

听到这里张娜娜捏了捏何阳的手，她可不愿意打仗似的跑来跑去。

“休息吧，再见。”

何阳开始告别。

“拜拜。”

张诚离开后，张娜娜大叫，“这也不行，那也不可，张总明明落花有意，都让你这大水冲没了。”

“呵呵，照顾自己挺好的。”

何阳大步向前。

“城市这么大，我们的钱又这么少，怎么照顾自己。”张娜娜原地站着，如果答应了张总的话，一定在高级浴池中泡澡，紧张了一晚上，她对床特别有感觉，何阳还在向前走，根本不顾及她的感受。“喂，你是不是喜欢独来独往，等等。”

何阳回头微笑，“快点了，先找个地方吃一点。”

“你个死何阳。喂，我来了。”

看到何阳的笑容，她的困乏突然消失，老师绝对迷人哟。

他俩就近找了一个小旅店，一个旧电视，两张不知多少人睡过的小木床，怎么看怎么不顺心，张娜娜咬了咬呀，“幸好不是地下室。”

“嗯？一人的话，我睡火车站。”

“啊？”张娜娜摸了摸脸，还活着吧，怎么像是来到了地狱，“你是何阳老师嘛？”以何阳的学识，不次于大学教授，听着却是个流浪汉。

“洗洗睡吧，”何阳指了指房间外的小水管，“那个，中午饭免了。”他倒在了床上。

“啊！啊！”

张娜娜扑在床上，何阳的话就是精确打击的导弹。

何阳醒来时，张娜娜还在梦乡，她梦见来到一个比大酒店要好许多的地方，不知怎么都称她为女王。她对何阳说，“这里的宫廷任你住，这里的美女任你选。”忽然脸上一热，改口，“这里的房子你随便住，这里的美食你随便吃，这里的职位你随便选，这里的东西你随便考察，我再派上一群跟随听你使唤，当然我走在最前面，也当当女老大。”

这时天色已黑，何阳在街上吃了一晚面条，又到德克士买了鸡腿、鸡块、果汁，宁愿苦自己也不能苦了娇嫩的学妹，一出远门他就看了出来，张娜娜孩子气挺浓，温室的花朵经历风吹日晒才能更加娇艳，也得小心呵护哟。

张娜娜醒来，问何阳吃的什么，何阳说一样。张娜娜眨了眨眼睛，笑了，“不会吧，两份至少 100 元，你带了 1500 元，拿出钱来数数看。”说着张娜娜就去掏何阳的口袋。

“干嘛呢，痒痒死了，我还能骗你。”

何阳躲开，拿过果汁，“还没有全凉。”他插好管递过去。张娜娜正处于饥渴的状态，不再审问，大吃大喝起来。

何阳坐在她对面微笑，心里却计划着明天的世博会，怎么才能给张诚考察好市场，完全抓住他的人。

吃喝一番后，张娜娜提出去外面溜溜。

“不累了？”

“睡了一天，精神着呢。”

何阳正有此意，走一走熟悉一下城市的环境。

他俩在几个夜店转悠来转悠去，都是超市，何阳什么也没有买，却走到哪里就聊到哪里，张娜娜无聊了，问不买东西进去做什么。

“为参加世博会做准备啊。”

“做准备？别人都是买点饮料小吃，你却浪费口舌，省点力气应付张总吧，我明天只负责拎包。”

“呵呵，提前了解风土人情便于沟通嘛，不早了，回去吧。”

“嘻嘻，还是老师想得长远。”张娜娜靠近何阳，“出门在外，就没有想着一个人吗？”

何阳停下，他的手机响起，是同事小精灵，小精灵正靠在沙发上看电视。

“何阳吗？”

“你好。”

“好什么好，几天不见你人影，看你酸的。”

“呵呵。”

张娜娜凑过来，何阳又走到一边。

“你女人吧。”

张娜娜忽然很失落，刚问他想什么人，这人就来了，不问多好啊，命运也太那个了。

“别乱猜。”

“什么？你说什么？”

小精灵急躁地喊。

“不是和你说的。好了，现在你说吧。”

“你和张娜娜好几天没有签到，部长说要狠狠地处罚，还说要解雇你俩，快来上班吧。”

“我不是请假了吗？”

“部长说没有他的签字，不算数。”

“丫头，别总是打小报告，特别是对领导。”

小精灵的妈妈乘机教育女儿，对于工作问题，她有十足的经验。

“妈，我知道，一个好朋友快下岗了，我得帮助他。”

“何阳，你听明白了?”

“这个老狐狸，我知道了，谢谢你。”

“客气什么，同事间我最欣赏你。对了，你别让别人知道我告诉你这些事情，不然传到部长哪儿，可有罪受的，这老家伙什么时候滚蛋，我推荐大家选举你。”

“呵呵，我有那么好的人缘吗?”

“有的，有的。”

“呵呵，我这是长途，回去聊，好吗?”

“长途？你在哪?”

“总之不在本市。”

“哦，拜拜。”

回到旅店，张娜娜又问何阳出门在外会想起谁。一段时间相处，她对何阳有所了解，他出生在小城市里的小家庭，不甘心平淡的生活才出来闯荡。原话是我不想毫无意义地死去，要创造自己的天地。说这句话时何阳望着无尽的夜空，目光迷醉。张娜娜虽说是女的，可也理解男儿情怀，现在有远大志向的人不多见，能实现的更是少的可怜。她很喜欢男人这样子，暗自祈祷：何阳，只要你不嫌我烦，我想一生跟着你，我不可能实现你的理想，但能照顾好你。忽然觉得今天做的不好，让何阳当作小妹妹关照了，不过心里甜甜的。

何阳告诉她经常会想起去世的老爸，好想和他说说话，他活到现在的话呢，头发全白了，又会和很多人一样染成黑色，他的一生更苦，不过他特别勤快，脑子足够灵活，会自制东西，能谈判大小事务，最大的本领是有眼光会挣大钱。

“哦。”张娜娜点点头，虽说老爸活着，却不怎么崇拜他，感觉他老老实实一生，到头来就那点退休金，没有什么意思。“你爸是个好人。”

“可惜命短。”

“也是，命运挺无常的。”

“嗯。”

何阳把身子盖好，准备睡觉。

“女的你想谁？除了你妈。”

这才是张娜娜问话的目的，何阳这么优秀会没有女朋友？至少有一个临时的，会不会家乡有女孩子等着他。

何阳发出了轻微的呼呼声，他睡着了。张娜娜提着脚尖到何阳床前，“睡吧，宝贝。”不知怎么她产生了一种母性情结，她把他露在被子外的手放回去，何阳翻了下身仰面朝天，张娜娜盯着他看了很久才回到床上。

他俩和张诚进入世博会会场后，依次看着新能源产品，张诚亲切地和服务人员交谈着，何阳拿出智能手机拍照、录音、询问、在记事本上编写，并让张娜娜收集产品说明书，记录联系方式。

张诚想做太阳能源的新产品，这是一个不断成熟的市场，既长远，又有消费群体，只是产品多停留在太阳能热水器、电池、玩具方面，有几款太阳能汽车，价位很高，无法进入百姓生活，就是富豪们买上也不怎么适用，因为技术和功能太一般，参加个科技大赛勉强充充样子。

“和前几年比变化不大呀，”张诚失望地看着何阳，“也看不出市场在哪，你怎么认为？”

这个问题很突然，不过何阳有所准备的，“虽然说全球都在做太阳能的市场，只是大家思路并不开阔。”

“哦，你说全球？”

张诚不由惊叹，眼前的年轻人战略眼光挺高的，不会是隐名埋姓的一代商业巨子吧，想想又不是，不然怎么会和我混在一起。

张娜娜把他拉到一边，“张诚还没有玩到全球的级别，你这样说不妥吧，记得你讲过见到什么人说什么话，谈什么事情。”

“对啊，太阳能就是涉及全球的，要灵活应变。”

“嗯。”

张娜娜默认了何阳的看法。

何阳走到张诚身边，张诚微笑，“讲讲你的全球战略吧，也许能吸引我投资。”

“呵呵，是什么给世界带来了光明？”

像是老师提问题，张诚最怕这个，上学那会儿回答不出来经常会受到惩罚。他想了想，“太阳。”

“对。”何阳拍拍张诚的肩膀，“自从爱迪生发明了灯泡，人类进入自造的光明时代，同时引出了电能的市场。”

“是的，是的。”

张诚专注地听着，何阳没有直接给出答案，而是举例子把他往里引，这个有意思。

“人类不断前行，传统能源一点一点会被新能源代替，我们可以利用太阳能源做出太阳能灯泡，而太阳能源没有成本，免费的。”

“太阳能灯泡？是个新概念。这里有吗？看看去。”

张诚往前走去。

“没有。”

“那市场岂不是空谈？”

“对啊！”

张娜娜也表示了极大的兴趣，刚开始以为何阳只是在和张诚交流感情，增进友谊，听来听去发展成了谈判。

“自主研发，然后推向市场，定位是所有人群。”何阳想了想补充道，“现在的科技做这个不难的，主体思路是白天吸收光能，晚上放射光能，携带移动式的，还能做手电、探照等等用途，功能再强大的可以用做光子扫描，远程遥感，广泛应用于航天、航海、汽车之类的远程工具。要记住，光速超级快的！”

“是的，是的，市场相当大而且特别长远。”张诚忽然领悟到全球正在加快科技化，何阳说的就是主要市场，是条商业主线。他握住何阳的手，“兄弟，详细谈谈。”

“我们时间长着呢，”何阳对太阳能的市场还需要思考，不可以信口开河，“再看看其他新能源了。”

“好的，”张诚大笑，这个帅小伙一定可以帮助自己成就大事业，他太有才了，“我能再请教一个问题吗？”张诚谦虚了许多，如果真的做太阳能产品，何阳不就是现成的总设计师吗。“你怎么不做？”

让张娜娜很揪心，她紧张极了，想千万别给说漏了什么，不然前功尽弃。

“呵呵，我的产业小。”

“哦，哈哈哈。”

何阳巧妙地把压力化为无形。

与此同时，飞讯公司正在火热上演新制度 PK 旧制度。对于新制度实施，连会心请示过集团老总。老总听了后，说：“开始实践吧，效果明显的话，全集团推广。”

主要制度如下：

原 8 小时工作制改为 6 小时。上午 8：30 分—11：30 分　下午 2：30 分—5：30 分

修改原因：

1. 利于大城市出行安排。

2. 集中办公 6 小时比松散 8 小时有效率。

3. 更为人性化。能体现自由轻松的工作环境，利于留住人才、吸引人才。

奖励金逐步加大，惩罚额逐步减小，企业文化内容增多，不良的办公风气减少。

五个部门扩编为六个部门，办公专业化。

重用真才实学、有胆识远见的人，充分体现人尽其才，随时可以自荐职位。

薪酬保持逐年上升。

这仅仅是连会心的第一步：投石问路。

她投出的是块金石，不知员工们能不能把金石化为生产力。走出第一步，至少说明方向明确，接下来就是不断细化，就像加工制造一个精密仪器，让每个员工都有成就归属感。

这次的新制度连会心做过准备，以悄无声息演戏的方式得知了民意，来了个相应的策略和调整，和何阳演戏办公的方式有异曲同工之妙，跟随集团老总多年，连会心成为创新实干的管理层，既然由她管理飞讯公司，就得用好的方法，布局公司的未来。和何阳的思路又是大同小异。

现实证明新制度发布前后职员反应不同，就说信息部吧，小精灵变成了小云雀，叽叽喳喳叫个不停，“上下班的时间充分了，午休时间也长了，我找对象的时间自然多了哦。啦啦啦……啦啦啦……”

梦幻子也发表了声明：“6 小时的高效率，这个主意好，平时 8 点签到

后，喝水、看报、闲聊，一般人 9 点才进入工作状态，下班时间快到时又是苦熬，不如提前解放出去呢，该访友的访友，该泡吧的泡吧，大家自由娱乐时间多了，第二天工作起来会特别卖力。中午 3 个小时，正好回家做饭看孩子，多美的小日子。”

钞票男说：“老子就等着人性大解放这一天，这样的好地方打我都不走，再用用力，也挣点高额奖金。嘿嘿嘿，兄弟姐妹们，加把劲干起来啊。嘿嘿嘿，漂亮的女总，你就是我们的大福星……”

钞票男一边敲击键盘一边唱着，仿佛在弹奏快乐的小曲。

信息部长对新事物一向敏感，他拿着新制度研究起来，首先要判断对工作有多少影响，特别是会不会影响到退休，影响了退休就会影响到养老保障，尽管部长很疼爱自己的女儿，但还是想自理好后面的日子。他具体分析了每一条，工作时间的变化和他没有关系，只要按照条条框框做完任务就行。看到第二条他笑了，什么增多企业文化，减少不良办公风气，都是哄鬼的，这个世界有太多的敷衍。第三条忽略，第四条让他担心，飞讯公司能人还是有一点，只是都自荐了好位置，不怎样的位置谁做呢，你还是行不通，想到这里他又安心了，“你们以为信息部长是人都能干嘛?”第五条，谁知道呢！“呵呵，我看什么新制度，简直就是废纸。”

部长自鸣得意的时候，连会心叫他过来一下。

“你叫我过去，我就过去？这么听话?”他点燃一支烟，上次女总的问题让他发毛，这回又要问什么，“毛丫头一个，问题倒不少。算了！去了再说。”他扔掉香烟走了进去。

这次连会心迎接部长的是笑容，让他意外。

新制度采用了何阳的策划书中的一些想法，比如工作时间的修改，修改的主要理由，她原封不动地搬到了文件里，再比如重用真才实学、有胆识远见的人，不玩勾心斗角，争权夺利，不搞小群体对抗。连会心觉得应该找他聊聊了，打电话到信息部办公室，回答好几天没有见何阳，才找部长问问。

部长听到这里摇着头，“我不知道何阳去哪了，这小子经常旷工的。”

“这小子？你说何阳。”

连会心听得出部长带着某种情绪。

“我是说何阳经常违反公司规定，是公司的一大隐患。”

“隐患？不至于吧。”

连会心马上晴转阴，看何阳的自荐书和策划方案分明是人才。

部长靠近连会心，用手指轻轻敲着桌子，“告诉你了，何阳经常违反制度，会影响其他职员跟着学坏的，很是难以管教，这时候发布了新制度，何阳不知又会惹出什么乱子，我看不如解聘他。”

部长认为不落井下石，不借刀杀人，可能某年某月某日栽倒在何阳手里。

部长这样说何阳，连会心更是奇怪，她回想了和何阳在一起的片段，忽然记起何阳要做“世纪浪子”的大单，还邀请她参加，她也知道可以个人做单拿奖励的。

“就这样吧，何阳来上班了，请他来我办公室。还有，作为部长要清楚职员的去向，不要有事情了找不到人。”

连会心到电脑前打开办公管理。她才不会轻信部长的一面之词，尤其是某类人。

部长离开，到办公室他又郁闷了。“回来了，请他到我办公室。你还真客气，部长我都没有这待遇。”他越想越是难受，拨通何阳的手机。

“喂，你在哪?”

部长声音大的像是打雷，话筒质量差的会被震坏。

何阳知道是部长，更知道他随时会找麻烦，如果不是任务在身，也会用火大的声音回敬他，所谓你敬我一尺，我尊你三丈，你鄙视我一天，我唾弃你三年，在公司你是领导，在人类社会我还是你大爷呢。

“我在出差。”

“谁批准的?”

“我和你请假了。”

“你一厢情愿。”

何阳挂掉手机，部长给了难以完成的任务，又不给自由办公的时间，请个假也是一堆问题，如果把他和部长之间的事情拍成影视剧，宣传标题是：部长，你真多情，这次你招惹的是死神。

部长又来电，何阳挂掉。部长再次来电，何阳挂掉。部长反复来电，大有要把手机电量耗光的架势。张娜娜着急了，她听出了是部长的电话。

“有话好说嘛。”

她劝何阳。

“部长讲过道理吗？我正常请假，他都要难为一下，这号人我没有要无赖已经给足了面子，不知好歹的家伙。”

张娜娜夺过手机，要是他和部长的关系越来越僵硬，领导肯定不会走人，被迫离开的是老师。

“你好，我是张娜娜，有事情和我说吧。”

手机里传来急促的声音，张娜娜“嗯嗯嗯”应答着，很快把手机还给何阳，“部长让你马上回去，说女总找你。”

“找我做什么?”

何阳记起上交的自荐书和策划方案，莫非女总看上了，又觉得是幻想，就算女总真的看上了，他也无心下去，因为部长。

“部长没有说。”

“不要提部长两个字。”

何阳吼了一句。

“是，是，是手机里没有说。”

张娜娜怯生生地望着何阳，委屈地要哭，事实上眼角已经滚出眼泪，像两粒纯洁的小水珠。

何阳深呼吸了一口气。

“对不起啊。现在回不去，任务刚刚开始。”

第五章　人生大课题之命运选择

他俩站在世博会的大厅中，今天张诚没有来，已经是世博会的第四天，第二三天张诚转了一圈就走了，原因是兴趣转移了，经过老同学介绍他又见了初恋情人媚儿，媚儿的生活和他比有天大的差别，非常羡慕他的地位和财富。

“哎，我总是走错路。”

媚儿叹了口气。

“怎么了？”

张诚很想帮助她。

“听老同学说你有了大公司。”

“呵呵，一生坎坷啊。”

张诚感叹多年的打拼，从经常受限制的小人物到老总能容易吗？最开始就一个小工人，正和媚儿谈着恋爱，媚儿的家人不看好他俩的未来，这对他刺激特大，后来媚儿去了其他城市上大学，他让她等着，自己要去混世界，给他家人看看，给她最想要的婚姻，他是去了祖国各地，梦想却一次次破灭，家人叫他回去老老实实上班，他说你们有能力把媚儿娶回来，我就回去，不然我注定浪迹天涯，因为我答应过媚儿会荣归故里，否则我此生不娶，死在外面。家人说那怎么行呢，外面苦难险恶的，再说父母老了还等着你照顾呢。张诚说那是以后的事情，现在我年轻力壮，拼了。以后的事情是媚儿人漂亮，追求者一大群，嫁给了外地一个高干子弟，可惜高干子弟不争气，就知道吃喝玩乐，从没有想过发展，叫老爸给媚儿找了不错的工作，算是对婚姻有个交代，多数人是上上班娱娱乐，媚儿也没有觉得什么，这次听说张诚成了公司老总，做事情一人说了算，牛气得很，让她特别羡慕，因为上级总是否认她的想法，强迫她去做别人的计划，她难以接受，她也是个要强的人，有绝对的主见，却难以实现，随着年龄的增长，人还不就图个活着顺心吗，说大一点就是实现理想，看到自己的劳动成果，然后享受甜蜜的果实。

“当初都怨我老爸。”

张诚觉得事实如此，可他却说：“家人也为你好嘛。”

“好什么好，日子好无聊。张诚，你快乐吗?”

初恋时经常问的话，多年后又问了出来。

“还行吧。”

“你有说了算数的地方，一定快乐。”

张诚笑了笑，媚儿浑身散发出一种成熟美，他想这种美本来是应该属于他的。

“我过得很压抑。”

“哦。”

张诚不知道该说什么，都是有家庭的人了，只是媚儿的眼神很诱惑他，伤感又无助，张诚相信自己生来就是拯救她的。

“除了女儿我还有什么?”

媚儿的话一句比一句冰冷。

他俩坐在V市最有名气的酒店，享受着空调吹出的暖风，喝着热腾腾的果汁，张诚本以为和媚儿将是一场浪漫的回忆，媚儿却把现实来了个大解剖。

“女儿几岁了?”

“6岁了。”

“那你26岁结的婚。”

张诚想那年他在做什么，媚儿享受温馨时，他正天南海北跑生意，苦累全咽在肚子里，倾诉的地方都找不到。

“25岁。”

“嗯。”

他从右边口袋拿出一个小礼物，是会随着光线变化跳舞的小女孩。左边口袋也有一个小礼物，如果媚儿的孩子是男孩，他就从左边口袋拿。

“送给你女儿的。”

“真漂亮呀。”媚儿笑着，她笑起来眼睛就像弯月，特别好看，以前张诚总是逗她笑，就为了欣赏她的笑容。“你孩子几岁了，我都没有准备礼物。”

“3 岁，我结婚迟一点。”

“哦，你什么时候离开 V 市？我准备个礼物去。”

“再玩几天。”

张诚很开心，因为媚儿见到小礼物一直笑着。

“看到这个跳舞的小女孩，就会想起我们的过去，你还是这么有情有义。”

媚儿的话越来越直接，以前她可不是这样。

张诚感慨：真是一个物欲世界，可以主宰你很多。

“当然了，我一直很爱你。”

张诚想这次离别了，谁知何时再见面，他也不想做伪君子，喜欢人家就是喜欢。

“谢谢你还能记着我。”媚儿低下头，她有点羞涩。“出去走走吧。”

晚上，媚儿做完家务，检查了女儿的作业后，躺到被子里。说真的，她后悔莫及，当初和张诚热恋时答应过人家会以身相许，只是命运把她抛给了别人，再想想不是命运的错，是自己和家人不坚定。现在命运又让他俩见面，怎么办？这次她得有主见，得意志坚定。她问自己，我爱张诚吗？回答是肯定的，她甚至“嗯”了一声。她也在想，这次分别了，会不会是永远的分别？我要跟着他，去他的公司，老同学说他的公司可大了，十几亿元的资产，还上市了，前途无限远大。我再也不用侍候别人了，那些人啊，一丁点儿大的官，总是大呼小叫，有什么可牛的，再看看张诚多客气，多体贴。深夜时她想好了，先占领他的公司，再占领他的家庭，生一个他们的小宝宝，彻底占领他的所有。

“只能这样了，不然我会难过的。”

她决定明天就和张诚谈，和自己的家庭谈，先谈异地上班的事情，后面的事情走着再说。

“年薪百万挣过吗？”她问自己，“要重新回到他的身边吗？是的。我现在活的像什么？”问着问着她睡着了。

第二天，媚儿和张诚谈了工作上的事情。张诚大为开心，媚儿的观点和他惊人的相同，就像初恋那会儿，说话做事情总是息息相通。

“公司是你一个人说了算？还是和你爱人？”

媚儿又笑起来，她知道自己的笑容可以迷住张诚。

“她是个小学教师。”

"咯咯咯，如果我去你公司，给我什么职位?"

"呵呵，你想来?"

"是啊，要看你表现的。"

忽然媚儿觉得有些过火，毕竟不是热恋，可感觉又回到了热恋中，只是不明白他怎么理解的。

"哈哈。"

张诚笑而不语。

"干嘛呢？不想经常见到我?"

媚儿用了经常两个字，以前张诚说过一分一秒都不能离开她，事实是分别了好多年，有时候情话就是情话，代表不了什么，今天媚儿就想代表她的心。

"公事公办，面试、考试、试用。"

"啊?"

媚儿想哭，真是世态炎凉。

"还有，从基层做起。"

张诚整理了一下西装，好像面对的是急于求职的陌生人。

"你?"媚儿咬了咬嘴唇，"你变了，真的变了。"

张诚无语，他想聆听下去。

"现代社会要想过上好日子，多是跑关系，走路子，人家以为这个世界只有你会关心我，谁知道一个样。"媚儿无奈地看着张诚，"我还是会想你的。"她转身要离开，"看来一切都是幻想，你什么也没有给他，他怎么会对你好。"

忽然她的手被拉住，是张诚。

"逗你玩呢，"张诚刮了下她的鼻子，"我缺个贴身副总，你聪明又有才气，现在就上任，报酬嘛会让你满意。"

"张诚，还是你，你最懂媚儿。"媚儿高兴地哭出了声，"我会死心塌地跟着你。"

昨晚媚儿彻底想明白了，就是拼死拼活，也要帮着把公司做的更大更强，和他一起承担责任，不可以再临阵脱逃。说到走，她放心不下的是女儿，女儿可以让爷爷奶奶带，看看他们带出的无能的孩子，能够想象出女儿的命运是什么？到时候还得老妈来。先去了站稳脚，一切就好办。

"那你女儿呢?"

张诚江湖多年，知道情感中什么最重要，尤其是女人。他真的想给媚儿点幸福，也算是满足年轻时的美梦。自从见到媚儿他就处于兴奋中，得知媚儿要到他的公司发展，更是兴奋得发晕，他再也不会孤单落寞了。

“先让爷爷奶奶带吧。”

媚儿看了看天空，无限宽广，就像现在的选择。

“也好，你可以随时接她和我们玩啊，我挺喜欢小孩子，特别是你的。”

“又逗我玩。咯咯咯。”

“没有啊，你是我的副总，要保护你的人和你的利益，”张诚在媚儿面前踱着步子，有时候遇到难题时他就这样。“要让你跟着我无后顾之忧，无后顾之忧了才会安心做事情。”

“嗯。既然到了你的公司，就以你为中心，现在我要履行副总的职责了，你到V市不仅仅是玩乐的吧。”

媚儿知道要抓住男人，就得抓住他的事业，自己呢也想做点事业，大凡这个年龄的人都在想着啊。

张诚讲了新能源世博会的事情，提到了何阳和张娜娜。媚儿听到这里，直觉和判断告诉她张诚遇到了好帮手。

“能见见那两个人吗？我来分辨一下是真才还是假才。”

“可以，只是现在没有心情。”

张诚深情地看着媚儿，他想幸好打拼出了点产业，不然就是见到她，也不会有今天的快乐。没有物质上的富足，怎么谈精神的愉悦。这就是生活！

“你想做什么？”

“再陪我四处逛逛，回去的话这样的机会就不多了。”

张诚知道自己是个工作狂，不然会被淘汰的。

“就依你。”

“你说美人和江山之间男人会选择什么？”

世博会的大厅里张娜娜让何阳猜。

“怎么问这个？无聊哎。能说点现实的吗？”何阳有点急躁，“现实是行动突然失去了主线，我们来想一想怎么再把张诚拉回到合作中。”

“我知道，我在开发思路，一个男人对一个女人人迷了，会怎么样，我不清楚，但我知道女人爱上男人多会奋不顾身的。张诚正在情路上，无心顾及其他，你看是不是邀请他和那个女人一起来世博会玩玩。对，就说玩玩，别说谈生意，一切放轻松，把感情培养出来，很多事情自然好解决。”

“嘿嘿，”何阳搔了搔后脑壳，“想的一样。”

“是吗？”

张娜娜很是得意，苦心没有白费，那么几句话，她想了两个晚上。

“是啊，这几天把世博会的大小产品看了一遍，正是想做到心中有数，然后讲给张诚听，让他以为我们是行家里手。”

张诚、媚儿、何阳、张娜娜一起到世博会时，离结束只剩下一天了。原先张诚仅仅是考察，遇到媚儿后有了投资意向，他不想把媚儿当成摆设，那是对她的羞辱，要给她各种成长的机会，给她充实的生命，因为这些才是真正的爱情。

那天，张诚更像是副总，大小事儿都让媚儿做主。何阳看出了细微的变化，告诉张娜娜，媚儿是行动成败的关键人物，要注意自己的言行举止，不要把目光在张诚身上停留太多时间，不要有亲密的动作声音等等细节，这是媚儿的专利，你侵权了，是会不好过的。张娜娜点点头，人际关系真够复杂，还想着折腾张诚点好玩的，看来泡汤了。

媚儿见到何阳和张娜娜有点失望，以为是风度翩翩的大老板，看来看去就是两个时尚小青年，现在的小青年，草包的居多，靠父母吃穿的居多，满口大话什么也做不成的居多。

何阳感觉到了对方傲慢的目光，跑过很多城市，也悟出点人生之道，有些时候一群人把个别人的才能名誉毁掉，或是一个人把一群人的美好葬送。

第六章　开发新能源

不管怎样，何阳始终微笑着介绍了新能源。

这两天，他主要考察了三个普遍存在的能源，只是开发利用的太少，被称为新能源，就是风能、水能、太阳能。

“这几个我知道，”媚儿打断何阳的话，“老生常谈，没有多少市场，至少目前没有。”

张娜娜听到这里有些火大，你们这些有钱人就是鼠目寸光，昨晚她听过何阳的考察报告，是个市场的新方向。

“对啊。”

张诚肯定的点点头。

“是的，老生常谈的是风能、水能发电，太阳能热水等等。”何阳停顿了一下，“请问你们的主市场是？也就是想占领市场哪个阵地？”

“这个？”

媚儿看着张诚。

“大众消费。”张诚回答，他看到何阳的笑容很自信，“莫非你有新招。”

“呵呵，也就是日常生活的消耗品。”

“对，对。”

媚儿急着想知道下文。

“新市场就是要有新产品诞生，适合百姓购买使用。我们知道，这个星球的机器的主要动能是电，日常生活的有电脑、电视、电动车等等，我们可以做个风能、电能、太阳能量的捕捉储存器，然后转换成电能使用，等这个市场成熟了，马上做靠风能、水能、太阳能的直接驱动，安全又环保，还能在自然界中随意补充能量，而不会枯竭。”

“好有新意哟！”

张娜娜鼓掌。

张诚和媚儿相互看了一眼，媚儿扬了扬眉毛，“你说的何止是新能源，简直就是能源的一场新革命。张诚，我看有好戏的，也许这个星球的命运就被我们改变了。”媚儿学着何阳用了“这个星球”的词语，她觉得很大气，有全球战略的眼光，市场玩到全球各地才叫玩得好，媚儿知道自己也是心比天高的人，忽然对何阳有了一种亲近感。“你说的这种产品有卖的吗？带我们看看去。”

“没有。”张娜娜回答，“是我老师的新构思。”

“哦，你们是哪个科研机构？先做一个产品看看，好用的话我们批量生产再上市场。”

媚儿判断何阳如此专业的讲述，一定在科研单位上班，她确实精明，让何阳先做，再谈合作，自己没有任何风险。

“那个，我忘了介绍，”张诚虽是江湖多年，也很意外，何阳的话超出他的想象，突破了新能源的概念，他要做的是改变这个星球的所有产品，达到自然和科学的统一，张诚从商多年，几经风雨，苦了累了疲惫了，也常读读哲学，明白一些事理，不是那种吃吃喝喝，无聊了在女人身上找乐子的人，“何阳是生意人，张娜娜是他的秘书。”他经常见到张娜娜按照何阳的意思记录东西。直到现在，张诚知道了何阳的考察真的与众不同，他有强烈的合作兴趣，经验告诉他这是一次大机会，不过他暂时隐藏了起来，想看看媚儿的表现。

“哦，我叫媚儿，‘世纪浪子’的副总。你还有新的想法吗？”

“有的，这个更大了，就是空间动力，你想天空中那么多星星在旋转，动力从哪来的？呵呵，远程航天器用的上这个，这是大财富，我们先谈小市场吧。”

“好啊。”媚儿打量了自己一番，她特别在意今天的穿着，“不丢人吧？”她问自己，“还行。”她抬起头，“请问你们怎么不做？”

“小产业了，‘世纪浪子’是大公司，张总和媚总是大能人。”

张娜娜回复，她已经知道怎么回答此类问题。

“哦。”媚儿想了想，“如果做新开发，大概投资多少，收益多少，整个过程是多少时间，我不是听故事来的，要详细的调研和策划，包括实体数据。”

刚才何阳是少量准备加临场发挥，媚儿要的暂时没有，他知道不来点真的，得到张诚和媚儿的赏识，难以做好想做的大单，任务又多了一个，本以为过过嘴就行，看来发展成了真的。先做这个，再说自己的事情吧。

“好的，随后给你。”

“哈哈哈，行。”张诚特别开心，副总的才能不低啊。“就这么定了。”主动权在自己手中，做还是不做，他会和高层们论证的。

回到M市，何阳没有急着去公司，他说旅途辛苦了，让张娜娜回家小聚两天再上班。张娜娜问那你呢，她觉得也没有什么，上学那会儿经常几个月才回一次，还有离家的日子不多，家里人却打了不少电话，告诉她别让男孩子欺负了，关心突然多起来，很温暖。

“我家挺远的，休息一下就行。”

实际上他想构思媚儿要的策划书。

“啊？女总不是等着你去吗？”张娜娜惊叫，“你和部长都这样了，工资有没有也不知道，再得罪了女总就大麻烦了。”

“呵呵，我一直在上班，只有赢得张诚的友好，才可以做成飞讯公司的大单。”何阳拍了拍张娜娜，“明白？”

“道理对着呢，只是部长要用规章制度办你。”

张娜娜越说越着急。

“一定的时候我会和女总说明，拜拜。”

何阳坐上公交，从车窗向张娜娜挥手，张娜娜喊着什么，他没有听清楚，只是微笑等车离开。

何阳先泡了个澡，出来时想想要去哪？有女朋友的话找她温馨会儿，再谈谈自己的小计划，按照他的计划，这次行动成功，他就有贷款买房的实力了，对于婚姻里的物质世界，他喜欢全部承担，女友能做到贴身小护士就行，现在只能回宿舍，路上见到不少漂亮女孩，很招惹眼球，他只能望望，心里异动一下离开，她们不属于他，但肯定属于有福气的男人，福气呢？娶了想要的一定有。

进宿舍楼时，见到急匆匆的钞票男，彼此微笑一下，各自走开，忽然钞票男跑回来，挡住何阳。

“哥们儿，哥们儿。”

何阳没有应答。

“喂，喂。”

钞票男扶住何阳的肩膀晃动着。

何阳正思考着一个构思，不想给打断。晃动越来越剧烈。

“怎么了?”何阳问,“你轻点。”

“吓死我了,我以为你失忆了。”钞票男笑起来,“玩消失呢?表情不对?失恋?”

“呵呵,我恋你啊。”

“是部长?”

“别和我说部长,我忘记了所有的痛。”何阳大笑,“只有这时候,我才是我自己。”

“呵呵,别忘了哥们儿就行。你跟班呢?就是那个难缠的大学妹。”

“估计和被子爱上了。”

“OK!”钞票男拉着何阳跑起来,“见富姐去,离约会时间只有五分钟。”

第七章　约会富家女

富姐当然是坐在华丽的大厅中，钞票男看见她时想，我定了智能房间的，现在大城市都爱玩高科技，智能房间虽说刚起步，却有一定的消费群，一小时1000元，分分秒秒花的都是辛苦费，我有梦想的，就是挣遍各个国家的钞票，我钞票男呢，怎么说也是做科学艺术的，更明白钞票不花出去，怎么挣回来的道理，钞票不多，会投资就行。

富姐不是旧影视剧中的那样，穿金戴银浓妆艳抹，好显示尊贵的身份。她就是一个人群中你看不出我是谁的女人，大城市有钱没钱的女人打扮都很时尚，从外表分辨不出什么。路上钞票男只说了一句，这个女人签过的单最少也是上千万。何阳问怎么认识的，钞票男回答去了就明白。

说着就到了，何阳没有明白什么，第一印象就是有点姿色。

“说好单独约会，怎么带了一个？我不喜欢椭圆脸，就知道傻笑，皮肤白的像雪，个子和我一般高的小青年，一看就知道整天泡在胭脂粉中。”富婆满脸轻视，她是从小苦到现在，依照现在的身价估算，上亿了。

何阳停止微笑，弯腰低于她，只是最近休息没规律，肤色苍白，这个暂时调养不过来。就在五秒钟之前，钞票男又说了一句，别惹密密生气为目的做事情。

“这是什么话？类似文件下达，又像一个随意的玩笑。”

“密密，初次见面你就在大厅迎接我，最起码我要带个服务的，玩起来有护卫，有跑腿，总之就是任凭你呼来唤去。”

钞票男没有白在女人群中混，轻描淡写之间让密密接纳了何阳。

“这回我任务大了，伺候自己都没有这么排场过，见什么富婆呢？这会有罪受了。算了，就和富姐学学身价怎么就过亿了。”

“他一人行吗？你不是说有超级团队？”

密密开始打量何阳，何阳微笑，“有事你吩咐，能给漂亮女士服务是我一生的荣幸。我叫何阳，小名阳阳。”

“咯咯咯。挺逗的。”

“走，到我订的房间聊聊。”

“我想去外面散散心。”

“好啊。阳阳备车。”

钞票男暗自感叹，1000 元就让密密的心情否定了。

“车就在外面，只是密密想散步，对不?”

密密没有搭理他俩，他俩一左一右跟过去。钞票男把何阳拉到身边，他不能让何阳抢了主角，前期的投入不能成了别人的。提到前期投入，钞票男有自己的方法，不过他不想提起，这样做只是想请密密签个单，拿点奖励，其他根本别想。

“阳阳，来。”

富姐刚刚第二次失恋，苦痛挣扎中，感情脆弱里，不然才不会和钞票男见面解闷，富姐和钞票男见面也是选择过的，她活到现在经历了太多次选择，明白许多道理，其中自由很重要，钞票男说：“第一次见面你不满意，我就消失。”

阳阳轻手轻脚走过去，藏在密密身后。

“阳阳。”密密看着街道旁的树木，有不少是枯枝，就像她现在的心情，“你说为什么不种长青松?”

“就是啊。”

钞票男想好了，我不知道的就应和，绝对不可以乱争论。

“没问你。阳阳。”密密停下，四处望望，“跟班呢?”

“在啊，我刚把他拉过来。”钞票男也望了望，“害怕跑腿给溜了。何阳，你给我等着，我三天不和你说话。”

“每个城市依照工业污染的程度种植相应的植物，就像谈对象，最好能找到相互呼应的。呵呵。”阳阳走到了密密右边。“现在我呼应你。”

最后两句话正说到密密心里，前面谈的对象总是吵来吵去，没人承认自己的错误。

“阳阳，那你说说城市这么大，我们去哪散步，看着忙忙碌碌的人群，跑来跑去的汽车，陌生又熟悉，自己属于这个城市，城市却不属于自己。”

何阳没有应答，密密正被失恋的情绪困扰，话自然多些，他想多听点好解惑。

“我看不如吃起来，喝起来，刺激起来，管他明天是什么？地球人就爱这么玩。”

“没问你。吃喝完了呢，还不是孤单一个人吗？”密密手机响起，她的脸色越来越难看，“现在休息，不管多少钱，身体最重要，晚上说吧。”

何阳知道越是人物，越想知道活着的价值在哪里。

“阳阳。”

“我在。吃喝，没有意思，登山赏景，不是季节，玩高科技吧，这个不受环境限制。”

“高科技？好啊，好啊，到处水泥钢铁的，怎么玩？”

钞票男很兴奋，他想到了智能手机、电脑联网、无人驾驶机等等。

“没和你说话。”

密密打断钞票男的联想。

“那你和谁说话？”

钞票男郁闷，他本来想约何阳是做跑腿伺候的，以显示自己的身份。现实呢？

“阳阳，你说。”先前何阳的一些见解触摸到了她的心灵，“我听。”

“呵呵，我做你最听话的机器情人，你可以随意操纵我哟。”

“咯咯咯，真的吗？”

“我看就是情奴。”

钞票男插了一句，他后悔叫何阳来。

“你怎么这么低级趣味？”密密阴沉下脸，又转向阳阳，笑起来。“怎么玩呢？”

“你现在就是女王，你发布命令吧。”

何阳站得笔直，威风凛凛。

“咯咯咯，你真逗。”

“我也想玩这个。”

钞票男看着密密开心的样子，知道机会一步一步来了。

“行。”密密停下，脸上一扫前日的阴云，正微微泛着红色，“听命令。”说真的，她儿时的梦想就是做指挥家，童趣一下子激发出来，身心愉快许多，“面对面，立正。”

何阳和钞票男收腹、挺胸、仰头，彼此却移开视线。

“目不斜视。”

密密在他俩身边转悠起来，就像女教官，实际上她是硬憋着笑，都说男女对望是爱情，那男人之间呢？她还没问，钞票男已经说话了。

“何阳，你不会敌视我吧，你目光怎么那么可怕？”

“没有啊，我就这种眼神，是你总躲躲闪闪，做什么亏心事了？”

“也就打过架，因为不想被欺负，也就和几个女孩同居过，保护措施做得好，没怎么着。”

突然他停了下来，捂住嘴巴。

“钞票男，你竟敢玩弄女人。”密密母狮子似的吼起来，“钞票男。”

“到。”

“听命令。”

“是。”

“跑步前进。”

“去哪？”

“我不说停，你永远别停下来。”

“好的。”

钞票男知道说错了话，为了洗心革面，他绕着密密跑起圈来。

“向前。”

“多远。”

“少说废话。”

钞票男跑出 50 米，返回到密密身前，密密把头扭到一边，他只好又跑出 50 米，返回来，想着跑来跑去什么时候结束。

“数学学得怎样？”

“很好。”

钞票男以为要开始新的游戏，他想最好别是体力活。

“你给我直线运动。”

“啊？”

“什么时候停止？”

钞票男已经汗珠滚滚。

“从这个点出发，再回到原点。”

何阳补充说明。

“对，照他说的做。”

密密朝着何阳微笑，何阳回以微笑，“女人也是半边天，招惹她们做什么？”

“那不是绕地球一周吗？可我不是航天器。”

“你有双腿啊。”

密密乐得合不上嘴，钞票男太好玩了，他的跟班口才更是超级好。

“行，你俩就在原地等我，不见不散。”钞票男又跑起来，这次他准备消失一个小时，等密密不生气了再出现。

“阳阳，陪我散步。”

“好的。”

何阳微笑，钞票男一定很狼狈，谁叫他在女人面前说了女人的坏话，不知道会不会记恨我呢？

钞票男没有跑多远，跟在何阳和密密身后，等待着机会出现，想想刚才的事情，埋怨只能埋怨自己。

“走来走去没有意思啊，”密密停下，她的坏心情又来了，毕竟情伤需要一定的时间疗养，“怎么会突然感觉这个世界很陌生？”

“嗯，”何阳依然微笑，“当我们受欺骗时，就是这种感觉。”

“对啊。”密密兴奋了一下，她表达不出的难过，何阳一句话就说清楚了。“哎，你一说话，我就觉得舒服。你是做什么的？怎么会当钞票男的跟班。”

“呵呵，”何阳看着密密的眼睛，“现在我是你的跟班。”

密密迎着何阳的目光，男人们这样多是想着占便宜，他却像天真烂漫的孩子在找另一个一样的。

“我是吗？”密密问自己，“都奔三十的人了，不是。”密密移开视线，她也渴望纯真，只是无法面对纯真，能有今天的公司，仅靠纯真做不来，“先前你说做我的机器情人，那我累了，怎么办？”

“好办。”何阳弯下腰，“我背你。”他又说，“既然是智能情人，判断你的体重为120斤，再根据我的体能得出可以负重半个小时，享受服务吧。”

“咯咯咯，是挺智能的，半小时太短了。”

密密给何阳真诚服务的样子逗乐了。

何阳把腰再往下弯，双手扶地，构成一个椅子的图形，“请坐，这个时间长一点。”

“咯咯咯。”密密已经被何阳的风趣感染，她坐在他背上，摇了摇，“挺稳哎。”

“当然了，你再用点力。”

何阳认为既然玩就要玩得尽兴。

密密突然站起，“我命令你，立刻起来。”这个样子也太亲密了，幸好附近无人走动。

何阳挺起胸膛，像个顶天立地的男子汉。

“人家要是心累呢?”

“呵呵，就要对话了。”

“对话?你能不把自己弄得像特工吗?我不是你首长。”

“嘿嘿，情人是要牵手的。”

何阳说着去勾密密白嫩的小指头。

“你敢。”密密闪开，脸儿红红的，“也就认识一会儿。”

“感觉认识了一个世纪。”何阳接住她的话，“这就是对话，可以缓解心累，要想疗效更好，就得加动作。”

“啊?你想对我做什么?”

密密紧张起来，她强烈地期望有人群出现，最好是警察。

“我要给你跳个舞。”何阳围绕着密密舞动起来，“你就是我的女主角……”

何阳和密密一直玩到星光闪烁，钞票男跟踪了一会儿，始终没有机会插进去，就回去了，他乐观的想要是何阳和密密玩成恋人多好啊，还用的着发愁签单吗。问题密密是女总，何阳是小职员，可能吗?

密密和何阳分别时，已经接了五个电话，都是公司的，她的回复一律改为：明天早上解决。

何阳玩得花样层出不穷、精彩纷呈，玩着玩着就点明一个生活哲理，让密密一直处于美好期待中。第六个电话是妈妈打来的，说身体有点不舒服，让她回来看看，她回答半个小时就带医生回去，她聘请了个老医生，专门照顾她的家庭。

“何阳。”

“什么?”

“今天很快乐，谢谢你。”

听着像是台词，密密却是自然流露，不知为什么还来了个漂亮的鞠躬。

“永远为密密服务。”

“别这么正规吗，挺隆重的，我就是一个普通女人。”

“呵呵。”

何阳觉得自己更普通，说实话今天他很放松，能给别人找到快乐，带来信心他就欣慰，其他没有多想，至于密密怎么成了富姐，学习到的是密密没有娇生惯养，没有小姐脾气，也挺活泼可爱的。

“要回去了。”

“照顾妈妈？”

“对啊。”

“好的，再见。”

“等下，什么时候再见面？”

“呵呵，随便了。”

密密不难过，知道怎么面对疼痛了，他的跟班任务就结束，太多任务等着他。

“最近公司忙，有时间了我约你，下次我做你跟班，咯咯咯。”

“呵呵，回去吧，妈妈一定着急了。”

“拜拜。”

密密挥挥手，看似陌生的男人，却熟悉的知道彼此味道。

“再见。”

何阳转身离开。

密密站在原地，她想也许就是一刹那的记忆，让自己再多看他几眼，她要找的男友应该是有权位的，她的公司需要这些东西支持。

“泡到没有？”

钞票男在宿舍门前等着何阳。

“什么？”

“密密。”

“为什么这么想？”何阳拍拍他的肩膀，“哈哈哈，因为你叫钞票男。”

他来到床上，搂住被子，“现在你就是我的爱情，我好爱你。”

第八章　小职员和大女总

部长让何阳严格遵守6小时工作制，还让他看了部里的规定，违反一次300元，另外部长已经按照旧规定，一天50元扣了何阳和张娜娜近千元。

他俩在办公室里听着部长训话，部长的声音又急又大，阴沉的像是世界末日快要来临了。何阳背靠墙壁仰望窗外，另一座楼的窗台上，有人放了点食物，两只鸽子和几只麻雀竟然在一起吃，他笑起来，他只能这样，用微笑压制怒火，他在为公司赢单错了吗？没有错怎么被扣了钱？

张娜娜紧靠何阳，她是一副大义凛然的样子，照这样下去，月底结束，反而倒贴公司钱了。

“可听明白？”部长又念了一遍制度和对他俩的处罚。他认为女总的规定太人性化，人这种动物，处罚多点更听话。他抬起头，正好遇到张娜娜抵触的目光，暗自骂了一句，“跟何阳这种人混，不叫你越来越穷才怪。”

“说完了没有？”

这次回来，何阳更加轻视部长。

“怎么？不服气？”部长站起来，他看到何阳抬了抬胳膊，似乎要过来。“打人是要犯法的。”

“我们走。”

何阳拉住张娜娜的手。

“芝麻大的官，他算什么？”一出办公室张娜娜呼喊起来，她太压抑了，一路上辛苦不说，最后是这个结果，“凭什么记旷工，找女总评理去。何阳，我不能看到你吃了苦再吃亏。”

其他办公室里探出几个头，看了看他俩又缩回去。

“女总？”

何阳记起部长讲过女总找他。

“何阳，女总说你回来后到她办公室，正好谈谈黑心部长。”

自从和张诚玩了一次，张娜娜觉得部长不算什么，她不再怕他。

“呵呵，会会女总去。”

“嘻嘻，一个人去吧，她没约见我。”

张娜娜向后退着步，直觉告诉她何阳有好运气，自己去了多余。

“祝你好运。”

张娜娜离开。

连会心的办公室在901室，她刚泡好一杯茶，听到有敲门声。

“请进。”

何阳微笑着走进来，这不是见过两次面的高层女秘吗，原来是女总的秘书。

“呵呵，是你啊。”

“是我。随便坐。”

连会心有点紧张，比见集团老总那会儿还要紧张。

“老总呢?”

“嗯?”连会心准备坐到办公桌前，忽然离开，“她不在。”

“去哪了?”

何阳随意地看看四周，在书架前停住，书籍的种类颇多，有的人是为了充面子，有的是营造一种气氛，真正阅读的很少。

“出去了?”

“哦。”何阳来到一台开着的电脑前，是某个新闻版块。他这样做是想快速地了解女总的兴趣点。“我一会儿再来吧。”

“你是何阳?”连会心看着他转了一圈，他的每个举动都很吸引她，她知道是自荐和策划书留的好印象。“连总说你来了请等下。”

“好的。”何阳转身，女秘就在身后，“呵呵，你好。”

“你好，你好。”

连会心微笑。她很想知道何阳接下来说什么，是不是像编写策划一样来个高谈阔论，她也准备了话题。

这些天上班，有事没事的，连会心总喜欢拿出何阳的策划欣赏，会顺着何阳的思路做点小联想，结果都挺好，只是细节不知想的是否一样，实践起来困难会有多少。

何阳呢，自然先来了个外型审美，女秘的身体匀称，符合现代的线条美学，五官更是具有自然之美，让他不由得想亲近，不穿漂亮高跟鞋的话俩人一般高，做女朋友挺合适，用点心思可以追求上的，只是不知人家会提多少物质要求。

“呵呵，最近还那么忙吗?”

何阳看着女秘的眼睛，想在里面寻找一点爱情，然后扩大。

连会心又看到了深邃的目光，很像无尽的夜空，进去会得到太多神奇，她的血液突然加速流动，刺激又兴奋，“不忙了。”

“做我二学妹吧，上次你只留了个电话。”

“你有其他学妹?”

连会心小心地问，好像何阳是老总，她是不知所措的员工。

“张娜娜呗。”何阳笑起来，天真的让连会心想起无邪的童年，“上次在信息部不是邀请演戏做单吗?”

“嗯，嗯。”连会心点着头，“最近你们去哪了？怎么没有上班?”她想起部长的小报告，但她不相信是真的。

“一直有上的。你觉得每天蹲在信息部就可以做成‘世纪浪子’的大单?”

何阳反问，女秘诚惶诚恐的样子挺逗的。

“不可能。”连会心摇头，她猜出一点，“去张诚的公司了？没有给难看的脸色？这也不可能?”连会心有点着急，她太想知道后来怎么了，以至于两人就站在原地说着话。

“呵呵。”

“咯咯咯。”

他俩相互笑着。

何阳不紧不慢地走到办公桌前坐下，“好漂亮的桌子，再配上一个天仙美女总裁，画面一定好看得很。”

“是啊。”连会心靠过去，“配一个有才有貌的大英雄更好看。”突然她觉得何阳坐在这里非常帅气。

何阳跷起二郎腿，把头往后一仰，“真舒服。”何阳在关键时候转移了话题，这叫做欲擒故纵，也就是所谓的花点心思，他想试着追求一下女秘。

连会心生活到现在，没有见谁在老总办公室随意到如此地步，大家工作时都挺严肃，处处防备，生怕做错了什么，倒是何阳的出现让她自然轻松，她来到何阳头部上方，看着他，“能告诉我你们到底去哪了?”

何阳闭上眼睛。

连会心一时愣住，很少有人无视她的问话，不过此情此景她没有一点生气，何阳闭上眼睛的样子，就像一个熟睡了的大孩子睡在妈妈身边。

“我挺喜欢做二学妹的。”

连会心的声音温柔的像是摇篮曲。

“呵呵，早说嘛，我只对自己人透露行动。”

何阳坐直，勾勾手指叫女秘到身边。

连会心没有过去，而是把办公室门碰上。

一阵音乐响起，何阳接通自己的手机。

“是媚总，你好。”

连会心回到何阳身边，觉得他打电话的样子相当有派头，何阳一手扶着办公桌，一边大声说话，发音准确又响亮。

“何阳，你好。”

连会心能听到一点对话，手机里传出的声音很甜美，像是女播音。

“新能源的策划书准备好了吗？回来后我和张总又研究了一下，认为你说的有市场潜力，有开发价值。我们想依据你的策划书做个整体研究，看看市场和价值到底有多大，欧美国家毕竟较为发达，可以先考虑那些地方，然后才能做出投资预算。”

媚儿的话简洁明了，何阳暗自佩服，想一定要拿出点真本领。

“呵呵。仅仅这些不够的，要进行企业联合并展开多方合作。”

“哦。”

“因为这次新能源面对的是全球，将改变人类的生活方式，对大气环境起到很好的保护和治理作用。”

媚儿笑起来，“光听你说我就兴奋，做起来一定特有成就感，对子孙后代都好，张总也非常有兴趣。”

连会心听着有点迷糊，一会儿是新能源，一会儿是全球，一会儿是环境保护治理，一会儿是子孙后代，还有张总应该是“世纪浪子”的张诚，他怎么可能做好这些事情。

“我和张总想，虽说你的策划挺大，但也可以实现，先一家或是几家公司做新能源的产品和开发，百姓们用得好，就会有市场，有了市场，做的人自然多起来，这样一点一点就成功了。要是不去做，不会实现的，我们愿意承担这个风险，我们看到了更丰厚的利润。”

媚儿说到这里，何阳相信这是一个不错的团队，“也可能是一次奉献。”

“是啊，没有奉献精神，何谈长远发展。”

媚儿觉得何阳都谈到了自己心里，说起话来是眉飞色舞，可惜没有用视频对话，不然将是一次见证美好的序曲。

“呵呵，都有一点就行。策划书我再好好想想。”

“行啊，随时联系，保持沟通。”

“好的。”

何阳收好手机。

连会心很吃惊，张诚好像谈定，只是媚总不清楚是谁，一般来说各大公司的高层流动是要掌握的，在商界朋友多了路子通。光子集团也提倡是竞争对手，更是好朋友，互利双赢合家欢。

连会心不开心了，自家的人才怎么给别家做策划了？待遇没有做到位？还是轻视自家的实力？

“何阳。”

连会心大声说。

“怎么了?”

何阳依然微笑，有点不明白温柔细语怎么成了狮子吼。

“你究竟有几个策划书?”

“一个啊，早就交给连总了。呵呵。”

何阳站起来，背着手走动着，他想连总找自己应该给回复的，而且是好的回复，不然没有必要约见。

“可是，商业信息是机密，不能泄漏的。”

连会心跟在他后面。

“我没有泄密。”何阳转身，笑眯眯地看着女秘，“对工作挺负责的，这么说我的策划书你也看过?”他对自己的策划很有信心，里面的内容可以迷住太多，再加上他动情的声音，和优雅的举止，女秘一定会对他心有所属，“你看过了对不对。”

连会心犹豫了一下，觉得还不到说出身份的时候，“张诚那家的策划怎么回事?”

“你来我往呗。”何阳撩了撩女秘的头发，“漂亮小妹妹，不然的话怎么做好‘世纪浪子’的公关关系？这个你秘书比我明白。”

“何阳，”连会心抓住一小缕头发到眼睛前，乌黑发亮，还有淡淡的清香味，现在她越来越注意何阳的动作，越来越注意自己的形象，尤其在乎自己的声音，“刚才称呼我什么？”

“你是我二学妹，叫你漂亮小妹妹了。”

何阳笑起来，他看到女秘脸上微微泛着粉红色。

“哦。”连会心一笑，大老总成了小妹妹。“何老师，”连会心强忍住笑，“你给我家老总的策划和张总的一样吗？”

“不一样。”

何阳注意到女秘的目光总是跟着他动来动去，想一个女秘书，一个男职员，彼此有爱的话，速配的几率是多少？

“哦，哪里不一样？”

有问有答，一唱一合，我用情以深，你是否回报浓烈的爱。

何阳靠到女秘身边，连会心习惯性坐到办公桌前，低头玩着签字笔，这只笔可是签过不少大单。她想暂时避开何阳的视线，如果总是对视，指不定会不会发生办公室恋情。

“给连总的倾向管理实践，张总的多是市场转型和占有。”

“这样子。”连会心抬起头，“老总看了后，有几个小问题请指点。”

“好啊。”何阳站直，“她人呢？共同探讨下。”

“快回来了吧，走之前说你来了请我先款待。等下啊，我再泡杯茶。”

“呵呵。”

何阳想，从部长办公室到连总办公室，简直就是一个地狱一个天上。我呢，依然是自己。

品着热乎乎的香茶，享受着漂亮小学妹的超级服务，这些服务呢，自然是共同追求美好，实现理想，此时此刻正在做着，说不定眼前的女秘就是自己的爱。想着这一切，何阳有点走神。

“何老师，老师，何阳老师。”

“哎，哎，你说。”

“你的自荐书和策划方案都看过了。”

“知道。”

“你现在是信息部的小职员？”

“是。”

“来多长时间了？”

“半年多。”

“那么对你们部印象如何？对飞讯公司印象怎样？其他的印象也可

以谈。”

连会心认为是人才就要爱惜，要对何阳做全面了解，利于激发出他的巨大潜能。

这样的逻辑式询问何阳见多了，他做过多种工作，认为不一定要如实回答，因人而宜，因事情发展而做出相应回答就挺好，不可以片面理解为玩虚作假。人嘛，谁没有点小秘密，谁没有不想说和不愿意做的事情呢?

说实话，部长就是个混蛋，现在是向上级反映情况的好机会，刚才在部长办公室给罚款那一幕，以及他私自定下的条条框框，和以前发生的不愉快都保存在何阳的大脑中，仅仅是大脑中，他没有往心里去。

“挺好吧。”

从V市回到M市，何阳在网上又投了几份简历，先前投递的有一个要求面试，他重新看了下申请的职位，觉得不适合自己的人生方向，打电话回绝了。事实上张诚那边有了好的开端，女秘也在谈他的策划，但他认为一个人要做好多种职业，才能屹立在世界而不倒。

“太笼统了，具体点好吗?”连会心小心翼翼地看着何阳，他在她心中的位置就像贵重物品，要轻拿轻放，“看我们想的一样不一样。”

“怎么可能一样? 呵呵，小职员和大领导的感觉不同。”何阳说话时做了个手势，无意中碰到连会心的手，连会心“哎呀”了一声，何阳的指甲在她的手背上划了一道。

“对不起，对不起。”何阳捧住连会心白白的手，“疼吗?”

“不疼。”

“都划出红印了，我怎么这么不小心。”

何阳下意识地去触摸那条红印。

“别动，碰到了会疼。”

“哦，有药水吗，抹点别感染了。”

“没事的，我没有那么娇贵，小时候做农活磕嗑碰碰很正常。”

“哦。”

“你能放开吗? 都握的出汗了，你很紧张?”

“呵呵，你的手真漂亮，像一块无瑕的白玉。”

“保养呗。”

今天办公室里除了她和何阳，显得非常平静，没有谁来请示汇报工作。墙上的挂钟已经接近12点，办公桌电话响起，连会心接通，微笑着“嗯嗯

嗯”的应答，然后挂断。

“是连总吗?”何阳猜到，这里连总最大，她的电话才可以让女秘声音轻柔。“中午了，她不回来了吧。”

“对啊。下班了，我再联系你好吗?”

“好的。”

何阳微笑，从女秘的热情款待来分析，连总一定看上了他的策划。

分别时女秘看他的眼神好奇特，让他想起了明亮的小太阳，享受到了在她无尽的阳光中拥抱里，忘记痛苦的感觉。

第九章　来自集团的密访

今天天气不错，蓝蓝的天空上飘动着洁白的云，阳光灿烂中有清风在点缀。

一大早，飞讯公司对面停下一辆金黄色的小跑车，一个中年男人走进公司。进大门时被拦住了，保安说外来人员要登记。中年男人指了指自己的职业装，说就是飞讯公司的。

“小王，见过这员工吗？公司领导我都认识。”

“没有。”

“新来的，公司还有个小会议，别给耽误了。”

中年男人朝保安笑笑离开。

公司办公楼设计得很有特点，毕竟都是做科学艺术的，外形极具线条感，内部结构也是相当棒，采光效果处于先进水平。

中年男人在每个部门前透过门缝看看里面，又离开。遇到一些争论的话题，他还会听一小会儿。上到五楼时，他见到有一群人在开会，进去找了一个角落坐下。大家看看他的服装什么也没有说，接着开会。会议内容是落实连总新制度的，包括每个细节，以及实行过程中的新情况、新问题。中年男子听着很是入迷，忽然有人问他是哪个部门的代表，怎么不见发言。他回答是会议记录员。

“有记录啊。”

一个女人站起来，晃动着一个小本子。

他也站起来，“呵呵，女总让我再记一份详细的。”他晃动着手机，是会议录音。

会议厅里一阵短暂的骚动，又趋于平静。

中年男子又听了会儿，开始到各部长办公室转悠。很多部锁着门，敲敲也没有人。他想是不是都去参加刚才的会议了，敲到信息部时，门开了，是秘书小张。

“你是？”

“我公司的。”中年男子故意抖了抖职业服，“这衣服挺合身的。”

“哦。”

小张看了看一样的职业服，“我的有点大了。”

“呵呵。”

“嘻嘻。”

他俩老熟人似的相视而笑。

“你找部长？”小张请中年男子先坐下，“喝点热水。”小张倒好水，站在一旁，“部长开会去了。”

“嗯。待遇挺好的。”

“什么？”

“普通员工找你部长还有热水喝。”

“连总的新规定，要善待每个员工，大家都是为了公司发展才相聚。”

“对。”

“连总来这里没有多少日子，她的新制度能执行下去？”

“可以啊，只要是好的，大家自然拥护，这个到哪里都一样。”

“对，对。”

“嘻嘻，你也是公司的，没有感觉到凝聚力很强吗？”

“有感觉。呵呵。那个我就放心，回去了。”

中年男子刚站起来，门被用力推开。

部长回来了。

“这会议开得真叫个难受，”部长一屁股坐在办公桌前，“你说工作时间缩短了，能有高效率吗？你说保证员工和领导的友好相处，平等互利，不讲脏话，不赞成训骂式办公，这可能吗？我就是从小给训骂大的。你说精神和物质奖励相平衡，说句老实话，大家来公司图什么？小张，你说。”

“挣的钱多，工作环境也好，自由轻松点。嗯，大概就图这几样。”

部长只想听小张说一个字“钱”，小张却说了一堆，部长有点上火了，指着中年男人问，“你谁？找谁？”

“呵呵，我保洁员，清理垃圾的。”中年男子四处走动，“这玻璃灰尘不少，这桌子的角落污点挺多。”

部长叼上一支烟，用鼠标点了几下办公电脑，玩起了舞霸的游戏，近几天听女儿说这个游戏可以交到异性朋友，舞霸的声音刺激又动感，部长浑身扭动起来。小张走到窗台前，拉开窗户望着外面，他可不想做二手烟民。

中年男子看了看手机上的时间，离下班还有一个小时，他拍了拍部长的肩膀，“好玩吗?”

“有点意思吧。”

部长紧盯着屏幕。

“一天玩几个小时?”

“好几个吧。你一保洁员，问这个做什么?”

部长扭回头，表情很吓人。

“这不闲着没事聊聊嘛，你就不怕连总逮住，一共才上 6 个小时。真想做好信息部，再加 6 个小时也有的做。”

“谁？我怕过谁?”

“新来的连总。”

“她？一个女人能怎样？小张，你站那里做什么，快到门口给我看看连总在哪?”

“小张，站好岗。部长，你接着玩游戏。呵呵。”

中年男子走出办公室，回到金色跑车里，离开了飞讯公司。

连会心开车来到“情中情”，这是一个中档快餐厅，集团老总路过这里，打电话约她吃点饭，说说话。连会心想自己到飞讯公司有些日子了，你可真够放心的，现在才约人家，见到老总时她有点惊讶。

“方总，你怎么穿成这样?”

“我随便找了件飞讯公司的职业装，在公司里混了一个上午。”方总启开一瓶红酒，倒了两杯，“呵呵，边吃边聊。”

小菜是三个热炒，一个凉拌，另加两份米饭。

是不是江湖多年的人都这样洒脱、自然，方总的言行举止显得随意可亲，没有那种级别的划分，这是连会心愿意长期跟着他的理由，其实她也有过跳槽的冲动。

她理了理垂在眼前的头发，端起红酒和老总碰了碰，忽然想对面坐的是何阳的话，她就是他的老总，只是不知自己在人家心中什么印象，不会仅仅是学妹吧?

吃饭的时候他俩谈到了工作。方总说上午在飞讯公司来了个小调查，她的新制度执行从初期看还可以，要继续实践到每个细节，得到员工的自我拥护，因为在这个好坏都有的世界，制度就是保障。

“对啊，方总看问题一直有远见有深度。”

“呵呵，你又恭维我了。”

“咯咯咯，要恭维也恭维正确的。”

“对了，信息部的部长是什么样的人？”

“怎么了？”

说实话，信息部长给她的印象很深，她对此人做过相关了解，这类人能在飞讯公司做到现在一定有门道。方总讲了在信息部发生的事情，问连会心知不知道部长的社会关系在哪里。

连会心说他的关系是这样，集团张总的亲戚，而集团张总的关系你也知道，复杂且广泛。

方总沉思了一会儿，说新制度执行时就怕有人玩特权，要是有人以信息部长的例子反驳你的新制度怎么办，你不可能再以权力压制的，不然和你的新制度相违抗了，如果这次新制度失败，我怎么做集团式推广。

“嗯。”

连会心回应了一声，她有办法的，问题是张总是方总的得力干将，对集团有过突出贡献。

“还会影响你在集团的威望，这是成长中必不可少的好东西，也不是钱可以买来的。”方总放下筷子，“连会心啊，想过怎么解决没有？”

“想过，也听到一些信息部长的事情，他快退休了，就想着熬一天算一天，到时候领个不低的退休金回家享清福去，没有再争取的价值。”

听到这里，方总松了口气，毕竟跟他多年，做事情会分析原因了。

“培养个接班人吧，张总那边有我呢。”

“好啊，找到合适的人，就给部长提前批退休养老金，按照现在的职位给。”

“呵呵。光顾说话了，接着吃啊。”

“也许我会保留着这个人物，一定时候严惩一下，谁敢说飞讯公司就只一个这类的员工。”

连会心表达了另一个想法，如果方总不反对，她就这样做，得罪人也是连会心得罪，再说了对新制度执行会起到警示作用。

“你是公司老总自然你做主，做不了主还有我。”

“谢谢方总支持。”

“呵呵，为集团好的我都支持。”

“嗯。信息部有个年轻人挺有才华的，很多管理思路，他的市场策划更出色。”

连会心又想起了何阳，能不想到他吗？自家的人才不可以给别家服务，居然还是个声音甜美的女人。

“哦。”方总来了兴趣，“是人才都经历过磨炼，你所谓的人才不是纸上谈兵的吧？”

“正在考察中。幸好我来了，不然绝对埋没，至少在原来的制度下消失。”

连会心不知怎么用了消失这个词，她想了想是这样，很多人连光芒都没有发出就淹没在庞大的人群中，这次她要让何阳闪烁出强烈的光芒，就像童话中的光明客，不管到哪里，都是光明灿烂，而心中的爱情就是这种人。

“呵呵，我也埋没过许多次，我至少做过十种以上的工作，终于有了想做的事情。”

方总陷入了短暂的回忆，那是苦尽甘来的美好。

品红酒时，连会心接到许凡的电话。

上次许凡没有约成连会心，郁闷了一段日子，打听了她的近况，是不是人家有了男朋友？答案是好像没有，既然是好像那就存在未知。他再次鼓足勇气拨了她的电话，却不知怎么表达，虽说他也是一个策划和谈判高手。

“连会心，我是许凡。”

“知道。有什么事情你说。”

在集团那会儿许凡的攻势很猛，可是她觉得爱情不是攻与防，尽管许凡物资诱惑也做得到位，不过对于她这种女人，诱惑和爱情是两回事，她追求的是彼此感觉、强烈吸引和心灵相通。

“最近你很忙吧？”

“对啊。”

“我也忙，又做了几个生意，挣了几十万。”

许凡始终认为能挣钱的男人，是女人婚恋的首选。

“恭喜。”

连会心看了看方总，方总微笑，方总的集团一年可以盈利好几个亿。

“忙来忙去很累的，也不知道给谁忙？给别人吧，身体最重要，给自己吧，够花就行，要是有家庭生个小孩就好了，给家庭忙最开心，也不会累。你想，每天回到家，娇妻温柔如水，孩子‘老爸老爸’地叫多得意。”

许凡的话勾动了连会心的心思，这个年龄都渴望有个温暖的家，但现在能和何阳谈策划谈发展就挺好。

“是啊。”

“我们出来放松一下。”

许凡的声音有点抖，他害怕被拒绝。

“这样啊，我身边有客户离不开。”

许凡想幸好没有视频对话，不然他会吐血在镜头上。

“连会心，非得找理由吗？”

“许凡，我身边真的有个人。”

“男的？”

“是。”

“男朋友？”

“客户嘛，刚才说过了。”

“你叫他接电话。”

“什么？”连会心看看方总，方总正在小口品着酒，还朝他举了举杯子，“你觉得可能？”

连会心挂断，心情好好的，突然给破坏了。她拿瓶子倒酒，酒正好喝完。

“怎么？没有尽兴？还是遇到不顺心的事情。”

“没有的。”

连会心微笑，生活到现在，总结了点经验，其中一条是不要把坏情绪带给别人，也不要被别人的坏情绪影响，谨防传染扩散。

她去结账，方总说提前结了，刚才的电话没有听完整，但他猜到是什么。

“连会心，事业你多少有点，立业了呢就要成个家庭。你这么优秀，追的太多给烦了是不是？”

“方总，你真幽默。咯咯咯。”

连会心拉开了快餐店的门，请方总先出。

“方总，连会心。”

有人从一辆名车内探出头。

“刘刚，”方总朝他挥挥手，“有事情吗?”

“路过，看到你的车在这里，就停下了。嘿嘿。”

刘刚下车到连会心面前。

“一会儿我见个国外来的大客户，先准备下。连会心离开集团有些天了，你们说说话，别生疏了。”

方总坐到金色跑车里，疾驰而去。

在集团，刘刚无事就在连会心身边献殷勤，说是帮忙，有事情了也尽量申请和她合作，就像一对老搭档。连会心并不感到多开心，他那个样子哪叫献殷勤，完全是个鞍前马后的男仆，有一次酒喝多了，叫了她一晚上女王，她听着想发疯，不次于机器的噪音。合作中，刘刚为了显示男人的主见，趾高气昂的模样让她想用高跟鞋踢他，可人家毕竟是集团大人物的公子哥，不好招惹的，忍着就是了，也从没有和方总提过，她相信方总知道的话一定会找他谈什么是正常工作，什么是异性骚扰。还有他的父亲在工作中难为了她一下，借机说我儿子喜欢你，如果你愿意我就可以如何如何。那次之后她就想着要逃出集团，幸亏方总给了她新的任务。

连会心没有给刘刚好脸色，漠然地望着前方。

“连会心，你这一走，我空荡荡的。嘿嘿，我和爸爸说了，要他给申请到飞讯公司做你助理，近几天就会批下来。”

“啊?”

连会心有点晕眩，她摇晃了一下，原来以为从地狱到了天堂，谁知道还是苦命的娃。她又想到了何阳，这回我们有罪受的了，刘刚可是很有主见，很有后台，很有闲言碎语的人。

“你不舒服，脸色阴沉沉的，不是累的吧，在集团你可是红润白皙的啊。嘿嘿，这回我来了，给你顶起，谁敢不听你我的，让他出了力气也挣不到钱。”

“哦。”

连会心颤抖起来，受何阳启发的新制度岂不是泡汤了。

“嘿嘿，别害怕，我整过不少不听话的人。”

“咳咳咳。”

“嘿嘿，要不我送你去医院开点药。上次电话里我不是讲过嘛，没有好身体哪来的好事业和好家庭。”

“真的要来飞讯公司?”

“对!”

刘刚挺起胸膛，让自己更威武，为了追到连会心，他可以成为奴仆，也可以成为大力士。

“那多委屈，多丢面子，整个集团都会知道的，你爸爸愿意你降低级别，影响以后的升职吗?”

“这个你不用费心，老爸自有安排。”

连会心越听越急躁，恨不得马上接个电话离开，可手机就是没有动静。忽然手机响起，她有午休的习惯，是午休的闹铃，她假装接通：“你是方总，下午的外宾洽谈需要我参加，我马上就过去。”

“你要走?”

“对啊。”连会心快速地钻到车中，按开车窗，“是比你爸爸官大的方总约我，去迟了谁也付不起责任。拜拜!”对于刘刚，连会心的策略是躲了一天算一天。

何阳回到办公室，小精灵尖叫着：“哇塞，美男子回来了，都以为你要抛弃大家玩单飞呢。”

最近何阳没有穿职业装，他时不时做几个发型，换几身时尚衣裤，单单从外型看，他不喜欢总是一个样子，今天他是黑色大背头，黑西装，黑皮鞋，派头不次于大国总统，有时候他也想到国外竞选一下，来个名副其实，一脑子的未来计划就能做起来了，就能让这个星球从心灵到外貌越来越漂亮。呵呵，现在只是个小职员。

“怎么会呢? 我一直想着哥们儿姐们儿妹们儿。”

钞票男看了何阳一眼，想：有钱有样不如有张好嘴，密密就是这样给迷住了。

“给你看看这个新制度执行表。”梦幻子轻灵地飘过来，“部长特意交代，让你认真领会，哪天他做不成部长就是因为你。”

“他的事情和我老师没有关系!”张娜娜请何阳坐在办公电脑前，她提前启动了。“这个网站有新能源的新动态。”

“呵呵。做得漂亮，哪天你成为我的移动电脑就更好了。”

“争取吧。”

张娜娜笑起来。

何阳先翻阅起新制度，内容和他上交的策划有些一样。自己的东西能被采用，比发奖金更有快感，女总找他一定是好事情，还有气质不错的女秘，泡泡她也很开心的。

何阳和张娜娜请了假，说去卫生间，部长要是突然袭击的话，告诉他自己在哪就行。卫生间暂时没人，他拨通了女秘留的手机号。

连会心刚刚把车停在公司里面，她把何阳的号码存入了亲密好友中，来电图标是一个男孩女孩望着星空的小动画。

“有事情吗?”

“不要问得这么职业好不好，上午谈的不错，下午下班提前了，到公园散散步去。”

凭感觉而言，何阳相信女秘会答应。

“行啊。”连会心急促地说，见到何阳会紧张，怎么接电话也这样，“不过……不过老总安排的任务多，要加班。”

连会心还在考虑怎么使用好何阳，给他什么职位，自荐书里也只说想做管理和市场前沿，没有确切的答案前，她只好找理由拒绝，最重要的是不想和何阳停留在空谈状态。

“好吧。”

何阳挂掉电话，他决定下班后悄悄去看望女秘。

“嗯。”

连会心觉得胸口有点闷。

有了新制度，就要有新规划。回到办公室，何阳让张娜娜学着寻找和整理实用的信息，自己在记事本里编起了新的安排。他决定先安静一段日子，不然薪水给扣完了吃穿怎么解决?

下班后，张娜娜说吃饭去，然后再到迪厅放松一下，和张诚在一起时太紧张了，回来部长扣了钱心情更不好。

何阳笑了笑，正因为如此，我得抓紧时间把策划做好，他们用上了自然要给酬劳的，指不定还会请到他们的公司做大事情。

“去张诚的公司？那我呢?”

“呵呵，不知道。”

“不会吧，我都跟你混到了这份上，你忍心看着我被部长整来整去。”

听声音张娜娜似乎要哭出来。

“逗你玩的，走的话会带你过去。”

"咯咯咯。"张娜娜轻轻推了下何阳，"上午是不是也被女总训了。"

"怎么说呢？我只见到了她的秘书，就是上次说的二学妹。"

"她？"张娜娜有点不高兴，她比自己漂亮，但还是微笑着说，"你把她摆平了？那三学妹会不会就是女总啊？听说她未婚。咯咯咯。"

张娜娜离开后，何阳去了连总办公室，敲门却无人应答。

"哎，小职员就这命运。"

何阳决定加快策划书的进度。

第十章　降低婚恋标准

第二天，何阳让张娜娜应付部长安排的事情，自己来到一家常去的科研机构，了解新能源的最新动态。

接待他的是研究员王妮，外地人，28 岁，来这里有几年，性格随和，她比何阳大几个月，总是叫他小何。

“小何，好长时间没有来姐这儿，怎么有了空闲?”

“姐，这不又有钱赚了，第一个想到的就是你，这次是个大客户，咨询费我付你 1000。”

王妮有单独的工作室，因为她可以独立完成一些科研项目，她请何阳坐下，“有事情你找姐就行，别总是把钱挂嘴上。”

王妮今天穿的有姿有色，看上去就像色彩斑斓的海鱼，最近她除了忙工作就是忙着谈对象，25 岁那年恋爱标准是：企业家或是大学教授，年龄比她大 2—3 岁，个子比她高一头，因为她个子低一点，这是给优良的下一代做准备，另加有房有车有存款。生活中这样的男人不少，她也遇到过，可惜人家挑了她一大堆毛病。她暗自骂道：“你算什么东西，你以为爱情是选购产品?”

标准只好降低，27 岁的要求是：高级管理就行，会逗她开心，能顺她心意，有房子和车。也谈了两个，可是那两个男人的外貌实在让她看着别扭，她主动靠近又主动退出，结果给一个缠了半年多，还说要先同居体验一下，费尽心思她才全身而退。

年龄越来越大，她有了新标准：有一份稳定职业，相互看着顺眼，相处自由随意就行。有一个安定的居住地，有一辆普通的小汽车，不然走亲访友不方便不说，很没有面子。这是她的底线，不然终身不嫁。

何阳似乎挺适合第三个标准，她的眼神自然更多的停在他身上，就像要得到了心爱的礼物却还不完全属于自己。

"姐，新能源最近炒得很热。"

何阳也在欣赏着眼前的女人，服装颜色鲜艳，衬托地整个人极有光彩。

"是的，这是发展趋势，是个大市场。有兴趣？"

王妮坐在何阳身边，摇晃着腿，实际在炫耀漂亮的高跟鞋。

"姐，你鞋子真好看。多少钱？"

"不贵，800多块。"

"姐，这次你帮我忙后，我送你一套高档服装，包括鞋子。"何阳认为投其所好了，事情就成功一半。"姐，你们有在做新能源的产品吗？"

"有开发的。"王妮把何阳领到电脑前，打开几个内部网站，"这些都是产品的三维动态图，带有功能介绍，有几款已经在小批量试用。"

"我仔细看下。"

何阳坐在了电脑前。

有些产品和他想的大同小异，因为都在找市场的共同点，共同点就是依据居民生活需要。有的完全不同，属于专用产品，有的近期看不出什么市场。但他今天不是来评论的，他拿出了编写的新能源资料。

王妮认真地看了会儿，他问可不可以合作。

"你们只需要做出单个产品，并传授技术，我负责联系公司批量生产。"

王妮回复要和其他人员研究论证，半个月给具体意见，她知道何阳是做科学艺术的，他的东西很有研究价值。

"这么长时间？"

"做这个马虎不得，已经够快，你的资料这么厚，快成一本书了，也许要一个月。"

"行吧，尽量抓紧。"

"那你最近还来我这儿吗？"

王妮从来没有对男人主动过，何阳是第一个，她觉得何阳和自己挺现实的，付出感情了也不会是梦幻般的泡沫。

"来啊，看看进度，多多交流。"

"哦，你现在住哪？来这远吗？"

和何阳交往很多次，从没有问过这个问题。

"宿舍。"

何阳微笑，快30的人了，没有固定住处，他也认为很失败。

"没有想过买房子？"

王妮低下头，她觉得一个成熟男人没有房子，肯定是没钱，目前房子不但可以居住，还能增值。

“太贵了。房价比工资涨得快的多，特别是大城市。”

何阳也低下头，他最怕女孩子问这个。

“你结婚了住哪？不会是想让女人娶你吧。”

王妮想了想自己多年的积蓄，怎么也娶不起一个男人，就算很爱他。

“呵呵。”何阳抬起头，“我家小城市，父母的钱只够他们花，我多年在外打工，没挣多少钱。”

“可以贷款的。”

王妮想一起贷款压力不会太大。

“我流浪了这么长时间，女朋友也没有，也许会到别的城市去。”

“可是没有房子，找女朋友会特别困难。”

王妮仰头望着何阳，像是在解一道难题。

“呵呵，如果拿下这个大单，可以挣到两个卧室。”

何阳给出了难题的答案。

“你和哪家公司合作？有些公司没有诚信。”

“世纪浪子。”

何阳一字一句地说，这家口碑一直不错。

“你是说张诚。”

在这里的商界，张诚是世纪浪子的代名词，是一个小人物到大老总的传奇，引得无数妹妹弟弟仰慕。

“你好像没有什么名气吧，又这么年轻，张诚会与你合作？对了，你代表飞讯公司。”

王妮摇摇头，又点点头。

“哈哈。”何阳声音极大，“我只代表自己，才有机会挣到两个卧室。”

“真的啊！”王妮拍着小手，跳了下，张诚就因为胆子大，做了很多别人想不到和不敢做的事情，才有了今天的荣耀。“我会非常重视这个事情。哎，你送我一套衣服是不是太小气了，人家想要一个卧室。”

“哈哈哈，那你得做我女朋友。以后呢就不能叫你姐了，叫你小妮妮。”

“讨厌，你好讨厌。”

王妮是那种务实求真的女人，她认为先让何阳挣到卧室，再谈情说爱好点，这样谈起来很有甜蜜感。

何阳没有想到事情这么顺利，他归功于人缘好，嘴巴甜，找对了合作伙伴。再回到飞讯公司，日子相对平静些，何阳借此机会也松弛了紧绷的神经。他又找了女秘几次，办公室总是没人。

一个晚上，何阳在一家爱情交友的网站报名，三天后邀请他去玩现场速配。这次是电视节目组和网站联合举办的活动，男女主持人比他都年轻几岁，男主持人的声音特别像钞票男，自从见了密密后，钞票男没有再提过富姐之类的话题，倒是来这儿之前问过密密有没有和他再联系，何阳回答没有。

“你也没有联系密密？”

钞票男表情怪怪的，像是即将揭破一个天大的谎言。

“没有了，人家是富姐，是一座需要仰视的山峰，我高攀不上。呵呵。”

何阳转身想走，离活动开始的时间不多了。

“等等。”

“什么事情？”

这些日子，钞票男约请了密密多次，夸张地讲带一个班的人给她服务。密密笑了一会儿说生意很大，没有时间玩乐。

“密密对你印象挺好。”

“你怎么知道？”

“上次你俩玩到天黑吧。”

“嗯。”

“密密问你了，问你有没有当个小官。”

钞票男停住不说，因为他讲了实话，他很想把何阳吹得很牛，显得自己也极有身份。

何阳着急地看看时间，“然后呢？”

钞票男回答，密密让他实话实说，他只好说何阳是个小职员。

何阳垂下头，自古以来男人的身份很重要。他又仰起头，自从活到现在，他把自己当作有理想的人。

“后来呢？”

“想再见密密吗？”

“没有怎么想，地位不一样嘛，只能玩玩。”

“嘿嘿，找密密去？你约她。”

钞票男依然牵挂着自己的大单，不能就这样和密密失去联系，不可以随便失去发财的机会，再说在密密身上的投资没有一点回报，不可以总是哑巴吃黄连，有苦说不出。

“今天有事。”

“不就是泡妞吗。”

“呵呵，生理和情感需要。”

“何阳，后来的事情你直接问密密，约她的时候请叫上我，这次我做跟班。”钞票男大笑，对自己说，“只要再给爷一次机会，爷就能跟好大单。”

女主持人笑起来和张娜娜有点相似。相处中，张娜娜对何阳已是心服口服，他做事情的道理总是正确，他工作的方法轻松随意。

何阳老师有着狮子王的首领特质，是个很有女人缘的男人。嘻嘻，希望我俩有浪漫的情缘，不敢求一生一世，只愿经历一次甜蜜蜜，我愿意为他做任何事情，即使献出生命。嘻嘻，好冲动，好有小市民小职员的情调哟。

张娜娜做了如上跟师感想。

第十一章　男女速配

活动规则如下：

五对幸运男女，依照个人速配的申请，特意制作见面过程，理论几率60%以上。

四个场景，第一场为一见钟情（次要情节），第二场公开身世职业和薪酬（重头戏），方式为半个小时的亲密接触，第三场友情互动（尾声），最后相互选择（结束）。

男女胸前各挂有 12345 的小牌子。主持人简单讲述后，一见钟情开始了。

既然是初次见面就有情于对方，简单的自我介绍后，要进行内心独白，把爱慕的话表达出来，让人家有所准备，好进入第二个主要环节。

何阳是 3 号，他看上了女 1 号和女 2 号，但只能选其一。两个女人皮肤白皙，容貌各有特点，1 号的眼睛清澈若水，始终微笑着，很有亲和力，2 号浑身散发着青春之美，像是一朵开不败的花儿，都是他所爱。凭感觉他倾向女 1 号，只是人家明显比他高许多，除非他是明星名人，才有可能得到女 1 号的关注。他朝女 2 号微笑，女 2 号无视他的微笑，把目光投向观众，女 2 号的妹妹在台下和她打招呼，而她也有点近视，为了保持美观，没有戴眼镜。

1 号男和 2 号男的介绍方式类似现场招聘，死板而无味，搞得气氛很严肃，主持人着急了，“今天没有考官，大家自由放松，恋爱就是如此。”

很快该何阳介绍了，他站起来，向五位女士鞠了一个躬。

“我是男 3 号何阳，兴趣广泛，基本大家会玩的我都行。特别适合喜欢健美、旅游、音乐的女士。”他朝 2 号美女眨了眨眼睛，想刻意招惹她一下，女 2 号依然面无表情。他调高音量，“本人热爱科学艺术，精通各类智能手机、电脑，有玩不好这类东西的女士请向我咨询。”他快速地扫描了一遍女士们，倒是女 5 号表情异样，像是看影视剧入迷了，可惜他对她没有一点感觉。既然喜欢的无视自己，不喜欢的偏偏看着自己，他只好扩大影响，“尊敬的女士们，可有深夜难以入眠的时候，我可以帮助你。”说到这里台下一片嘘声，主持人脸色也发生突变，听着怎么成了电台里的小广告。这正是何阳需要的效果，他很自信地说，“我会编故事，都市言情、玄幻魔法、包括童话寓言。”

“你真有意思。”

女 5 号忍不住发了言。

何阳还想说什么，突然给打断思路后，只好说：“谢谢漂亮的女士们，我的介绍结束，欢迎 4 号男嘉宾。”

何阳的话非常得体，竟然迎来了几个女士的掌声，可惜没有女 2 号。

在女 2 号介绍时，他仔细听了会儿，她是个小学教师，想找一位工作稳定，稳重大方，懂感情可以做家务，生了小孩后有老人帮忙带着的男士。何阳觉得像是某些征婚广告的专用语，真是天下言谈一大抄，教人子弟的话，会不会成为误人子弟，如果真和女 2 号有缘分的，一定像张娜娜那样训练好她。

印象表白的环节到了，多是老一套，最为糟糕的是男 5 号，他居然对女 2 号表白了：“我不是很有钱，月收入过几万，我的私家车太普通，也就几十万，我住不起高档别墅，只有两套楼房，我对许多漂亮女人没有兴趣，因为我相信爱情就在今天降临，在众多美丽女士中，我想把爱情献给女 2 号。谢谢。”

精彩，男 5 号先玩了个小谦虚，又来了个大奉献，女 2 号听着脸蛋红扑扑的。

何阳自己的表白呢？是这样：

我从天空的那边轻轻飘来，
看见你孤独的身影，
常常消失在夜色里；
我听见你忧郁的声音，
常常低语在白昼中。
我知道你在等着你的爱，
我知道你想和他一起走过光阴，

我还知道，

我已经找到了你，

你就是可爱的女 2 号。

台下响起了尖叫声。

“你是谁?”

“你是浪漫的诗人?”

“你可是处处留情的天涯浪子吗?”

“你是不是等了很久的外星人啊?”

何阳朝着一群追星的小妹妹喊道：“我是男 2 号何阳，支持我。”他看到一些人举起了手机拍照摄像。

“你不介意我们把这段浪漫的求爱网络传播吧。”

有人问。

“呵呵，可以的。”

女 2 号终于朝他微笑、点头。

“不容易啊，”何阳想，“才算给精神家园挣回一点面子。”

男士表白完了是女士表白，现在的女士既现实又大胆，只是没有谁向何阳表白。主持人问这么有文采的男士无人理睬，想不明白。有女士回答，会不会很风流，不安全，不懂得居家过日子，她们可不想闲着没事找苦吃。何阳听着快要晕倒了，他认为是物质条件没有摆出来，可是摆什么呢？他的那些家当都是地摊货。

主持人无奈地看了看何阳和女 2 号，就在准备开始第二个重要环节时，台下有女人说：“请等一下，我是女 2 号的妹妹，代表家人问何阳先生几个问题。可以吗?”

“行啊。”

何阳回答，拿下女 2 号的家人，就等于成功一半。

“请问你什么院校毕业?”

“一般的学院吧，爱迪生没有怎么读过书，却是一个实用的发明家。”

“那你的单位呢?”

“漂泊为主。达尔文经常漂泊，写了本挺有意思的作品。”

“你现在住哪?”

“宿舍。很多人物一生无安定的地方，但做了许多好事情。”

“问题完了，觉得你不怎么成熟，不现实。”

何阳笑了笑，“生活迫使我们做出了不同的选择。现在想请你姐姐慎重地考虑下我，亲自来次选择，可以吗？”

女2号说：“你的声音很吸引人，我有点近视，你到我身边来吧。”

他俩个子差不多，女人很丰满，站在一起显得何阳像个窈窕淑女。女2号又说：“我喜欢高大威猛的，谢谢男3号。”

第二环节开始了，男女双方公开身世职业薪酬，做了半小时亲密接触。刚才提问时，何阳已经公开过了，结果是受到冷落。就在活动接近尾声，一个校园妹从台下站起问他的手机号，何阳大声地读了出来，又自嘲：只有她们这个群体对自己有点兴趣，因为她们和他一样心存美好。哎，人生一场，不过如此。

对于别人是将恋情火热下去，对于自己是冷清地离场，离开这个陌生的空间，想到空间，何阳望了望半圆式的天空，谁又曾离开过这里？忽然他看到了太阳，太阳的四周是无边无际的星河，朝着星河走，总可以找到自己的家。

手机响起，接通。

“向后转，你的心情会好一点，可以看到奇迹。”

何阳转回身，是留他手机号的校园妹。他笑了。

“奇迹呢？”

“我出现在你面前就是奇迹啊，昨天男朋友给我打了五个电话，我都告诉他忙着呢，没时间和你废话。咯咯咯。”

“呵呵，怎么称呼你？”

“许美美。”

“哦。拜拜！”

何阳转回身，向前走去。许美美紧跟着他。

“有事情吗？”

“就是看着你郁闷，想给你做个小开导。”

许美美加快步伐，不然会掉队。

“素不相识，没有必要。”

“萍水相逢，有缘就是情。”

何阳停下，没有想着玩儿对句子，居然给对上了。

“急着找对象？”

许美美试探着问，生怕惊扰了什么。

“28 岁了，正在奔三赶四看五等六，你觉得呢?”

“我觉得你说话挺风趣的，为什么老是绷着脸?”

何阳笑起来，极不自然。

“今天的场面你也见到了，现实婚姻是物质。”

许美美没有回应，她在等下一句。

“呵呵，别说你刚从学校出来不了解社会。”

何阳向前走去，他现在不想坐车，只想散步。

“咯咯，逗死了。仔细想想，女人的要求也不过分，多是居家必备品。”

“对啊，我只是认为自己很窝囊，自己生自己的气了。”

何阳不想把压力转移给对方，可是许美美似乎有了心理负担。

“你这种三无，无固定职业、无房车、无特长的人确实很糟糕，是社会的大包袱啊。”

“社会？我还觉得它沉重呢。”

何阳仰起头。

“生气了，逗逗你。”许美美凑到何阳身边，“哎，你心中完美的女人是什么样子?”

何阳看着许美美，肯定不是她这么无聊。

“我看着她好，她也看着我好，可以吃一个馒头，睡一个地铺，一起闯荡就行。”

一辆小汽车从他们身边缓缓开过，司机是个青年女子，带着红色太阳镜，何阳怎么看怎么像是女秘。车子在离他俩 20 米处停住，还响了几声喇叭。

“哥，朋友接我来了，有时间再开导你。拜拜。”

许美美跑向小汽车。

车内女司机问：“美美，你们聊了些什么?”

第二天，何阳给张娜娜安排好工作后，又叮嘱了几句应付部长的话，去参加一个大型招聘会。人在世上，各种可能都有。光子集团业内有名，只是无人引荐，自己也没有突出业绩去不了总部，飞讯公司条条框框太多，已经让他失望，女总的新政策无异于一次大松绑，对于他这种追求自由的人群，还是有许多无形的束缚，最好的选择是自己做产业，做老板。可是条件不成熟，一种源于自己的经济实力，因为他想做科学艺术的加工和制造，不适合从练小摊开始，也不是权威人物，能在社会上申请募集到资金，一种源于精神意识，科学艺术是个苦累活，很是需要心理支撑，有个情趣相同的爱人的话，就棒级了。他有吗？寻寻觅觅中。张诚的集团呢，合作刚刚开始，人家现在仅仅是要策划书，没有叫他去公司。多方考虑，多种选择了。

招聘会不次于农村赶集，人多，摊点也多，多为民营企业。何阳大致转了一圈，应聘和招聘的人数差别太大。人口增长和经济发展不相符合的产物，谁的问题？大家共同承担吧。

何阳在一个摊位前站住，不是想应聘，只不过歇歇脚。几个小妹妹走过来，问他："师傅，还要人吗？"

居然把何阳当作了工作人员，也难怪，谁叫他穿的整洁，总是微笑。何阳平时就爱逗女孩，特别是这种奔来奔去的学生妹。

"找工作啊？"

"对。"

几个女孩一起回答，生怕回答迟了应聘不上。

"能做什么？"

"牌子上面写的都行。"

一个扎着辫子的说。

何阳回身看了看：招聘纺织女工 5 名，月薪 900 元，包食宿。

"薪水很低啊。"

"能吃穿上，再给家乡的爸妈寄点就好。"

短头发的女孩抢着说。

"我们出来一个月了，没有什么文凭，就会点手艺，能吃苦受罪，可再找不到活儿的话，就得回村子里，回去又是爸妈的负担。"

披肩发的女孩说着流出几滴泪。

何阳的心疼痛起来，她们也不知哪个穷乡僻壤的，上的起学吗？只好满地方乱跑混个温饱。自己真要有个公司就好了，马上收下，一边教她们做工，一边教她们文化，为各自未来的发展做准备，她们现在穷人穷命，但不能穷了梦想。谁敢说在人类前行的篇章中，没有她们的辉煌。

何阳挤到招聘人员身边说："有五个农村妹要应聘，可以考虑吗？"因为刚才他看到牌子上还有一句话：大专以上文凭。

"拿毕业证看下。"

"真是死脑筋。"

何阳又转回身,"人刚刚招满了,去其他公司看看吧。"他带着小妹妹们转了七八个地方,已到中午,说自己不是公司招聘人员,是负责招聘会安全的工作人员,先请她们吃顿饭,下午接着应聘。

女孩们看了看表,说了句谢谢大哥,看来这里找不上了,还有几个地址,要马上过去看看,晚上才吃饭。

何阳和她们依次握手,小妹妹们消失在城市的远处。作为人类中的一个,何阳看到了太多悲伤,他觉得今天就是自己无能,要是有能力的话,一定可以帮助小妹妹们快乐地生活。他无心再应聘,回到公司。刚刚进去,部长领着一个女孩进来,是许美美,许美美朝他挤了挤眼睛。

"何阳,你这小子真是好命。"部长斜眼看着他,"公司又给你分了个女孩做徒弟,也没觉得你怎么突出。"

"部长,什么时候给我分个,咱也享享福。"

钞票男眼红极了,许美美长得特别水灵。

"别吵!"部长瞪了下发出异样声音的地方,"以后等我说完了再发言。我是要说什么来的?对了,何阳你中午没有签退,先罚款了,为什么不遵守部里的制度,我规定的和女总的一样有效。"部长搔了搔发痒的头皮,"你教出的徒弟太蠢了,张娜娜光说你在厕所闹肚子就用了三次,我去厕所看了看,你在吗?"

"部长,他在二楼的厕所。"

张娜娜辩论,当时她实在想不出好办法。

部长大吼:"张娜娜,你对何阳的错误做出强烈反应,包庇他人,工作期间弄虚作假,你罚的更多,以后再发生此类事情,就这样处理,不要搞不清楚上班是来做什么的。"说到这里部长已经是唾液横飞,他太激动了,终于又找到发泄的机会。就在刚才连总对他办公期间听音乐、玩游戏,做了全公司通报处理,他的奖金下浮了30%,他决定要把损失从何阳和他有关的一切人员身上捞回来,他相信就是何阳告了他的状。

所有的人低下头,特别是何阳,他认为部长现在就是一条疯狗,弄不好会给咬得遍体鳞伤。

部长看着静悄悄的办公室,巡视了一番,他很想在别人身上找点毛病,可是没有找到,只好出去,随时准备着查岗。

部长的存在犹如极端的冷冬,他一离开,部里马上春暖花开。

第十二章　美女监控

就在前几天，连总在网络上物色了个女孩，亲自做了训练。

内容有：1 快速搭话，摸清对方所想。2 主动创造机会，让自己的想法由别人给实现。3 不同场合的不同应变方式。4 录音、拍摄、跟踪。5 分析判断、出谋划策、公关交际。6 其他。

这些都是连会心的生活经验，她希望训练出的人做事情如同自己。并配备专用智能手机，其用意在何阳，“相亲”活动后，许美美和何阳的聊天就是一次实践。

“许美美，我的意思你明白了多少?”

连会心问。

“全部明白。”

许美美挺直身体，就像电视剧中即将出征的情报特工。

“你的工作特殊，不能让任何人知道我们的关系。”

“好的。”

“去信息部报到吧，我都安排好了。”

许美美想光子集团在商界名声、地位、财富都排在前面，飞讯也是集团的实力公司，女总确实有独特的本事，能在她的手下做事情是福气。许美美上过重点大学，在学校时当过领导，很理解领导的一些心思，女总和她说何阳是个实用型人才，潜力极大，是要培养的对象，这件事情暂时保密，她的任务是当好何阳的助手，了解他的策划和动向，然后向她汇报，接着连会心加了一句，公司对何阳的日常生活也有兴趣。

听到这里，许美美清楚了自己的工作，可是要想达到女总的标准，除非做何阳的恋人，还得处于热恋中，热恋的男女多是无话不说，她谈过几次恋爱，明白这些的，只不过那些小男生老是盯着她的身体，讨厌极了，没有多少情调。

听是听，做是做，他和何阳有过一次接触，太普通的人了，不过向女 2 号的示爱诗歌蛮不错，似乎很伤感，实际是激励，回味来回味去，百思不厌。

张娜娜根本不欢迎许美美的到来，对于何阳是有了左膀右臂，对于自己成了竞争对手，她一直想着怎么进行和老师的粉色浪漫，如今许美美比自己漂亮，小嘴甜甜的“老师，老师”叫着，叫得她心烦，何阳却喜欢听，眼神停留的时间是 1 比 5，她是可怜的 1，这时候她就无力地趴在桌子上盯着他俩，感觉像是看着电脑中的视频，钞票男偶尔走到她身边和她一起看，时不时说一句，人生中的悲哀就是，眼巴巴地看着你心爱的人和别人火热，只能黯然神伤，独自流眼泪。

每当这会儿，张娜娜就叹口气，狠狠地拧下钞票男的胳膊，让他闭嘴。钞票男没有闭嘴，反而出了个主意：各取所需。他主动追求许美美，至于何阳呢她看着办。可惜钞票男的计划难以实施，许美美对何阳是寸步不离，何阳去趟卫生间，许美美也要在门口观望多次，是不是有点神经质？许美美清楚她的任务是什么，做不好女总会再物色人选，而且工资两倍的奖励就成了肥皂泡泡。

几天下来，张娜娜有了从未有过的困乏，她没有选择消极阴郁，多数时候在争着做事情，以此得到何阳的夸奖，弥补自身的不足，安慰想象中的浪漫，许美美越是不亲自做事情越对自己有利，男人对摆设品的新鲜感注定是日益淡漠，她力争把事情做得特别好，让何阳对自己有依赖感，那时候她就会成为女主角，不管分来多少女孩也不再担心。跟着何阳，她学会了初级的分析、判断、解决。

同一时刻，许美美给连会心来了次工作汇总。她俩坐在酒吧，在美妙的音乐里谈着何阳，这个地方是许美美选的，她喜欢红酒的味道，喜欢这里的环境，喜欢在晕乎乎的状态中谈论某男孩，这时候她的话题会很多。连会心也觉得挺好，品酒、品音乐、品男人本来就是快乐的。

两个女人相视一笑，举杯共饮，音乐舒缓悠远，心境一下开阔起来。许美美想既然是女总关注的男人，一定是急于了解的，她问什么我就回答什么，不然会话题不清，女总没有得到想要的，那是我工作没有做好呢，还是谁的原因？

连会心对何阳的形象有自己的描述，这个形象除了自己，不会对任何人说。此刻她最想知道别人眼中的何阳是什么？和自己理解的有多少差别，特别是在那些有魅力的女人心中，物色许美美时，她介绍作为学校代表参加过大型合作，国际级的有三次。

“何阳要在就有意思多了，”许美美大声笑起来，“不知道他喜不喜欢来这里。”她忍不住先谈起，不由得想起白天的事情，何阳妙语连珠，就像一台超级计算机，知道很多，包括女孩子的那点秘密，她甚至想何阳要是一个高级机器人就好了，日夜带着他多风光。“何阳没有老师的架子，和他在一起特别随意自然。嗯，何阳是有点真本领，他工作时能同时解答我和娜娜的问题，咱们专心做好一件事就不错了。”

忽然许美美闭上嘴巴，她有点喧宾夺主了。

“咯咯咯，你接着聊。”

许美美看着女总表情自然，说出了最想说的。

“要不把何阳叫来，一起谈谈。”

连会心给自己加满酒，微笑不语。

“何阳谈了女秘，我想是连总你。”

连会心眨眨眼睛。

“怎么会谈起女秘？”

“我问他了，”许美美叫来服务员，把曲目换成了爱情类的，“问他在公司最欣赏哪个女人？”许美美捂住嘴巴，克制着不要笑出来，当时是何阳轻轻搂住她的小蛮腰，凑到她耳边，“你就挺好。”他的哈气很浓，弄得她耳朵痒痒的。她推开何阳的手，逗他，“我们年龄差别大啊？”

何阳轻吟了一句：“你是娇艳的花儿，我愿意做你的阳光、空气和水，让你越来越漂亮。”

“咯咯咯。”

许美美笑的太开心了，就算有万种风情，以前的男友也讲不出甜言蜜语，怎么可能欣赏到自己的美？导致她对多数男人怀有鄙视心理。

办公室的目光全部聚集在他俩身上。

何阳笑起来，“别大惊小怪的，我讲课呢。”

张娜娜的眼睛早已布满血丝，最近除了深夜难眠外，更多了几份忧虑。她终于告诉自己一句：“人世间怎么这么烦呢，只有我家的床对我好。”

“然后呢？”

连会心问。

“何阳说应该是女总吧，只是至今没有见到，她的女秘也很有味道，是一种少有的美味，品尝了总是想着下一次。”

“请等下，这是原话吗？你说何阳喜欢品味女人？”

连会心的声音极低，她又紧张了，想想自己在商界身经百战，怎么一说何阳就心乱呢？

“是啊，”许美美点点头，“据我观察何阳品味的东西多着呢。”她的脑海中浮现出一些何阳的细节，忽然她发现一个现象：何阳占据心灵的位置怎么这么强烈？以前许多事情都是过眼云烟，包括美好的大学生活。作为女孩子，这些细节她不想对任何人说。

“哦。”

连会心对细节有浓厚的兴趣，能从中进一步了解何阳。

这会儿，许美美不想谈何阳了，独自回忆起和何阳一起的时光，会特别宁静，而浮躁的社会生活让她又烦又累。

“连总，记不清楚了，下次争取给你拍照片。”

许美美喝光杯子中的酒，站起来，“明天还有新的工作。”

连会心也站起来，今天有个小收获：何阳在品味人生。回到家，连会心做了决定：专门设立部门给何阳做。一大早，她把何阳约到了办公室。

“你又神奇再现了。”

何阳靠近女秘，她的皮肤比上次白嫩许多，连会心最近做了系列保养，保养师说你操劳太多，皮肤缺少水分和光泽，人嘛身体很重要。

“我一直在啊？你找我了？”

“呵呵。本来想请你散步，后来只好自己遛马路了。”

何阳绕着女秘转了一圈，她身上有淡淡的香味，是头发的味道，昨晚连会心请理发师整了三个多小时。何阳在女秘对面站住，看着她的眼睛，一个人的心里活动多少可以从这里反映出来，特别适合异性。连会心低下头，这种方式让她呼吸急促，心更乱。

在成人世界中，下一步是男主角的嘴唇轻轻碰住了女主角。

门被用力推开，一个男人大喊着连会心的名字：“连会心，我来报到了。”刘刚看到了不愿意看到的情节：这个男人是谁，凭什么离连总这么近。

连会心坐回到办公桌，她不愿意看到的一幕也上演了，死缠硬泡的刘刚来了。这回她头疼。

“你好，连总。”

刘刚故意从何阳身边走过，高傲又蛮横地看了他一眼，想：哪的小职员，指不定做错了什么事情，是来挨训的。连总能看上他这类人，我不信。

“嗯。”连会心无力地应和了一声，女秘的身份到此结束了，“何阳先生，公司为你设立了一个部门，负责监督执行新制度，和开发市场前沿。”

“他谁呀？这怎么可以？”

刘刚坐在沙发上打了个哈欠。昨晚看碟片到凌晨，是男女追爱记，特别搞笑。

“对了，”连会心拿起签字笔在手上摆弄，“集团叫你来是负责哪块？”

“协助连总你啊。具体做什么集团没交代。”刘刚拿出一个红本子，走向连会心，“这是临时调动书。”

“行了，装着吧，你这派头哪都能去。”刘刚趴在办公桌上，“呵呵，知道就好。昨天我买了两款情侣手机，功能可多了，来你这我得有所表示嘛。”

“我手机多着呢，现在有工作。何阳，你有兴趣做吗？”

连会心声音温和起来，她注意到何阳对此消息，没有多少兴奋。

“这个工作我可以做的。”刘刚站直身体，“我们老搭档了。”

连会心微笑，“是啊，你别着急嘛，先休息几天吧，公司的事情多着呢。”

“没关系的，我这人就喜欢一心扑在工作上。”刘刚大笑。

何阳一直沉默不语，看到现在他明白两件事情：女秘就是女总。她在集团的搭档来了。突然给了他大事情做，他一点准备都没有。

“我没有做过你说的事情，公司人才济济，可以另选他人。”

“对了！”刘刚审视了何阳一番，“当过干部吗？有领导经验吗？这活我能做。”

“行了！”连会心表情严酷，刘刚的出现破坏了她的好心情，破坏了她的计划，她考虑过何阳会出现的抵触、推辞等等可能，本来是循序渐进的，现在成了一团乱麻。“这个工作公开竞争，民意好的做，我要去外面开个会。”她走出办公室，又返回了，“何阳，你的策划和自荐书看过了，还可以，这次竞选你要参加，当作公司重大任务对待。”

“连总，我不想参加。”

连会心假装没有听到，快速地走出去。这样做一是和何阳有更多见面、探讨的机会；二是真的看好他的能力；三是刚才已经确定，他的每一个拒绝都让她心痛，原来的感觉不是心乱是心动。还有一个奇特的地方，给他职位他居然不领情，一般人求之不得。

“你是哪个部门的职员，和连总什么关系?”

刘刚询问何阳，声音阴沉冰冷。

何阳看了他一眼，漠然离开。

“喂，和你说话呢。”

在集团刘刚是有头有脸的，普通人多看一眼都心烦。

刘刚跟了出去，盯着何阳的背影，暗想：怎么看怎么像是连总的小情人，我就不信你小个头小职员会得到大块头大领导得不到的东西，他拿出手机，里面有自拍照，有时候他特别迷恋自己，他欣赏了一番，绝对可以用英武形容自己，他不知道用这个词比喻自己是否恰当，因为他学习很一般，但他相信有一个好老爸比什么都重要，他还相信，只要跟着连会心，谁也别想抢走她，他决定对何阳展开调查，调查连会心接触过的男人，这才是他来飞讯公司要做的事情。

连会心没有去开会，一般的会议她都会推掉，推不掉的就请别人代替，原来她不这样，不去开会吧，领导会以为你高傲不尊重他们，自从看过何阳的管理策划学，她改变了看法，认为开发公司的现在和未来最务实，不是可有可无的会议，最终领导是以公司的收益和扩大来判断业绩的。

公司不远处有个很高的大桥，连会心喜欢站在上面看风景，徒步到那里也就 20 几分钟。一般人经历过一些事情后，思绪会有点乱，她也一样，如果在一个高点梳理一下，效果会非常棒。

她看到的是一排排的高楼大厦，和围绕着它们转动的汽车。她扭扭头望见飞讯公司，现在围绕着她转动，多数人在那里只是挣点钱让日子好一些，然后购买眼前的房子和汽车，似乎这就是固定不变的工作和生活。她叹口气，看来围绕和转动是一个自然规律，那么她围绕着谁在转动，她想到了何阳，很想和他聊这个话题，她找出何阳的手机号，看了看没有拨出去。

何阳回到办公室，里面的人全部围了过来。钞票男拥抱了他一下，“大哥，女总召见你了，这回你飞黄腾达吧，别忘了兄弟。”

“那个，是不是把部长撤了，让你做，这样的话我们部就解放了。”

小精灵拉着何阳的胳膊问。

“我们部才几个人，我猜是比这大的职位。”梦幻子拉着何阳的另一个胳膊，“对不对?”

张娜娜仰视着老师，她觉得老师终于熬完了苦日子，自己也跟着脱离苦海了。

“没有，没有，还是老样子。”何阳微笑着，“女总天天见很多人呢。”

“不会吧？”

张娜娜弯下腰，泄了气，几步退回到电脑前，表情动作好似年迈的老太婆。问题是部长看你不顺眼，刚才又来打听女总找你的事情，我们希望你好过点，部长却没安好心。

许美美也以为会有好事情，何阳怎么说还是老样子？会不会人家不想宣扬。她的手机响起，是连总的，问何阳在做什么，她低声说还是老样子。

“老样子什么意思？”

“平时的样子。”

“没有变化？”

“有啊，风度翩翩。”

“情绪方面的。”

“老样子。”

“哦。继续你的工作。”

奇怪？女总和何阳之间发生了什么？

办公室里的人渐渐散开。

许美美认为最近女总会问的很频繁，她又开始了记录：上午，何阳喝了三杯热茶，拿着手机看了一个小时，多是新闻，频繁链接大型商业活动的网站，并复制一些资料，可能在跟踪一个大单。张娜娜喜欢默默地看着他。最后一句许美美没有记录，其他的用短信发给了女总，在这种敏感时期，她最好主动工作。

第十三章　岗位上的隐秘操盘

下午，部长拿着文件到办公室宣读，是女总下发的公开竞选书。

从心里说，部长极不情愿做这件事，因为何阳在，何阳在他心里就像一个快速扩散的阴影，指不定什么时候就变异成厉害的东西，一旦让他爬上去，玩打击报复怎么办？可是竞选是大势所趋，还得走好过程。

他看了看何阳，何阳避开他的目光，部长的目光会让他觉得就要穷途末路，不是他，是部长自己。

部长有气无力地念了几句，指指秘书小凡，“每人发一份，填好后交到人事部。”以前都是各部门交自己的，他就很有权力，为了保住位置，只交一些不可能成事的，现在女总到来，一切都改变。他摇摇头，离开。

办公室又活跃了，小精灵、梦幻子、钞票男交头接耳起来，张娜娜和许美美也围住何阳，她俩都认为自己没有竞选的实力，公司很多人和她俩一样有自知之明，在弃权一栏中打了对号，何阳看也没看直接写了弃权，不是他不上进，而是督促新制度的话，还有多少自己的时间，自由少了，限制自然多，他可不乐意，他不认为在某个地方某个位置，死熬死混有前途。

“你怎么这样?”许美美握住何阳的手，可是他已经写完。“你可以的，至少我看好你。”

“这里还有，给他用了。”张娜娜把她的那份保护起来，写上了他的名字。“何老师，我问你说，然后按照你的意思填上。”

“别操这心了，我没有多少兴趣。”

何阳准备浏览网页，他跟踪的大单最近异常活跃，却被许美美挡住电脑。

“老师，这是兴趣的问题吗?”她模仿着何阳的口气，“是公司给员工的机会，要当作本职工作对待。”

“呵呵，我的本职工作是在有吃有喝有穿有住的情况下，让自己强大起来。”

何阳用调笑的口气说，看着学妹认真的样子，他却满不在乎。

“美美，别和他斗嘴，来看看怎么给老师填好竞选书，到时候就由不得他了。”

许美美靠到张娜娜身边，关键时候两人站在一起的。

“就是在竞选过程中，也能弃权的。”

何阳大笑。

“你!”

张娜娜哆嗦着。

“哼，别理他。”

许美美很生气，哪有老师对学生这样的。

“哎，什么时候才能离开信息部呢?”张娜娜拍了拍许美美的手，“部长那是人吗? 何老师能忍受住，我可不行，现在都有点神经衰弱。”说到这里她悄悄看了看何阳，何阳表情严肃起来，“每天来信息部，我就害怕，也不敢告诉何老师。”

何阳望着张娜娜，她用手背擦了擦眼睛。

“有时候真想一走了之，信息部的死活关我什么事呢?”

“要是有自己说了算的部门多好，多自在，见了部长直接鄙视他。”

何阳拿过竞选书，默默填起来。学妹们的话对他有点影响，他更想来次竞选实战，检验一下聪明才智，也许可以得到自由，毕竟没有做过部长，但他认为做的话就要开发出部门的潜力，当然竞选成功与否还是未知。

竞选分为三大步，一是在竞选书上填好个人介绍、特殊才能、竞选目的。二是竞选宣言演讲。三是在一定的时间自主完成一个业绩。

个人介绍和特殊才能何阳写过多次，填竞选目的时，他思考了一会儿写到：做部长不是对职员进行捆绑，要教会他们认识才能，启发他们实现价值，提供发挥的平台。

张娜娜和许美美看到这里，击了下掌，拿着竞选书交到人事部。

一天下来，信息部只有何阳报了名，梦幻子、小精灵、钞票男一番讨论后，明白飞讯公司还有几个超级人才，很难战胜，只有何阳可以对抗，他们帮助何阳做了分析：

公共关系部的巨无霸，人威猛，说话声音高，思维活跃，有一些派头，重要的是此人经常流露出已被天下人所负的架势，因为他同样是个小职员，这次竞选的机会不会放过。

产业开拓部的星外勇士，多年的工作让他嘴上的功夫相当出色，刚来公司时他内向到只敢和自己说话，做事情也是犹豫不决，现在他说就是外星人来了也可以谈好产业合作，只是喜欢独来独往。

事务内监透明水母，手下有十几号人，她暗自称为小水母群，负责公司的诸多杂物管理，就是处理那些看似重要实际也无所谓的事情。这次竞选她认为自己最有资格，做了这么多年小领班，应该升级了。

张娜娜和许美美听到这里，相当惊讶，飞讯何止是个公司，怎么像是科幻中的超级总署，人才也太有特点了。再看看小精灵、梦幻子、钞票男，特别是钞票男那句可以传世的话：我要挣到各种类别的钞票。现在他把这话贴在电脑旁边，以警醒自己要奋斗。你说，看似有点混的钞票男都充满豪情壮志了，其他职员可想而知。

何阳对这些了解的，几个人见面也热情招呼，信息部涉及的工作范围特别广泛，他刚来时对公司做过整体认识，对主要的人和事有过分析，知道怎么办公更方便快捷，以节省时间做其他。

大家分析完都看着何阳，何阳也看着大家，只是微笑。

“哥们儿，用用力吧。”钞票男拍拍何阳的肩膀，“竞选上了，直接把部长整走，在他手下做我老是肝气不舒，小精灵和梦幻子也等着这一天呢。”

“是啊，是啊。我们还可以到连总那儿申请，请你兼职信息部。”

小精灵和梦幻子抢着说。

何阳摇摇头，他不想这样。

“你们不理解我老师的，”许美美解释，“你别整走部长，你督促他工作不更好吗?”

“对，对。”张娜娜叫道，“他原来怎么对待你的，你也怎么对待他，让他尝尝那滋味。”

“呵呵。”何阳走到自己的电脑前，“我可以试试，也许真的会放弃，不管怎样都不是你们猜的那样。”

晚上何阳收到一条短信，是连会心发来的，来电显示依然是女秘两个字，他改成了连总。对于连总隐瞒身份的事情，何阳觉得很正常，人家凭什么一开始就说是女王级人物，你们这些小毛孩应该如何听话。

短信的内容是连会心在大桥上想的那些，最后她问何阳围绕什么在转动？以前是和集团老总讨论这些，集团老总对此类问题非常有兴趣，总说她虽然是小命运，但会有大发展，只是还没有看出大发展在哪里。

何阳没有直接回答，说男人喜欢围绕事业转动，女人喜欢围绕爱情转动，他认为同时围绕事业和爱情转动更好，再深刻一点围绕小家庭和大家园转动，还有更深刻的。

突然接到连总的职务任命，到要求参加竞选，再到现在的短信，好奇特啊。这会儿，何阳正在完善新能源策划，准备进一步和科研员王妮交流，到现在她连一个反馈电话也没有，他呢也不想打扰她的研究进程，何阳知道研究者们一旦进入状态，时常连自己也会忘掉。

何阳停下工作，泡了杯热茶，分析着连总，连总说过看了他的策划和自荐书，觉得还可以，一定是这个让连总对自己有了新的认识，才会委以重任。这似乎正是想要的结果？却推托掉了，原因很多，接着神秘人物刘刚出现，连总选择公开竞选，然后就是这条看似简单，却隐含着大道理的短信的出现，连总她？她要真是女秘就好了，自己可以泡泡她，逗逗她，也许会玩成未婚妻，现在身份悬殊太大，可能吗？要真的竞选成部长的话，能够向她靠近一下，在爱情的世界中，地位占多少分量呢？你在乎的话就占有重要位置，不在乎的话就无所谓，现实中能不在乎吗？自己不可以活在梦幻里，倒是大集团来的有派头。

连总又发来短信：你真的不参加竞选吗？就算是帮我一个小忙，好不好？

连会心没有用命令的语气，而是商量请求。她坐在宽大的房子中，像盯着神奇宝贝一样盯着手机，她用的是最新款的商务机，功能超多，这些不吸引她，吸引她的是何阳的文字和思想。

女总的温和让何阳找到了女秘的感觉，他回复：你要做我的三学妹才行，我带着你上演精彩好戏。

连会心一笑，编道：好啊，你要竞选为我的部长，我请你分摊任务。

何阳没有再发言，人各有志，自由自在最快乐，不想被一堆任务束缚，竞选的事情顺其自然就行。

连会心没有等到何阳的回话，就睡觉了，她想现在不是主动的时候。

部长查岗更严了。昨晚刘刚去他家来了个拜访，对于这种大人物能亲临家门，部长按照高级别的接待方式做起来，他混到现在，待人接物分了很多层次，所谓的高级别基本就是不管你怎样，我总是“对”，“好的”。刘刚做事情喜欢显摆，一点小事情也要炫耀的很有能耐，在集团那是人人皆知，他一出现在飞讯公司，职员之间就传成一个故事“他来了，好犀利啊”至于内容是什么，目前只有刘刚知道。

“刘总，你能来飞讯公司指导工作是我们的福气。”

部长对集团有头脸的人一律称为某某总，因为听着很舒服。

那天刘刚和几个款哥靓妹喝了点闷酒，他打探出何阳是信息部的小职员，他在飞讯公司也是有耳目的，他找到一个依靠他爸爸的关系到了这里的职员，那人一见刘刚，是有问必答，没有问到的也全部说了出来，刘刚越听越是急躁。最后吼道：“那小子叫何阳，对吧。在我面前挺牛气的，是不是有什么背景?”

“刘哥，何阳是外地的，来飞讯不到一年，听说连女朋友都没有，也没有见到什么人物找过他，就是总往外面跑，至于去外面做什么不清楚。”

耳目叫刘兵，比刘刚大几岁，却称自己为弟，和这种人物称兄道弟都是混得不错的人，自己仅仅高攀一次。

“这小子怎么来的飞讯公司?”

刘刚穿的是夹克，他竖起衣领，天气并不冷，可是他感到一股股寒气从心底逼向脑袋。

“公开招聘呗，连总没有来之前，何阳已经来了。”

刘兵多少明白刘刚的意图，也做出一副无可奈何的样子。在公司他和何阳有过来往，印象不错，不知怎么让刘刚盯上了，忽然记起刘刚在社会上有个外号：贪吃蛇。被他缠上的猎物一般命运悲惨。

“哦。”刘刚前后走了几步，“他在信息部的业绩可好?”

“不知道。”刘兵摇摇头，“哥，知道的全告诉你了，正好有点急事，哪天再聊吧。”

“呵呵。”刘刚拿出一叠钞票往刘兵口袋塞，“哥知道你需要这个，再聊一会儿嘛。”

“我真的有事。”刘兵把钱塞回刘刚口袋，“哎呀，来不及了。”他拦住一辆的士，进车里时慌张地碰了头，连揉也顾不上，赶忙说，“刘哥，有事再联系。”他拧了下大腿，暗自骂道：我真是嘴贱，最好别再找我。

刘刚摆摆手，这种人从不在他眼中。

“哥，再见。哥，就当今天没有见面。”

“知道。去吧去吧，烦死了。”

对于靓妹们，刘刚是想见多少就能招来多少，因为有名车，有大把的钞票，还有十足的派头。很多靓妹看到他，眼神多是着迷，能不着迷吗？可以省略奋斗的过程。刘刚知道这些女人短时间玩玩还有点意思，最终呢，就是用钞票换来换去。

刘刚来部长家是进一步了解何阳，在连总办公室她和何阳之间总有一种亲密，再加上察言观色，刘刚肯定了答案：何阳就是他的竞争对手。

刘刚对部长说，不要客套了，他太想知道对手是怎么回事。部长的太太和女儿看着电视，她俩在一起的时间多，共同点自然也多，她俩无视找部长的人，部长的客人招待着方便，对于部长在官场混的那套东西，娘俩一点也不赞同。

部长拿出百年老酒，刘刚摆摆手，再喝下去就吐字不清了。

“倒点热水就行。”

部长找出上等茶叶，泡好端上，做出认真听取报告的样子。

“老兄，随便聊聊。”刘刚搂住部长的肩膀，“何阳是你们部的？”

“他？”

部长点点头，想这小子还真有点名声。

“听说这人挺自大的。”

这句话让部长找到了主题。

“根本就是目中无人，”部长咳嗽了几声，很是恼火，“经常无视领导。”

“怎么不把他炒了？”

“我是想让他滚，我说了不算啊。”

“老爸，不是谁说了的问题，正规单位是劳动法的问题。”

房间响起甜甜的声音，是部长的女儿。

“行了，有领导在，你少说话。”

部长回头瞪了女儿一眼，又笑对刘刚。

“家人都在啊。”

刘刚站起走到一个房间，部长跟进去。

“妈，我不想别人进我的房间。”

“低点声。”

“这是我女儿睡觉的地方。”

部长笑着解释。

“听到了，挺活泼可爱的。还是聊何阳吧。”

“好。”

两人又嘀咕了半个小时，偶尔发出大笑，临走时刘刚送给部长一部手机，说最新潮的，功能可多了，特别适合娱乐。

部长假装推了推，自从上次被女总处罚后，他特别需要这样的手机。

“部长，你的事情我知道一些，上班玩手机没人管你的，电影音乐上网随便你。呵呵，没事多玩玩。特别记住，多去何阳的办公室坐坐，把他给看住，别老是让他跑来跑去。”

“领导的话我会放在心上的。”

送刘刚出去时，部长做了保证。

刘刚给部长的是可以远程控制的手机，很多功能普通人想象不到。部长拿着它在信息部走来走去，这款手机精致、华丽、实用，部长非常喜欢，他问过刘刚价格，刘刚说新货，5000 元以上吧，我只送给有缘人。刘刚的表情显得很是诚恳，以致身处官场多年的部长也分不出真情假意，刘刚又拍拍他的肩膀，亲切地说我们是一条战线的，理所应当给你配备高科技。靠住我，你的好日子提前来了。在飞讯我敢说，只要我一出手，连总也要让我五分的。

刘刚和部长个子差不多，但部长始终保持仰视，别看他年龄大了点，也有偶像。

有时候部长还会暗自亲亲手机，它的娱乐功能超级强大，强大到在另一个地方，刘刚拿着另一款手机，随着部长的移动看着办公室里的事情，部长亲手机的镜头让他恶心。

“这老家伙蛮自恋。”

他骂了一句。

很快何阳出现在屏幕中，何阳在电脑前制作着什么，他看不清，对他来说也不重要，这些小职员能做的都是低等活，出力不少，却拿不到多少钱，哪能和他比，签个名字房子、名车和美女全来了。看着看着他恼火了，这小子白白净净的头还梳着背头，凭什么呀，自己这么大的领导最多也是四六分发型。还有，连总和这小子说话的声音温柔似水，对我就像在吵架。

“我呸。”刘刚朝着何阳的影像吐了口痰，痰在手机上炸开。“何阳呀，这回你看着恶心多了。”欣赏了一会儿杰作后，他找布擦掉痰，拨通部长的电话。

“喂，你在哪？”

“刘总，我在信息部办公室。”

是部长恭恭敬敬的声音，听得刘刚特别舒服。

“你到外面来说话。”

“好，好。”部长走出办公室，找了一个角落，“我出来了，你讲吧。”

“我想了个好办法，能把你们部的工作量加大吗？特别是对何阳这小子。”

“嘿嘿，我已经做了安排，加入很多可有可无的工作，非累死何阳这混蛋。”

“呵呵，英雄所见略同，这样何阳就没有时间跑来跑去。”

“嘿嘿，刘总你真不愧是领导，说话都带有成语。”

听到这，刘刚更开心了，“你赶快回去看住，小心别人代替何阳做事，让这小子给跑了。”

好几天，信息部的员工感到非常压抑，有部长在，他们被剥夺了谈天说地的机会，那些可有可无的工作更让他们心烦急躁，部长却乐了，他没有想到上班除了想做什么就做什么外，还有更大的乐趣，他始终认为人就是分级别的，认为下级对上级就是无条件服从，认为在制度的高压下，员工才会安分守己。他把这一切称为猫和老鼠玩游戏，一旦把猫玩得不高兴了，厌倦了，就要吃老鼠。

这个游戏正在办公室火热连载。

上午，何阳接了三个电话，一是“世纪浪子”媚儿咨询新能源策划的，要求加快进度，她说时间就是市场，地球这么大，发展如此快速，说不定其他人已经做开了。一是科研员王妮的，她说你要做的事情那么大，不会扔给我一人了吧，有空过来看看。一是富家女密密的，整天忙来忙去，又烦了累了，问什么时候再来陪陪她，她对上次的见面感觉不错。何阳低声说了句近期吧，马上挂掉手机。

部长走过来了，这次没有发怒，而是笑哈哈。奇怪吧？很正常。最近他对刘刚来个评价，刘刚玩的是笑里藏刀，更有杀伤力，他多少学了点。

“部里新规定，工作期间做私活的，发现一次扣50元。”他转身扫视了一下其他人，梦幻子正在手机中看女儿的视频，昨晚拍摄的女儿和她亲热的场景，让她觉得异常温暖，有时候会想为了女儿，再多苦累也无所谓。小精灵的手机里存了几个男孩的照片，她还在痛苦选择，因为他们各有长短处。

听到部长的话，她俩慌忙藏起手机，快速敲击着键盘，她们面前都有一份厚厚的旧资料，部长让重做整理。

“何阳接了三个私人电话，一共扣掉 150 元，希望大家引以为戒。呵呵。”

部长自鸣得意了一下，他也用了个成语，这就是领导素质。

张娜娜悄悄走到部长身边，在他脑后挥了挥拳头，对付此人，已经无需老师出手。许美美也飘过去，抬起高跟鞋来了个我踹，我踹踹踹。何阳竖起大拇指，做为精神激励。

前几天何阳和张娜娜领了一次薪水，何阳 552 元，张娜娜 905 元。

“好悲惨哎，招聘时说飞讯是‘光子集团’里的大公司，就是坐着，也能拿到 2000 元，累死累活一场，老师你比我还少，全让黑心部长扣掉了。这不行的，不如平分吧。”张娜娜抽出几张百元，往何阳口袋塞，至于怎么和家人交代工资问题，只好编个理由。

何阳捂紧口袋，“张娜娜，不是老师无能，有一天会让你挣到一个房子。”面对现实，何阳只能想象美好未来，这正是激励自己大步前进的动力。

下午，部长拿着更厚的旧资料坐到了何阳身边，继续着猫和老鼠的游戏，特点是猫一定要把老鼠玩个死去活来。

何阳看看部长，部长呲牙咧嘴地笑着，“小何啊，你快点好不好，我那里还有一大堆等着呢。”

何阳摇摇头，长时间盯着屏幕，他已经头昏眼花。

“这都是旧资料，没有价值，整理它做什么?”

张娜娜问，其实大家都知道，部长明着在折腾，起因就是何阳经常违背部长的命令。

“少废话，叫你们怎么做就怎么做。”

部长回到了原来的态度。

“何老师，我替你做吧。”

张娜娜很是心疼。

“不行，他拿着师傅的工资，就得做师傅的事情，你刚来会做什么。”

部长拍了下桌子站起，“我最讨厌别人巴结领导，张娜娜你思想有问题。”

何阳摔了下鼠标也站起，“你要做什么? 你年纪不小，怎么连句人话都不会说。”

部长退到门口，万一何阳冲动起来，自己可以逃掉。“何阳，我警告你，你随时会被解雇。”

“哼!”

突然秘书小凡出现，告诉部长连总请他到办公室去。

许美美看到这里，笑着放下手机，刚才她联系了连总，说她看好的人在备受折磨之类的话。

部长刚一离开，钞票男就大唱解放之歌，影响着大家一起痛快地喊起来。

部长回到信息部办公室，那场景就像一座会移动的冰山，移到哪里哪里就冰天雪地，办公室的温度立马到了零度以下。

“训我做什么呢？我到办公室指导工作也错了吗?”部长自言自语着，忽然提高声音，“现在做新资料，不是说要高效率的 6 小时吗？都给我把 6 小时当作 12 小时做，有一天因为你们我下台了，谁也别想好过。”

部长回到自己的办公室，这里最清净，他对自己说，刘总所谓的盯岗太累，不定时抽查就行。

第十四章　科研员王妮

周末，何阳决定拜访科研员王妮。

一大早许美美出现在他面前，连总有交代，对何阳的星期天也不可放过，加班费嘛，按照平时的五倍算。跟来跟去，许美美对何阳越来越有感觉，他个子不高，脑袋不大，怎么说话做事就那么有意思呢？哪个女人嫁给他，一辈子不缺的就是笑声。如果是我的话，我俩笑啊笑啊笑到100岁，然后我问他，这么老了，你还爱我吗。他会怎么回答？

很多女人对某男人动了情，喜欢猜想一些奇怪的事情，许美美是个典型。

“老师，有一天你和你女人活到了100岁，她问你还爱我吗？你怎么回答？”

“嗯？”何阳正在镜子前梳理发型，他做了个自然下垂式。去见王妮，不想整的和谈判那样，而是自然纯朴、无拘无束，多年职场经验告诉他，这样更利于亲密无间。“为什么问这个，我没有女人。”

“想问呗，暂时把我当作你女人好了。”

许美美也站到了镜子前，她比他高一点，皱纹比他少一些，这都无伤大雅。

“呵呵。”

何阳把脸凑到她面前，一个劲地笑。

“干嘛？人家等你回答呢？”

“看你羞不羞。”

“好讨厌哎。”

许美美捂住红红的小脸蛋。她想假如爱上了何阳，别说是连总，就是连总统来了也不会让出所爱。现在她给女总的汇报越来越少，给自己的汇报越来越多。

在何阳眼中，许美美就是漂亮小学妹，单纯可爱，他并不想带她去科研院，因为不适合，到舞厅玩还行，只是许美美已经粘上他了，刚下楼又遇到了张娜娜。

真是一切尽在不言中！

王妮不欢迎两个女孩的到来，今天休息日，何阳单独来的话，王妮会把他领到单位的小公寓，她把房间装扮的可漂亮了，就等有情人来赏识。看到何阳的跟随们，一个比一个娇艳，王妮笑盈盈的脸消失了。何阳来之前和王妮联系过，王妮说在单位门口会一直等着他。现在呢，她想整个人消失掉，她不明白何阳是来拿研究结果，还是炫耀很有女人缘的。

何阳很远就看到王妮，看到王妮离成功就不远了，王妮是做单计划中的关键。他小跑了起来，微笑着，他要让她看到自己充满热情和自信，然后激发出她的快乐，共同完成这个小合作。

何阳在她身边站住，抬起胳膊想来个握手。“让你久等了。”

王妮避开，“找我什么事情，说吧。”

不对，事情发生突变，何阳快速做了分析。他注意到王妮的目光在张娜娜和许美美之间游动。他知道，有些科研机构不是随便接待来客，其中涉及到很多机密，慌忙解释是学妹们，跟着过来见见世面。

“下次一个人来，这里不是超市。”王妮低头走着，路上又问何阳是不是有很多学妹。

何阳说公司新分来两个，不懂什么，你别见怪。他又悄悄告诉两个学妹，今天的见面很重要，不同于前几次的演戏，少说话为好。

王妮把他们领到办公室，进去时张娜娜拉住许美美，说：“科研院里的风景很美，四处玩玩去，你走的时候给我俩打手机。”何阳拍拍张娜娜，“够机灵，有进步。”

对于张娜娜，何阳一点细微的变化，都可以察觉到，为了何阳的明天，她可以付出一切。

见到何阳的学妹没有跟进来，王妮笑了，她有一些个人的话要问，已经隐藏了许多天，自从接了何阳的活儿，王妮把工作量加大一倍，晚上独自研究新能源产品，白天请其他科研人员一起讨论结果。

“你说，”王妮站住，用从未有过的目光对何阳来了次审视，答案是外型过关，特别是那双眼睛，好像隐藏着许多小秘密，勾得她急于去了解。“这次的策划可以挣到一个房子？”

“最少会挣到一个房间。”

目前为止，媚总没有沟通过报酬的问题，何阳想先看东西再谈价值很正常，当然对做的东西值多少钱，何阳是要清楚的。

“是这样，你的东西很不错，科研院的人看好它在生活中的使用价值和市场潜力。”

王妮又兴奋起来，这些天经常有同事称赞何阳的策划，“不给一个房子的价钱，别和他们谈合作。明白吗？”

何阳点点头，说同样一个东西，不同的使用者会创造出不同的价值。

“真棒，悟性真好！”王妮竖起拇指，像是夸奖自己的学生，经常出成果的学生肯定人见人爱，“我有强烈的感觉，世纪浪子会出大价钱的，因为世纪浪子有一个意识超前，负责新产品开发的团队。”

“哦。”

何阳没有挣过太多钱，四处漂泊的他觉得一个房间仅凭工资的话，节约着攒也要好长时间，但也知道什么是天价。

“咯咯咯。要是你挣到房子，想和谁住在一起？”

见面前，王妮在脸上花了点心思，眼睫毛怎么修剪，口红抹什么颜色，笑到什么程度最好看等等。她相信现在的样子就是一生中最美的时刻，这一刻只属于喜欢的男人。

“房子足够大的话，接家人一起住，他们辛苦了一辈子，该享点福了。”

“对啊，你想过有个小家庭没有？”

王妮的声音温柔的会让大脑产生暧昧的感觉。

“呵呵，现实是我没有媳妇。”

“姐可以吗？”

“姐？”何阳大笑，“你逗我玩。”

一个工资、福利、待遇相当不错的女科研员，一个有着独立项目升职空间很大的小美女，会看上除了一副空壳子，基本上一无所有的他。开玩笑了。

“姐是说，姐一人在外没有固定住所，你有新房子了，欢迎姐去吗？”

王妮虽然没有说我们恋爱吧，也传递出这样的信号，不紧不慢地刺激着何阳的脑部。

“姐，去不去我那，你一人说了就算。我永远欢迎你。”

何阳的回答极其微妙，乍听没有什么，细琢磨还真有磁味，表达了一种随意和自由，这正是有的人一生追求的好东西。

“咯咯咯。”

王妮拿出一叠资料，是新能源系列产品的制作方案，何阳缺少的就是这个，这等于权威论证了他的策划可行，可以进行大资金投入。

何阳没有想到这么顺利，和很多人合作过，有的人懒懒散散，一个小时的事情能做一上午；有些人满口大话，结果做的是一盘散沙；有的人一堆理论，实际工作一塌糊涂；有的人一接活就开始问，问的你头昏脑涨了，也没有丝毫进展；有的倒是埋头苦干，最后把你的东西改来改去，成了什么都不是。

何阳看了具体的制作方案，符合他的思路。

王妮笑着说，做科研多年，明白一个道理，要尊重那些好的灵感，好的创意。你送来的资料相当完整，我没有改动。

听到这儿，何阳握住王妮的手，说漂泊这么多年，你就是我的知心人。他也想到了部长，部长从来没有尊重过他。

王妮任凭何阳握着手，感到了一种温馨和甜蜜，是父母亲人无法给予的。

“姐，你工作的热情太让我震撼了，我一直以为需要花费很多时间，也许还会不了了之。”

“咯咯咯，你说下去。”

“姐，这些天受了很多苦累吧。”

“还说呢，还不是想让你挣到大房子，省的你飘来飘去，连个女人也没有。”

王妮点了下何阳的额头，他的额头很大，大脑发达的人多是长成这样。

“哈哈哈。”

接下来，何阳打手机告诉学妹，有事情没做完，别等他了。因为王妮安排了三件事情：参观她漂亮的小房间，陪她吃大餐预祝她俩事事顺心，一起散步谈心。

王妮的小房间以粉色为主调，搭配有金黄、喜红、水绿、天蓝，特别有家的感觉。

“怎么样呢？”

王妮静静地跟着看来看去的何阳。

“艺术。”

“等你挣到了大房子，我们一起装扮得漂漂亮亮，你和我住在里面可得意了。”

王妮挽住何阳的胳膊，就好像挽住了一个女人的依靠，尽管她很独立。

“哈哈哈。”

“咯咯咯。”

他俩在科研院附近挑选酒店时，一辆高级小轿车缓缓地跟在后面，王妮专心选酒店，没有注意这件事，何阳几次回头，车里是个戴着太阳镜的女司机，太阳镜特别新潮，像一个小面具，何阳怎么看都像是连总，他俩进入酒店时，高级小轿车也疾驰而去。

许美美对连总汇报了重大发现：何阳见了个女人，做科研工作的，他的策划与此有关，俩人除了工作来往，可能在发展个人感情。

连会心正在晨练，她想保持完美体形，收到短信后，想许美美还真负责，连语言都是书面语，不就是何阳有个在科研院上班的女朋友吗？想要发展的对象成了别人的，这怎么行。她立马驾车出发，她很想知道何阳的女人有多优秀，比自己如何。

散步谈心没有进行多长时间，王妮接到了院长的电话，让她回办公室鉴定个东西。何阳问没有值班的吗？技术骨干也要休息啊。

“科研院是个很特别的单位，不是你想象中那样。”王妮伸手与何阳握了握，“祝你成功。挣到大房子！常来做客，姐随时欢迎。”

何阳拍拍王妮的肩膀，“姐，你帮我做了那么大的事情，你的话对我就是命令。”

“咯咯咯，有的人是得了利益就忘了他人的好，你不会吧？”

王妮开始向后退步，她得快点回去，院长说她长时间业绩突出的话，要给她升职。科研员她已经做烦了，有能力迎接更大的挑战。

“看我行动好吗？拜拜。”

第十五章　竞选前的准备

晚上，何阳躺在宿舍的小木床上，收到连总的短信，他看了看时间，已是午夜。

另一个大房子的大房间中，连会心刚刚点了发送。从看到许美美的短信到现在，就有说不出来的郁闷，表达不明白的纠缠，这个时候情感很容易爆发，她想直接说想说的话，却觉得还不是时候，可能和身份有关，可能和女人的心理有关，可能和学到的文化有关，可能和太多社会现象有关。

她只好写到：何阳，你能认真对待竞选吗？把时间多用在帮我做事情上吗？我对公司做过了解，你不知道竞争者们都有实力的。

何阳想了想今天的几个情节，回复：好啊，我一直在认真。连总，休息日是自由时间，给自由做点事情也挺好的。你说呢？

连会心想你自由了，我怎么办呢？说大点，你有了产业，有了漂亮妹妹，我将得到什么？痛苦还是后悔？她一着急拨通何阳的电话，问能说的明白点吗？

听筒里的声音很低很沉闷，连总的声音一向高昂有力，就像她来到飞讯公司做的这些事情。何阳来了个猜想，另一头连总怎么了？

连总坐在沙发上，盯着电灯，房子太大了，有时候会害怕，今天何阳的行为更让她恐慌，就像美好的东西正在出逃。今晚我要整个房子开灯睡觉。

两人无语近一分钟，何阳低声说，不认为把员工限制在几个小时里会有大业绩，特别是在科学艺术领域还算超前的飞讯公司。

“嗯，你说。”

“要灵活起来，员工们做事情方法会有不同。”

“接着说。”

连会心躺到床上，打算和何阳好好地探讨工作问题，多数时候见面她会紧张，思绪也不在工作上。

“没了。”

“啊?”

“已经午夜，连总你任务多，要保护好身体。再见。”

连会心这边传来挂断的声音，她收回了下句话：我不累。

和王妮分别时，她送给何阳一个U盘，里面有更详细的制作方案和她的个人资料，包括办公室邮件、传真机、QQ号，最重要的是王妮给了何阳科学院的内部网址，并开通了使用权，当然只能和她交流。整整一个星期，何阳利用晚上和休息日，和王妮把策划制作得更加完美，没有丝毫漏洞。

就在这个星期，信息部发生了一件奇特的事情。很多人背地里议论起张娜娜，她快成花痴了，见哪个男人好就死缠着人家，硬是要泡在一起。前文提到的公共关系部的巨无霸，产业开拓部的星外勇士，每人各泡了两天，另外两个名气小点的，一人半天。

公共关系部的巨无霸身材高大，张娜娜和他说话还要踮着脚尖，仰着脖子。巨无霸根本就不想看她，“一边玩去，别在我面前哼哼唧唧的。”张娜娜靠得更近了。“我说你跟何阳好好的，来我这儿做什么?”这次张娜娜干脆凑到他耳朵边，发出娇滴滴的声音，她知道内容巨无霸不想听的话，声音也可以让他放松警惕，“不是要竞选吗?何阳让我很失望，很伤心。”

巨无霸说：“姑娘你等等，何阳可是被我们列入为种子对手的，除非他弃权，不然我们希望不大。”

不至于强大到这种地步吧，巨无霸他们在公司也是人人皆知的好苗子。我说何老师怎么无所谓的样子，难道在上演什么好戏，他可是演戏行家。真真假假谁知道呢?不过她跟着何阳确实长进不小，不然怎么敢和巨无霸相会。她装出一副无所知的可怜样，请巨无霸讲了何阳以前的故事。

巨无霸看着张娜娜，一副懵懵懂懂的学生样，连他老师的事情都不清楚，不知每天在跟什么，够可怜！是不是何阳根本看不上她，敷衍了事，不然关键时候怎么跑我这来了，张娜娜现在应该做的事情是给老师拉选票，宣扬业绩炒人气。还真让他猜到一点，就在何阳思考他的方案时，许美美展开了拉票行动，对于此次行动，连总点拨过她。

何阳的故事太精彩，巨无霸越聊越上瘾，在故事中他快把自己当作何阳，表情动作相当有味道，张娜娜笑的次数根本数不过来，不知不觉办公室的人走了。

“怎么这么快就下班，还没有讲完呢。”

“6 小时工资制，时间比原来短。”

张娜娜提醒到。

中午吃饭时，巨无霸给张娜娜总结了一句话：我们尊敬每一个竞争对手，这是新的游戏规则。可是现实中谁又尊重过我呢？

下午，张娜娜帮着巨无霸做起竞选的准备工作，张娜娜恳求巨无霸，何阳那儿没有学会的东西可不可以在这儿补回来。一般来说，老师都喜欢勤奋的学生，巨无霸回答：“那就做起来吧，哪天你出息了，可是我和何阳两人教出来的。”

张娜娜突然感动，这哪是对手，分明是朋友。职场有时很温暖哎。

见到产业开拓部的星外勇士时，他发起了牢骚，混完何阳你混巨无霸，现在混我了，你到底想要做什么？我工作时不喜欢有外人，不然凭我身边女孩能成堆的。

星外勇士的话让张娜娜无懈可击，也让她明白了公司的人才绝对名不虚传。她又想这么多才子佳人由一个女总来管理，居然管理得挺好，女总的本领该有多大？好像不仅仅是新制度执行的问题，也许是人文关怀强烈点，除了信息部，其他部门都挺和睦的，也许是女总另有内参，她的新制度总是有新改进，也许女总在集团有强大支持，刘刚那么大的人物来了，也没有敢怎么搅合，甘心一旁呆着。忽然她觉得跑题了，星外勇士等着她回话呢？

“我嘴笨，不知道怎么和人沟通合作，部长说再这样下去就让我回家自习。公司我就看上你的才能。”

星外勇士把脸凑到张娜娜的鼻子前，“我只教我自己！OK，马上走人。”原因非常简单，因为是何阳的学妹。他的游戏规则是：敌视对手的一切，让他们大败而归。

星外勇士让张娜娜联想到阴郁的部长，不过早已经适应，不像当初一样害怕。

她笑起来，然后退出去。何阳告诉过她，难以改变的东西，暂时放弃，我们还要继续前行。

第四天，张娜娜呆呆地坐在办公室，看着何阳汇集市场新动态。星外勇士让她很受伤，打击巨大，挫折感强烈，她想放弃后面的计划。她对自己说，从小到大我都很开心，不说事事顺心，基本要求都可以得到满足。

现在呢，我喜欢的男孩在我面前，可我得不到，我想帮助他做点事情，又遇到阻碍，我怎么这么无能？她猛地站起来。

“张娜娜，有事情?”

何阳微笑。

“老师，没有。我出去一会儿。”

“好的。快点回来，部长经常查岗的。”

“就说我在卫生间。女孩子情况特殊嘛。”

“这几天你总是出去，我一直有话要说。”

“接着说。”

“哦。”

这次张娜娜成了老师，何阳做起学生。

走到门口，张娜娜回头，“老师，你要顶住!”

“哦。”

何阳正在紧张工作，随意答应了一句，没有看到张娜娜的痛苦。只有先完成部长安排的活儿，部长才会减少查岗的次数，虽然他很烦，认为在浪费时间，也让他越发珍惜晚上的自由。他告诉自己“别着急，一定要高标准完成制作方案，投入实体运作，创造出巨大的市场，因为有太多的东西付出了太多的心血”。比如自己的体能、心思、大脑等等的充分协调，比如学妹娜娜、学姐王妮、张总、媚总等等。最后呢，就是离开这里，到更大更发达的城市去竞争竞选，永不停止。

部长相信安排的工作，会让何阳连上厕所的时间都要缩短，他怎么可能再说“你的任务我提前做完了”，然后跑来跑去。这比刘刚高明许多，尽管刘刚经常催促你倒是看住何阳啊，刘刚在屏幕上见到的多是让他觉得更恶心的脸，是部长拿着手机自娱自乐的表情。部长回答，连总给我任务太多，忙不过来。刘刚明明知道怎么回事，却说不出口，只好喊道“别让我见到何阳跑来跑去，特别是在连总那里”。

部长嘿嘿大笑，看他的德行，只配在部里受大罪，吃大苦，明明我是部级领导，他却把我当作一瓣蒜。

张娜娜来到卫生间，大哭了一场，又不能发出声音，特别憋闷。晚上回家，匆匆吃了几口饭，上床就睡。事实上她没有睡觉，星外勇士暂时放弃了，后面还有几个竞争者，她得根据不同人物预测一些可能发生的情节，绝对不能再完不成任务。

张娜娜又想为了何阳竞选万无一失，为了老师可以正面鄙视猪头狗脑的部长，部长这些天做的事情真是猪狗不如，决定再会星外勇士，跟何阳这么多天，跟部长战斗了这么久，已经不是单纯幼稚的学生，老练的很，她知道只要去了，就有机会搞定。所以，有时挺感谢部长的，和部长玩，绝对锻炼人。

那晚她始终处于失眠中，一大早跑到星外勇士的办公室。

“怎么又来了？一边玩去。”

星外勇士随手把写好的竞选演讲扔在电脑桌上，准备打印一份。

“我要彻底感动你。”

“感动我?”他一连打好几个哈欠，“开玩笑。”昨晚整理竞选书到凌晨三点，现在浑身酸困乏力。

张娜娜已经开始扫地、拖地、抹桌子，然后泡了一杯热茶递给他。他接住，阴阳怪气地说：“谢谢，不过呢，你从哪里来还回哪里去吧。”他吹了吹漂浮在杯中的茶叶，样子得意极了，竞选对手的学妹如此低三下四，好有快感。不如折磨折磨她，再利用利用她，自己乘机休息一下。

“今天我不是来学东西的，我笨手笨脚，一时半会儿也学不会，就是为你服务。”

张娜娜又发出了让骨头酥软的声音。

“呵呵，这么喜欢做事情啊?”

“天生劳苦命。”

张娜娜可怜兮兮地看着眼前的男子，他的态度温和许多。

星外勇士想：你何止劳苦呢，简直一个弱智，何阳肯定不想看见你到我这儿了。

“哦。我去开个会，你把这上万字的竞选书打到电脑里，中午以前完成，OK?”

“Yes。”

张娜娜忍着笑，这正是她的目的。一个半小时，张娜娜完成任务，比以往的任务都要迅速，回头望望没有人，拿出一个 U 盘复制了竞选书，又特意在电脑上打了一句话：尊敬的勇士先生，你的任务提前完成，身体忽然不适，改日再登门服务。然后离场，开始下一目标。

另外两个竞选人，在张娜娜眼中就是小毛贼，稍微用了点计谋便获得了想知道的。

事务内监透明水母那关又把她难住了，水母总是和水母群混在一起，无法靠近，但还是从水母的手下那里探听了点情况。

手下也是个女的，比她小半年，叫小洁，和她说话感觉比自己小半辈子，特别好玩。

她乘小洁吃午饭时，靠过去。

“小洁，水母这次要当大督促员了。”

张娜娜语气坚定。

“没有竞选呢，你怎么知道?”

小洁细嚼慢咽着，平时那些可有可无的杂活把她熬成了这种脾气。

“你真不知道？整个公司都传遍了。”

“知道。”

“都知道些什么？看看和姐知道的一样不?”

其实张娜娜一无所知。

“老一套呗。”小洁夹起一块豆腐，指着张娜娜，“跑关系、走门路、送票子。”

“啊?”

“水母和我们说，她不这样做，其他对手也会这么做，不做反而吃亏。明白不?”

张娜娜摇摇头，反驳说女总的新制度是排斥这些东西的。

小洁压低声音，“水母收买了不少投票的，级别不同，价钱不同，还到处宣扬反正是竞选，不如选她。结果传到连总那儿了，连总说拉选票可以，你这种方式不对，再发现类似情况，取消资格。”

张娜娜握住小洁的手问后来呢。小洁说你没有看到水母这几天成了工作狂，整天指挥我们清洁办公楼，特别是连总那层，有报道讲水母在用工作突出自己，赢得选票。接着她问张娜娜都听说到什么，她没事时就爱收集公司新闻。

“一样呗。”张娜娜摸了摸小洁的头，想你也挺机灵的嘛，“拜拜。”

任务成功完成，走在路上张娜娜把自己当作天下无敌的飞侠，谁想阻拦何阳升职发财，先和她过过招，她从来没有感到自己如此重要，那么伟大，为了何阳这仅仅是开始，部长算是什么动物呢？他已经被我踩在脚下，竟然敢扣掉我和老师的工资。哼，有一天我要把你移民外星！回到家，张娜娜看到老妈，忽然冷静许多，老妈给她做饭的身影看上去很是单薄，她控制不住地喊着“老妈，家务活以后包给我了”。

“看电视去，老妈腿脚灵活呢，哪天不能动了你孝顺也不迟。”

“不看电视了，”张娜娜搂了搂妈妈的腰，“有作业。”

“公司又不是学校，哪来的作业？以为你妈没上过班。”

“何老师讲，要学会给自己布置作业。”

张娜娜哼着小曲，来到卧室。

“整天是何老师说，何老师讲，他究竟有多好，哪天领回家吃顿饭。”

张娜娜碰住卧室的门，想老师会来吗？再摸摸发烫的脸。噢，不次于狂热的太阳。张娜娜的作业是，把这些天掌握的东西编出来，包括看过和复制了的竞选演讲，供何阳参考。编之前，她联系了许美美，说老师快要参加竞选了，你在做什么。

许美美正在和姐姐聊天，她现在与连总以姐妹相称，话题当然是何阳。许美美一直在担心何阳的竞选，到现在他的竞选书还在肚子里怀着，难道老师要玩晚生晚育？她也准备了一点礼物，准备恰当的时候送给何阳，她在网络上把竞选总统的话摘抄了不少。她还按照连总的意思，在各部门代替何阳来了次人气大聚集，那个场面她是第一次经历，很英雄很壮观，不管大家在忙什么，她必须用青春的朝气和激情感染大家，去讲何阳来飞讯之前的经历，这些经历连总在何阳的自荐书中看到过，一句话概括：一个年轻人做过十几种职业，不断追求美好生活，不断磨炼自己的故事。

做完这件事情，许美美流了眼泪，一个演员真正进入角色很难走出来，这件事情的主旨是把所有职员当作主角，自己只需把他们带入何阳的世界，她想她成功了，至于能给何阳赚到多少选票，没有多考虑，因为上大学那会儿，生活告诉她，不是简单的勤奋就可以实现理想，和书本上教的不怎么一样，她也问过何阳为什么？何阳说，社会是一个相当复杂的大群体。再问下去，何阳回答，我来到这里也就几十年，和你一样是自然万物中的无名一派，社会的问题还是让社会解决，我只需做好自己，OK。

许美美对张娜娜说，我在闲逛。

“哦，这时候了，你还有心情玩。”

张娜娜挂断电话，许美美说：“是张娜娜，她突然一夜成名了，把这次的竞选人全部泡了一遍，公司里传的乱七八糟，有说她青春期亢奋，有说她乘机给后半辈找依靠，因为总有一个要竞选成功，有的直接骂的很恶心，可能也就何阳不知道，他在电脑前一坐就是一天，中午让我叫外卖，下班了也要坐到很晚，他的眼圈已经发青发黑。”

连会心笑了，她也那样工作过，问什么事情这么忙，肯定不是部长派的那点活，是不是因为女科研员，也有可能是张诚的副总媚儿，她对“世纪浪子”又做了调查，任何时刻都要掌握竞争者的动态。

“媚儿？还是副总？”许美美以为出现了幻听，看到连总嘴唇动着，相信了耳朵，“何阳一个小职员，哪来这么多背景？”

连会心大笑，说：“你天天跟着他，我怎么知道，快讲讲他在电脑前做什么，主要是下班那段。”

天气晴朗，两人坐在公园的草地上，享受着阳光的滋润，享受着何阳的故事，她俩都有一种感觉，何阳在做一件大事情。许美美还是那个想法，为什么不把何阳约来一起聊聊？连会心摇头，她知道时间意味着什么，在这关键时候你浪费了他的时间，他来了也是心不在焉，讲讲就行。许美美反驳，见不见我无所谓，可姐姐你是他领导，和领导谈工作是他分内的事情。连会心站起来，望着蓝蓝天空，哪天他离开这里，我还能领导他吗？再说了领导也要尊重员工的自由。集团老总那会儿就是这样做的，连会心在他身边做事情随意轻松，做的最符合他心思。

“我很尊重何阳的一切，你讲就行。今天算你加班，我付五倍工资。”

许美美也站起来，“姐，你以为现在还是钱多钱少的问题？”

“那是什么？”

连会心转身看着许美美，有一种人，他的一举一动可以吸引很多种人，很多类人，很多年龄段的人，比如何阳，连会心感到和何阳感情上的压力越来越大。

许美美也在想，如果我不愿意做一件事，就是把所有的钱给我，我也不做，如果我愿意，我就去做。她背课文似的说：“当时的场景是这样：何阳退出飞讯公司的网站后，问我张娜娜了，怎么老是不见人，是不是家里有事情，有事情的话让她安心办事，这里我顶着。我说你问她本人吧，何阳点点头，让我也下班。为了完成连总的任务，为了有吃有穿有车有房子，我决定要留下来。”

“行了。小妹，我知道你为了什么，你们这些新生代，太调皮了。”

“姐，你不也是新生代吗？何阳老师说过，新生代指的是有新思考新作为的人群。”

两个女人大笑。

许美美说何阳在做一件隐秘的事情，因为她想留下来给他接着叫外卖，他说自己叫，我给他泡茶，他说自己泡，我说随便坐一会儿，他告诉我家里最自在，我只好走了。你说我也是一个可爱的小美女，一直帮他做事情，他怎么那么无聊。

连会心偷着乐了一下，我这大老总不也给凉到了一旁，她又叹口气，目光忧思而深远。想想在公司这段日子，新制度执行，和争夺阵地一样激烈。做个艺术点的表达是这样的，她是总指挥，何阳是参谋，她参考使用了他的策划，阵地目前基本占领，不良现象和坏风气肯定要反扑，怎么坚守？仅仅依靠钞票？奖罚和制度？6小时高效率会不会再演化成8小时低能力？唤来参谋问问啊，参谋在哪呢？自从知道了她的身份，参谋他？

何阳在宿舍的电脑前，正在和王妮公关几个小细节，他俩出现了不同的看法，这也不是第一次，他俩达成共识，不能以个人喜好做事情，要全方位考虑，多角度思考，以对的为标准，全面把新产品融入社会和生活中，为漂亮的小星球做点好发展。

难啊。

两人同时打出两个字。

王妮：课题很大哟。

何阳：一直在寻求合作。

王妮：这对你我，对世纪浪子是巨大的挑战，因为要开发的是从未有过的新能源新产品。

何阳：生命就是这样升级，事物也是如此演化，无法回避。

王妮：哦，放松一会儿，让思维自由链接，也许会有好的答案。

何阳：OK。

王妮：你给我讲个故事吧，魔法星幻类的，最好关于爱情。

这几天，他俩累了困惑了，何阳就会讲个男孩和女孩在一起的故事，每次场景、时间等等都不同，听的王妮很是起劲。王妮问他，是不是从事科学艺术的人都有很多故事，我们科研院做事情多理性化，在社会上交往有时候会吃点小亏。何阳笑起来，说也许吧，可我也占不上便宜啊。

何阳从小就喜欢外面的世界，总是问去过大城市的人，都看到了什么？有什么好玩的？那里的人说话做事肯定特别棒，不像我们满嘴方言，就知道吃起来喝起来，总结为一句话：弱智者的狂欢。终究会像饲养的家畜一样被吃掉。

回答也是钢筋水泥呗，人都挤着去了，以为那里是金矿，结果争夺像拳击，命运像垃圾。

何阳愣了，至于吗？

长大了，何阳走出这个主宰他很久，却什么也没有给他的小围城，去赢得想要的。现实来看，这个星球有漂亮 MM，有高级轿车，有豪华楼房，有金钱、权力、威望、大派头，风光十足、风情万种等等。追来追去，我还是爱上了自由自在，不为物欲所束缚，不被精神所苦恼，我自由地来，自由地去，做点好事情，赢得一点财富，天地任我游。何阳还把这些话编成了歌曲，困难来了，就大声唱起来。

王妮听到后，称何阳为洒脱的小王子，因为她是漂亮的小公主，不然才不会累死累活和他研发合作。那天接了何阳的活儿，就等着他送来好看的鞋子、衣服，穿着它们做事精神劲一定足，可是何阳连不起眼的小礼物也没有，不知这次合作能得到他的什么，王妮希望是爱情，房子排在第二。

何阳讲了个困扰了大家很久，最热门的话题：外星人来了。一个爱搞笑有智慧的外星生命，在试验自制的时空转换装置时，居然来到地球，既然来了就玩玩吧，学习交流一下，何必急着回去呢？时空转换装置都能做，做个生命吧，做生命马虎不得，得会审美，他把自己做成帅哥，开始流浪。体验生活嘛，得四处走走，风景都挺美，就是房子太落后，要想活下去，还得有职业去挣钱，不知哪朝哪代规定的，真够麻烦，自觉做点好事情不是挺简单吗。

美女对他说，有了货币才可以交换物品，这都不知道，脑子有问题，能走多远给我走多远。外星人呵呵笑着，你长得倒是漂亮，说话很难听哎，灵魂有问题，可我就是不走开，我还要和你谈恋爱生宝宝呢，不就是挣个钱，职场大世界，外星小美男来了。

“咯咯咯。外星球的大科学家，从心灵到外形都极美的男孩子，是不是迷住了一大堆粉丝，抢着要生外星宝宝，他一定挣到了很多钱，和宝宝们快乐地生活在地球上。”

何阳称王妮的话为女人特有的梦幻。现实是什么？职场又是什么？很累很无奈，很苦很郁闷。太多的迷惑，太多的追寻，太多的问题。要想知道外星人如何改变命运，我们先把自己的任务完成。

王妮说好啊，接着工作了。

外星人的故事再有吸引力，毕竟是种美好的想象，而她和何阳的发展要成为真实，想到这里，王妮充满了热情。热情是个好帮手，会解决太多难题。

有人敲何阳的门。

“请进。”

这个时候他不欢迎有客来访，在和王妮联网工作期间，他把手机也关掉了。

敲门声越来越大，“我进不来。”

为了避免骚扰，何阳把门给锁上了，钞票男偶尔会跑来，问他什么时候去见密密，他又准备了一套让密密开心的方案，他走的是先付出再获得的路子，只是这条路子有时候走着走着就成了绝路。

何阳开门，看到张娜娜的笑脸，也笑起来。

“终于出现了，在忙什么？”

“老师，你不是要竞选吗？我先去热了热身。”张娜娜从怀中掏出整理好的资料，“给你。”

何阳翻阅了一会儿，“这些东西你都能弄来，提前出师了。”

张娜娜兴奋地鼓了鼓掌，大声说为了老师有出头之日，这只是自己迈出的一小步，她有信心让老师当上老总，前提是老师不可以放弃。光听这些话，不管是谁都会有所感动，现在的学生和老师很难相处到这个份上。何阳没有感动，觉得是不是误导了女孩，竞争有多种方式，这不是最好的，还有一些话他直接对张娜娜说了出来。

何阳请她坐到床上，“娜娜，我的事情你费心了，谢谢！社会竞争不是死就是活，你多发展下自己，多学点知识技能，你这么聪明，也许能混个女总。”

“老师，你变了。”张娜娜站起来，“是不是要抛弃我？为什么说这些话，这些天你不觉得疏远了吗？不管怎样，我甘心做你的土壤，让你的才华有丰收。”

何阳笑起来，个性挺像他的，他告诉张娜娜就要继续“世纪浪子”的大单了，做好战斗准备。张娜娜挺直身体，敬礼，“这次我做你的手提电脑，系统已经在实践中优化组合，请设计者使用。”

两人击掌大笑。

“加我一个吧，我愿意做智能手机，传话跑腿的工作全部由我做。”

许美美悄悄在他俩身边站了一会儿，自从接了女总的活儿，越来越像移动监视器了。

“行。你俩就是我的左膀右臂。”

三人击掌大笑。

许美美也交出了礼物，她在网络上搜索了五个小时，才汇集了一点总统级人物的竞选演讲。何阳有点震惊，别看许美美长的像个惹人怜爱的小甜妹，心里装的可是大天地。他取消了和王妮的对话，他俩有个约定，如果突然断开链接，说明有其他事情，此时不适合工作。何阳带着学妹们去游乐园玩了一个下午，以至于连会心给他发的彩信，到了晚上才看到。

彩信是一个小男孩低头给小女孩认错的小动画，另外有注解：你真要做一辈子小职员吗？别总是辜负我的期望。这正是连会心所想的，做头领没有参谋行吗？做女人没有爱情行吗？如果再不展开一点暗示，丢掉的不仅仅是参谋。

何阳反复看着这条彩信，渐渐看出点意思，只是他始终被一个问题困扰：现实的婚姻中，身份和地位占有重要位置，一个男人长的帅不帅是其次，只要有钞票就好办事。自己有什么？有头脑，会做个小策划，当它们没有兑换成身份、地位和金钱时，只能等于自我欣赏。而他为了兑换很多喜欢的，一直在试着做大单，做好做成那天，对于连总才有勇气像泡女秘那样泡泡她。

何阳低调地回复：正在努力。

手机响起，是连总的声音：“一起努力。”

何阳笑了，感觉像是学妹在回应老师的对话，他暂时忘记了彼此的身份。

“三学妹，你在做什么？真够搞笑。”

连会心对三学妹这个名词已经熟悉，“想你在做什么？”

“呵呵，跟我学。”

“你学妹当然跟你学了。”

两人进行了一段孩童常玩的游戏：现代版的学说话。

“羞羞羞。”

“丑丑丑。”

“这回怎么不学了？”

“在学啊。字不一样，意思一样了。”

“噢。”

“噢。”

“你是谁?”

“你是谁?”

“我是何阳。”

“我是连会心。”

“你真逗。”

“你真逗。”

“哈哈哈。”

“咯咯咯。”

两人玩了半个小时，连会心开始投降，她笑的肚子都难受了。她让何阳等几分钟，自己喘口气，调整下呼吸。

“何阳，还在吗?”

“在听。”

“你的手机支持视频通话吗?”

刚才连会心在镜子前做了个小化妆。

“支持。”何阳看了看简陋的宿舍，叹口气，他可不想让连总看到这些，“手机快没电了，一旦视频可能会自动关机。”

“哦，希望你支持我的工作。”

“知道。连总，我会认真对待竞选。夜深了，你要多加休息。再见。”

挂断电话，连会心看看时间，刚刚 9 点，何阳为什么喜欢用这句结尾呢? 手机再次响起，连会心以为是何阳，想也没想就接起，是刘刚，连会心想挂掉，又觉得不是好办法。这些天刘刚一到她的办公室，她就找借口离开。连会心问这么晚了什么事情，上班再谈吧。

刘刚说上班你根本不理我，我在你家门外。连会心像受惊吓了的小鸟，赶忙飞到卧室，轻轻关住门，说我在外面有应酬。

“你不在家?”刘刚把耳朵贴在门上，“有电视的声音啊。”

“走时忘了关掉。”

刘刚想可能吗? 连会心肯定是被别的男人迷了心窍，他开始用大喊发泄：“何阳这小子，居然无视我叫他，这是对上级的侮辱，公司不可以有这样的人，我要上报集团解聘他。”

连会心跳起来，她要出去狠狠地扇刘刚耳光，让他滚开，滚出飞讯，最好滚出地球，在飞讯自己才是老大。想到集团老总交给她的任务，只好挂断手机，拨通许美美的电话，告诉她只要刘刚出现在何阳身边就联系自己。

第十六章　科技时代合作的新方式

在与张诚谈合作前，何阳和学妹们做了智能训练，三个课业：

1. 默契配合。

要求三个人快速明白一方的眼神、动作、表情，做出相应的事情，形成互动，减少漏洞，让对方无懈可击。

2. 辅助进攻。

在谈判中充分运用各自的智慧，帮助主谈手争取到最大的利益，完成友好合作。

3. 前后呼应。

对 1 和 2 的综合，讲究小问题灵活多变，大主题不动摇。

三人同时练习，场面相当精彩。张娜娜提供的地方，她终于找到请老师来家里的理由。张娜娜的家人忙活起来，老师要来做客，老师哎，多么神圣的职业！直接关系到很多事情的未来。

张娜娜的父母和她一样，满口“何老师你坐，你喝水，你多教教她做事情，这孩子可倔强了。”张娜娜反驳“那是你们观念太旧，不符合新时尚。”何阳听来听去，好不容易插上嘴，“我们都是老师，也都是学生，叫我何阳就可以。”许美美保持沉默，她想什么时候把何阳也请到家里，就他们两个，再配上好听的轻音乐，来个甜言蜜语多爽。老天，我祈求有这样的机会，最好是天天如此。忽然她想到了连总，她一定会和我决斗。哼，为了爱，我什么也不怕。只怕没有爱！

张娜娜的卧室有点小，不过容纳三个人还是有剩余空间的。一个小时训练就结束了，何阳评了个团体优秀，因为平时的交往，已经使三个人找到心灵相通的感觉，学妹们给何阳做的竞选准备就是一个好例子。

出发前，何阳又强调了三点：胆子大，心要细，脑灵活。

“看过特工的影视剧吗？要像他们一样。”

“yes，老大。”

“不过，我最希望你们是玩转地球的外星人。”

“老大，yes。”

何阳在做最后的激励，也不断用幽默来放松紧张的神经。

张诚接到何阳来谈合作的电话后，同样做了安排，他对媚儿说由你负责招呼何阳。媚儿来到这里已经做了几件漂亮的事情，这些事情在原来的单位曾经被指责为愚蠢、弱智和妄想，张诚对她的能力从不怀疑。媚儿想，招呼就招呼呗，好像没有什么准备的，要想谈好诚意在先，越是场面大，越是像在生死谈判，至于吗？掌握好分寸就行，该隆重时再隆重。

媚儿把他们领到办公室，她来了后张诚特意装修了一次，张诚问媚儿有什么要求，媚儿说一定要阳光充分，阳光会带给她灵感和热情，可以让她宁静致远。张诚大笑，我们惊人的一样，阳光是我生活中的守护神。他给媚儿换成了宽敞明亮的落地窗，让她能够欣赏到日出日落，真是有心人啊。这更加坚定了媚儿来时的计划：征服张诚的一切。

媚儿请三个人坐下，问办公室怎么样。

“好有时空感。”

张娜娜入迷地看着里面的摆设，全是奇特线条和圆形之类的物体，一个也叫不上名字。就像看讲述外星世界的大片，东西和这儿的一样新颖。

“是吗？”媚儿微笑，“我们做的就是电子和科技，小儿科了。”

许美美却被不远处的一个机器人吸引。“哇塞，居然有这好玩意儿，多少钱一个。何阳，快来看看。”许美美跑过去。

媚儿跟在后面，讲解这是公司研发的第三代会简单思考的机器人，她和张诚的办公室各一个，是在对来访的客户展示实力，一般人都会对机器人“问号”感兴趣。许美美一过去，“问号”主动伸出手，介绍自己，这不就是基本礼仪吗。

“哇塞，它会主动打招呼，它的手能握吗？不会把我捏疼了吗？”说着许美美握住机器人的手，感觉挺舒服。

机器人表现非常出色，昨天张诚在里面加了几个小程序，使用正常。

媚儿知道何阳的策划比这要复杂，可是她的自信心也在增长，她问这里还可以吧。

何阳回答很好，这种见面方式够分量，够新颖，比什么酒店、豪华场所、风景旅游区等等要刺激脑细胞，可见张诚不是浪得虚名。

“好的，”媚儿随意坐下，“谈事情了。”

许美美和张娜娜开始靠近何阳。

“小美女，祝你快乐。”

机器人挥挥手，动作有点缓慢，因为“问号”有简单思维，它只需多锻炼就会快起来，张诚不喜欢呆板的程序输入，和何阳有共同点的，不过何阳思考的多是自然生命类。

“美男子，祝你越来越强大。”

许美美朝“问号”来了个飞吻，要是有几百万的话，就带走它，放在信息部办公室，看看谁敢管我们，让它跟着何阳也不错，给自己汇报何阳的行踪，谈起恋爱来就省事了。

张娜娜在媚儿身边坐下，这是何阳安排的位置，别有用意。何阳坐在媚儿正对面，许美美靠着他。

张娜娜问媚儿是不是等下张总。媚儿说他一会儿就到，我们先谈着。

张诚在机器人身上做了摄像录音，他在工作室中看着这一切，必要时候才会出现，一旦陷入僵局，可以圆场。另外在媚儿的耳朵处装有无线对话系统。就凭这种布置，可见合作的重要。何阳他们也有安排，张娜娜进去后就打开手机的录音功能，作为会谈记录，至于影像记录就交给各自的大脑了。

这就是科技时代合作的新方式，很有意思，更像是人脑和科技的一次组合、交流、互动。

“何阳先生，我们聊过你的策划。”

媚儿按照和张诚讲的思路进行问话。

“媚总。”

许美美举起手，也按照排演的展开工作。

“请讲。”

张娜娜她见过，这个机灵的女孩又是谁呢?

许美美介绍何总在科学艺术领域相当超前，她是何总的助手，他们认为把商谈当作朋友聊天更有利于合作。

“噢，刚才我严肃吗?”

媚儿微笑，其实她很紧张，觉得这是大产业，一件利国利民的大事情，做好了会改变世界，她一直有这方面的理想，她太想做了，就算是冒险，她相信奇迹总是诞生在行动者身上。都怨张诚，把自己扔这儿跑一边去了，说是对新能源开发懂的不多，别把正经事弄成搞笑剧。问题是她也如此。

媚总耳边响起张诚的声音，说她坐姿太端正，随意些，刚才进入主题太快，先聊聊生活，气氛融洽了就可以谈合作。

耳边这个小装置挺好，带有音质处理，声音虽低，但非常清晰。

媚儿站起来，走到小柜子前拿出几筒饮料，递给他们，说：“小时候就爱想一些稀奇古怪的问题，比如我是谁？为什么不是别人？为什么生在这个家庭而不是其他家庭？我这样想是因为别人有的东西我没有，有的人一出生就比我优越富贵，我想吃的东西吃不上，别人却是放坏了然后扔掉，想玩的多数时候只可以看看。是自己不行吗？我行的。是父母的问题？父母说不是他们的问题。于是我有了特别好的想法，要让下一代不再有此类问题。何阳先生，你有兴趣和‘世纪浪子’解决这些吗？”这是合作中的一个方向。媚儿用讲故事的方式说明了“世纪浪子”的战略发展，很高很远大，不像太多集团公司，一谈先计算可以挣到多少钱。她把话语权交给对方，她想知道对方是怎么进行聊天式合作的。

“精彩。”何阳鼓掌，“产品面向百姓生活，实用环保，经济美观，构成了生生不息的大市场。我的策划就是围绕这些展开的，目的是快速改变世界的生活水平，让普通百姓也可以享受到高品质的小日子，这需要几代几十代人的艰辛，但必须从我们开始。”

“媚总，请跟我来。”何阳在一台电脑前插入U盘。他看到媚总已经放松，提前结束了序曲，这是一段产品构想的视频，他和王妮制作的。“媚总，产品很关键，它的功能直接影响着生活方式，历史就是这样发生的，我们不可以总在旧模式里转悠。”

“对啊，我请张总看看，他是行家。”

“诸位好友，我来了，上次一别，真想你们啊。”张诚呵呵笑着走进去，握住何阳的手，“这次带来什么好东西。”

“在这儿呢。”媚儿急着把张诚拉到电脑前，“大作品哟，这回可要忙一阵子了。”

对于何阳的作品，张娜娜和许美美也没有具体见过，五双眼睛紧紧盯着屏幕。

第一个新产品是太阳能照明系列，把自然界中的太阳光能捕捉存储起来，再还原于生活，经济环保又安全，面对大自然的赠送，不可以浪费。何阳列举了一些从简单照明到复杂的太阳能产品后，又把系列做了升级扩展，为太阳能转换工厂，不是普通的被圈起来的工厂，而是一种能源网络，产品可为多种形体，除了美化环境，将像森林一样密布在乡村和城市，在接受太阳能源，包括空间其他动能的同时，以网络的形式传送到各地转换站，供我们日常和生产使用，然后进行更新换代，强大各种功能，市场持续又巨大，绝对是造福千秋万代的大工程。我们就是起步者！

“太棒了！一共三步，简洁明了。”张诚点着头，“要作为特级商业机密保护起来。”他看了看媚儿。

媚儿说知道怎么做。

张诚指着太阳能转换工厂的模拟图，说简直就是来自外星文明的创意，他正在为机器人的能量发愁，一旦获得星体的巨大能量，机器人甚至可以遨游太空。

他激动地和何阳来了个拥抱，“老兄，你的言行会把这个星球带入奇妙世界。我们决定多家联合，巨额投资，合作到底。”

更为详细的图解和三维演示顾不上细看，张诚迫不及待打开第二个产品，他相信何阳的策划就是未来的主流，关键词是从小运动上产生大能量，主要依据……

何阳解说到这儿时接到一个电话，连总要他马上到她办公室。何阳刚想问什么事情，重不重要，连总挂掉，挂掉的时候他听到争吵的声音，是连总在反驳什么，声音气得有点变调。

几次和连总短信谈心、手机聊天后，他对她有了新的认识，也能感觉到她的好，潜移默化中她一点一点占领着他的爱情，在爱情和事业中，何阳选择皆大欢喜。

何阳向在座的道歉，他有更重要的工作要离开，然后让娜娜和美美继续谈合作。

媚儿提出开车送他，想到连总可能遇到了大麻烦，他接受了媚儿的好意。

地址是飞讯公司。

媚儿停顿了片刻，问是光子传媒集团的飞讯公司吗？何阳也停顿了片刻，要想合作，飞讯公司职员的身份隐瞒不住的。已经合作在这个份上，说出来无妨的。

“是的。”

“哦。老总是个女的，你是副总？”

汽车缓缓启动。

“身份不重要，重要的是策划里的东西必须做出来，就算做的人是小职员又何妨？爱因斯坦完成相对论时也是小职员。”

媚儿点头，她来“世纪浪子”前也是小职员。她加快了速度，因为看到何阳非常着急。

见到连总时，她的第一句话不是你来了，而是恶狼和他的帮凶走了。连总来回踱着步，大喊刘刚和信息部长那叫人吗，看着人模人样，却不做人事。

一个小时前，刘刚悄悄在信息部办公室前看了片刻，不见何阳他们，他进去礼貌地问何阳同志去哪了？何阳走时交代过，部长问的话就说被连总叫走了，部长是不敢去连总那里的。

现在是陌生人，大家不知道该说什么，刘刚来飞讯公司后，在离连总不远的地方找了个办公室，多数时间跑着自己的生意，他想快速获得上亿资产，到时候直接到连总家来个现金提亲，一般人挡不住这招，等结婚了说要扩大投资，再把那些钱套出来，女人可以给她房车，却不可以给她钞票，来什么经济独立，他甚至想着和连总结婚后，让她辞职做个听话的好太太，别再去招惹男人。无事可做时，就琢磨着怎么和连会心发生点小情节，他好像对她着魔了，别说见面，能听到她的声音就是天大的快乐。

刘刚很少出现在各部门，大家对他只是听了点传闻，连会心也没有给职员们介绍过这位不请自来的领导。

小精灵说：“你是谁，找他有什么事情，和我们说说就可以。”

刘刚回答：“不是来洽谈业务的，是何阳的朋友，有点私事聊聊。”

梦幻子插嘴：“你打他电话好了。”刘刚笑笑，“我想当面聊聊，你的意思是他不在公司。”

听到这儿，钞票男暗叫不妙，他经常在社会上玩，某个场合见过刘刚，也听到刘刚和信息部长交往密切的事情，部长和何阳矛盾非常大，刘刚这时候出现一定不好。

于是他不紧不慢地说：“办公期间，闲人勿扰，请外面等去。”部长和刘刚这类人物钞票男也很鄙视，仅仅是表面尊重一下。

刘刚看看钞票男，钞票男已经把脸藏在电脑后，他对社会非常了解，能不明白刘刚的下一个动作吗。

刘刚出去后，奔向部长办公室，部长在看刚下载的影视剧：职场风云。

里面有个领导很像他，只是命运越来越悲惨，部长有时候还抹下眼泪。刘刚看着部长玩手机的入迷样，想抢过来摔掉，再狠狠跺几脚，他可以给他很多，也可以剥夺很多，他问何阳在哪，部长慌忙关掉视频，回答在做他布置的任务。

"何阳和两个小女孩跑了。"

刘刚恨不得揪住部长不多的头发，找个地方撞一撞，让他醒醒脑。

部长开门就往外冲，刘刚一把拉住他，问敢不敢去连总办公室。部长直摇头，去那儿等于寻死。刘刚抓住他的脑袋，使其不再摇晃，大声告诉他，在飞讯公司，连总靠不住，只有和自己合作才可以飞黄腾达。

部长无力地垂下头，能安然退休就谢天谢地了，对这些明争暗斗他累了，光是何阳就把他折腾的要吐血。刘刚看出了部长的退却，保证他如果被辞退，负责安排到集团挣大钱。部长嘿嘿笑了起来，这句话能让他在飞讯无所顾及。

他俩密谋了一番，来到连总办公室，说何阳长期不遵守规定，今天又脱岗了，要求处理。连总马上反驳，信息部很特殊，可以进行外联工作。

连总真的在为这小子说话。在集团那会儿，刘刚特别有发言权，他对连会心表达的意思，她都明白的，今天竟然遭到强烈抵抗。

刘刚火大了，大叫着要报告集团，她利用职权，送人情，走关系，带头违反劳动纪律。连会心走到窗户边，暂时保持沉默，刘刚终于显出了狼的本性，乱咬一气。

很快刘刚温和起来，说为了一个小职员何必得罪集团呢，他的本意是何必得罪我呢，我在集团也有关系网，很强的，不好招惹。

连会心见刘刚理智了些，拿出新规定，竞选者在竞选期间可以自主安排工作，何阳就是竞选人。

刘刚又喊起来，说自己不知道的，不能算数，集团这次派我来，就是防止有人独揽大权一手遮天，犯下错误。

连会心不再和刘刚说话，她直接无视这种恶狼般的疯狂，她看到部长畏缩后退的样子，让他站住，她这里不是自由市场，随便进出的，问他来做什么。部长看到连总拿出了公司新规定，而刘刚也没有吓唬住连总，心里害怕，准备乘机溜掉。

"我，我来汇报工作。那个，我刚整理了不少新信息，你看什么时候送过来。"

部长不敢看刘刚，部长叛徒式的转变让他更加恼火，他也不敢看连总，连总的目光让他联想到“职场风云”里的不好情节。

“你一人搜集的?”

“不，不，是信息部整个做的。”部长快速退出，“我去拿来。”他没有回办公室，去了其他部门，刘刚肯定会再找他。“招谁惹谁了，都拿我出气。”他摸了摸越来越少的头发，已经被汗水浸湿，刚才太恐怖了，“日子怎么这么难呢？何阳，还是那句话，我要整你搞你折磨你。”

刘刚的喊声越来越小。

连会心坐在电脑前开始工作，她不愿意再为此人浪费时间，集团老总让她把新制度完善一下，做得详细点，发到自己的办公邮箱。上次回去后，集团老总安排其他人对飞讯做了了解，结果让他满意，团队精神再次聚合，业绩也向上攀升，他决定在恰当的时候全集团推广连会心的成果。

“连会心，”刘刚凑到她身边，“刚才我错了。”她的态度让他发慌，这么下去不意味着倒闭吗。“我太冲动了，何阳关我什么事呢，我是担心你走错人生路，一个小职员能有什么？他再有才也不可能挣上亿吧？可我能，我有关系，有门路。”

连会心抬手做了停止的动作。刘刚立刻闭嘴，他被迫改变了策略，女人还是哄着容易得手些。

连会心指指门外，刘刚叹口气走了出去。

“难啊，有些事情要认真，有些事情应付过去就不错。”

连会心做了总结，飞讯公司人不算多，内部关系挺复杂，不像幼儿园好统一认识，可要做的正是凝聚员工力量，让飞讯成长为强大的团队，这个一点马虎不得，先不谈个人感情，何阳有很好的头脑，是她关注和保护的对象，不可以让别人把他整走，也不想别人把他挖走。她问何阳是不是在做大单。

早上许美美出发时和她通过话，现在连会心要求她上午、下午和晚上都要有联系，如今她越来越想知道何阳的动向，一个小职员和“世纪浪子”谈大单，太有吸引力了。

何阳说：“称不上大单，小生意玩玩而已。”

连会心想年纪轻轻如此沉稳，是做大事业的好苗子，更加钦佩。

“见到张诚了吗？他可是大名鼎鼎，一般人见不到的。”

连会心直入主题。

“呵呵，我们谈得挺开心。”

何阳的目光停留在连会心身上，她的装扮看上去特有气质。

连会心一笑，说有点遗憾，因为她这个三学妹没有去，不然场面会更精彩。

何阳想女老总去了，那何等威风，什么派头，一个车队，一群陪同，大摆宴席，谈笑风生间把事情办了，他也这么表达出来。

连会心脸红红的，“我和那些领导不一样，咱俩之间你就是老师，我是三学妹，做事情我听你。我说的精彩场面是，我代表飞讯给你挣点面子，飞讯的老总对你的话是言听计从，你的身份该有多大，张诚会当作很大的事情对待。”

何阳微笑，连总没有一点架子，一切都是自然流露，真情实意。他说：“很快要签合同了，我邀请你去。”

“行啊，我去的话代表飞讯公司，我们对新能源策划有兴趣，决定参与合作。”

看着连会心认真的样子，何阳有点犹豫，这不是要招安吗？一旦自己的东西归到飞讯，还有多少自主权？没有了自主，自己的东西会给做的乱七八糟，因为不少商家眼中只有利润，没有百姓。

连会心突然拉住何阳的手，工作经验告诉她这会儿处于重要关口，突破了豁然开朗，前景远大，突破不了要打回原形。她还有一个用意，要把大单作为何阳在飞讯的业绩，以此提升他的位置。

连会心把何阳拉到沙发前坐下，向他保证，不管谁参与，你都是项目总策划，你的东西自然由你负责。你放心，不管和哪里签合同，我都会争取你的权利。再说了，对于合同我更有经验。

这次何阳握住连会心的手，用了下力，“合作愉快。”

“男同志就是有劲。”

连会心离开，何阳的动作让她兴奋、羞涩，热情拥向全身，这才是有劲的含义，最有力量的是何阳的眼神，像是射出了期盼很久的阳光，融入她的世界，她理解为纯洁的爱情，她喜欢一点一滴品尝爱情的味道。

那天，何阳在她的电脑上传了自己的创意，对这些产品进行了探讨，说是探讨基本等于何阳独自解说。对于连会心，新能源也是新领域，认识浅薄，但是在国际化合作的时代，在地球环境强烈关注的今天，新能源将是主流，市场特别广阔，产品一旦上市肯定是全球性覆盖。难怪会得到

“世纪浪子”的宠爱，飞讯可不能失去这个重大机遇，也许会为光子集团带来享誉全球的地位。而设计者就在身边，虽然目前是小职员，她相信何阳即将有大成就。她来飞讯的职责又多了一个：爱他的一切。

下班后，他俩奔向同一个地方：伦特酒吧。

为了避人耳目，连会心在离公司500米的凯旋商厦前等何阳。本来今晚有一个商界精英的活动，她参加过一次，从谈吐到举止处处光彩照人，很快就从不起眼的配角上升为主角，得到不少靓男美女的追捧。那晚她的手机里发满了精美的电子名片，跟着集团老总打拼那会儿也没有如此多的光环。有人出价千万买她一个晚上，她默然淡视，一个生命本来是无价的，可惜却被标了价钱，还产生了庞大的市场，在这个星球为什么一切被商品化了？那么地球的价钱是多少？不是都在幻想着外星世界吗？那里也是玩金钱交易吗？有一天外星人问地球多少钱一个？我想购买当玩具，我们怎么回答？连会心特别喜欢这么想事情，因为她有太多的奇妙梦想，现实生活却无法满足。

一个人一旦遇到喜欢自己的群体，就会相当出众，何阳就是典型，她不是在遇在等，而是主动出击，去攻占领地。

他俩来到伦特酒吧，环境非常适合营造点小浪漫，连会心突然说，我开着车，不能陪你喝酒，不如去我家坐坐，我单身。去她家才是连会心的本意，只是她觉得一开始就邀请有点冒失。

何阳想说什么，却被连会心娇滴滴的声音打断。

“走啦嘛。”

在车上连会心问了商品和价钱的问题，作为老总每天接触的就是这个，她怀疑长期下去会不会得职业病，内心更渴望无形无价的爱和情。

连会心没有在家庭里享受到希望的爱，她的父母不会教育小孩，她一有特别的想法，父亲就会说别空想妄想，生活是那样吗？生活是你不好好学习，就做不上官，没有官做哪来的房车呢，没有房车你就叫活受罪了，现在越来越难活，学习好的还不一定有工作呢，更别谈什么当官发财了。说着他就把她推到一个小房间，让她埋头苦练。几平米的小房间是特意给女儿安排的，因为房子就十几平米，还没有暖气。夜深了，母亲实在看不下去，把她搂到怀里，母女俩一起流泪。

“妈，为什么别人有大房子，又暖和，我们家却没有，不都是人吗？”

妈妈只是拍着她的背，“宝宝睡觉吧，长大你就明白了，生活会越来越好，你这么漂亮一定比我们命好，会有好男人看上你，不像你爸没本事还老发牢骚。”

连会心看着何阳，好男人会是他吗？

何阳笑起来，说：“这是一段艰难的历程，物质足够丰富的时候，这些现象自然而然就消失了，当然会出现新的现象，我、你、张娜娜、许美美、张诚、媚儿等等不都在做这件事情吗？这样的人多起来，我们会提前到达，就是到达了，还有太多的问题，还要穿越未知，而未知就是探索的过程，探索是充满艰辛和困难的。”

何阳又找到了老师的感觉，虽然没有教师证。连会心听的是心服口服，何阳和他爸爸完全不一样，和很多男人不一样，做三学妹真值，尽管她是他的上司。

连会心第一次找到了女主人的感觉，因为她家里来了男主人，她的大房子不再孤独寂寞。

何阳看着桌子上的速食品，皱起眉头，连总高管人才，工作量大，这些东西没有什么营养，时间一长身体要出问题。连会心解释：“人家也是那种对待工作有激情，能劳累，对自己无所谓的人，今天你来了，我要当成工作，亲自展示厨艺。”

何阳说你能把家务一直当成工作吗，我不希望上司最终的归属是医院。何阳的话很俏皮，连会心暗自高兴，说有他在她就是乖乖的学妹，她站直身体，也玩了个小搞笑，“首长大人，一切按照你的指示去做，只是你要经常体贴下属我啊。那些泡面、饼干、熟肉的可是能吃几个月。”

何阳大笑，感觉像是新婚小夫妻。

连会心做饭那会儿，他也在左右帮忙。

品尝香喷喷的劳动果实时，张娜娜打来电话，说张总和媚总要宴请他们，问何阳办完事情没有，方便的话一起聚聚聊聊。何阳看了看连总，连总正托着下巴望着他，要是何阳有事情走，她只好放弃后面的安排，她想留他过夜，但不会付他千万，她想付出的是更昂贵的爱情。

何阳答复事情还在继续，请他们赴宴就可以。

学妹们对老师的拒绝有点不开心，今天做的是大事情，很多人奋斗一生也得不到这个好日子，还有大人物怎么可能和她俩混在一起，做美梦呢？

现实是张诚就在向她俩招手，“美美，娜娜，坐我车吧。”他和媚儿一人一辆。张诚不在乎何阳来不来，他把这次合作定义成了永久性合作，因为何阳的产品具有永久性，路长着呢，再说何阳能做出这样的策划，人家接触的都非同寻常，城市很大很发达，身怀绝技的高手隐士多的是。

“你老师有真才实学的。棒！”

张诚朝车中的女孩竖起拇指，然后发动。

张娜娜和许美美走出办公大楼时，两个黑西装的小青年盯着看了一会儿，其中一个拿出手机拨了个号码说：“头儿，有两个漂亮小妞和张诚来往密切。”

“多长时间了？”

“刚发现。”

黑衣小青年来回走动着。

“现在的女孩多是弱智，只会傍大哥。别神经兮兮，盯住主要的，尤其是那些商业大鳄。不要总是让我说这些话！”

对方声音特别大，黑衣小青年听着就急躁起来，说上午还盯了一个男的，可能是这两个小妞的老大，坐媚总的车去了飞讯公司。

“飞讯？是飞讯吗？”

“头儿，是我们的对手飞讯，所以汇报。”

“不可能，我们在飞讯的人没有反应啊。好了，按照A级目标盯好，别让看出什么。OK！”

黑衣小青年钻进黑色的小汽车，升起黑色玻璃，先开了出去，等张诚和媚儿超过他们，便加快速度，始终保持着一定距离。

打手机的那个小青年叫猫子，练过武术，身手敏捷。另一个是刚毕业的大学生，叫侠客，很迷恋江湖，跟着猫子混饭吃。

他俩都是索特公司训练过的情报特工，主要负责世纪浪子这块。

张诚去的是自己开的一家酒店，除了正常营业外，用来接待客户，有几个房间和他办公室一样，配着高科技，他们去的就是其中一个。猫子和侠客进不去，只好在外面等着新的机会。

一个半小时，张诚他们出来了，张诚想何阳的部下不能怠慢的，现在的女孩们喜好排场，嘴又碎，要是说了难听的，显得自己小气没诚意就不好了。媚总塞给她俩一人一张美容卡，说女人不能没有漂亮的脸蛋，张诚也塞给她俩一张购物卡，说女人还要会装扮自己，代他向何阳问好，她俩拒绝了这些东西。

送张娜娜和许美美回家时，她俩也只是感谢了一下，她俩要去蹦迪，让兴奋进行到底。

张诚和媚儿走了，对于猫子是天赐良机，他和侠客咬了会儿耳朵，把车开到两个女孩面前，探出头说：“小美女，你们去哪，捎你们一程。”张娜娜想说什么，许美美赶紧拉着她离开。猫子笑着跟过去，大声喊：“别见外嘛，以前我也是飞讯的，上午那个男的是你们老大吧。”

“你是说何阳?”

张娜娜站住。

“对，对，就是何阳。”猫子看着天真的张娜娜想也太好骗了，找女朋友绝对不找这样的。“我们是哥们儿，好久不见了，想他。”

“他认识的人可多了，你们是?”

张娜娜还在问。

“算了，你俩走吧，我给他打手机。”猫子玩了个欲擒故纵，“侠客，查查何阳的电话。”

侠客下车当着女孩按起了手机，“哥，不好意思，前几天手机升级，我删了很多电话，何阳的没了。”

猫子也下车埋怨侠客太不小心了，说自己忘了带手机也查不到，问张娜娜怎么联系何阳。张娜娜刚要张嘴，许美美说：“我们也不知道，有急事，先拜拜了。”

她俩小跑起来。

“张娜娜，你不可以说出何阳……”

猫子朝侠客使了个眼色，两人回到车中，知道男的叫何阳，很多事情就可以展开，飞讯公司还有他们的特工。

第十七章　哥要带着你快乐飞越

如果说刚才是有惊有险，连会心家中是有情有爱。他俩聊了各自的从前，连会心觉得这样可以加深感情，何阳认为学习一下连总成长的秘密，能够开拓视野。

连会心靠在松软的床上，特别惬意，她相信这种随意会让何阳更加亲密。原来是想听何阳讲策划，玩玩女总派头，他真的来了，自己却愿意做个乖乖女，听他讲故事。嘻嘻，女总派头还是要玩的，就是结婚了，也要力争半边天，她不喜欢大男子主义。

何阳泡好两杯茶，递给连会心一杯，风趣地说，美丽的大总裁，尊贵的大上司，商界的大姐大。

连会心笑起来，说我有那么多头衔吗？现在受宠若惊的小学妹请何阳老师谈谈自己的历史，欢迎。她放下水杯拍着手。

哥今年二十八，从小贪玩又调皮，逃过课留过级，做过苦工受了大累，喜欢读书，爱好流浪，看过各家经典，去过大城小市，悟出了一支好听的歌：

我从这里来，明天要到那里去。
我从蓝蓝的天空里来，
要到迷人的星空中去，
时空旅行很奇妙，
不过更多的是艰辛，
漂亮的大姑娘，

何阳抬起手臂扭动着，轻轻滑向连会心。

快快牵住哥的手，
哥要带着你去快乐飞越。

连会心伸过手，何阳轻轻托起，歌声突然变得响亮又激昂。

你是我的美，
是我灵魂的最美，
请把你的一生交给我，
我知道明天去哪里。

谢谢，表演结束。

何阳对着连会心鞠躬，微笑。和喜欢的人在一起，他从不拘束。

连会心摆摆手，让他靠自己近点。

“你唱的是真的吗?”

“呵呵，现实生活的再创造。现实很枯燥，来点艺术调调就好多了。”

“哦，不知道你会玩艺术，以为你满脑子都是逻辑和判断。”

何阳来了个优美的旋转舞，说我还会很多，只是今天有点累了，他旋转到床前，倒在上面伸开四肢，辛苦这么久从未如此轻松过，似乎这就是渴望的家，然而主人不是他，他仅仅是休息一会儿。

连会心弹了弹何阳的耳朵，问你可以再离我近点嘛。

“你不知道啊，男人也有羞怯的时候。”

“讨厌的何阳，”这次连会心用脚碰了碰他的腿，“你羞怯的样子比小女生还好看哎。”

何阳笑着翻了下身，说：“该你聊聊怎么成为总裁的，我也学学。”

连会心干脆把脚伸到何阳的脸前，说：“可以告诉你啊，只是最近走路多了，脚底好像磨了个泡，你先给看看。”她想来个小考试，热恋之后更多的是平常，看看何阳对这些凡俗的小事情怎么对待。

何阳仔细瞧了瞧，除了脚后跟的皮有点粗糙外，没有什么异常。他搔了搔连会心的脚心，“你逗我玩啊，那我就让你开心到底。”

连会心弓着腰大笑，“我错了，我讲就是。”

连会心讲述故事时跳跃性很强，一会儿十年前，一会儿十年后，她喜欢把昨天的自己和今天比较，以此记住那些苦难，激励前行。这种极有代入感的讲述让何阳想起很多，有爱有恨有喜有怒，甜蜜的总是很短暂，难以下咽的，不想品尝的却无法拒绝。

“都一样，都经历过苦痛挣扎，也都顶起了广阔的天空。”

何阳朝连会心竖起拇指，站起整了整衣服。

“你要走？”

何阳点点头。

“你是士兵？”

何阳摇摇头。

连会心乘着问话下床挡住何阳，说：“那你表情怎么像是出征前的离别。”何阳微笑，回答：“我觉得自己一直很从容。”

“算了吧，任务多，工作忙，时间宝贵，你着急的要去哪呢？”

何阳刚要说话，又被连会心抢断，“哦，你要回家，回到几平米的宿舍，面对跟了你很久的电脑完成策划。”

何阳睁大眼睛，连总果然有特别的地方，她说对了。

连会心拉着何阳坐下，告诉他刚来集团时和他一样。

“现在的年轻人多是这样。”

何阳补充了一句。

连会心一笑，也加入一句，“是在面对电脑，不过玩的不一样。”

连会心又讲了光子传媒集团的许多事情，她相信可以吸引何阳多坐一会儿，也可以让何阳对自己有更多的了解。连会心认为要抓住一个好男人，先要展示自己的美，第二步要得到他的灵魂，第三步就是一起做喜欢的事情。

凌晨 3 点何阳睡在另一个卧室，7 点钟连总邀请他晨练，8 点钟连总告诉他竞选人在竞选期间是自由的，不知道的话肯定没有看到文件。文件发到信息部长那儿，部长直接扔到一边，反正他又不参加竞选。

“没事的话帮我看家吧。”连会心扔给何阳两把钥匙，“家里有台式，有小本，你随便用。”

自己算什么呢？连总看高了。何阳想把钥匙还给连总，连总驾车远去。

八点十分，何阳接到张娜娜的电话，说张诚同意合作，但还要在公司论证，让他安心等进一步回复，最后提示他下周一要竞选演讲，她和许美美都很期待。

何阳开始寻找公交，他决定找王妮。

要想拿下世纪浪子，肯定得拿下张诚，张诚为了赢得世纪浪子的认可，肯定得拿下其他高层，所以有了论证会，可是论证结果是什么？需要多长时间？他不想等的太久，更不想看到已有的希望被其他人弄成泡影。

找王妮时何阳没有提前打电话，他想独自去看看科研院的整体实力，这次可是大项目。

路上他遇到了密密，密密在一家大酒店前向他招手，他想绕过去，张娜娜的电话让他有点急。何阳装作没有看到的样子，密密居然跑到他身边，他低下头，步伐却没有放慢，谁知密密和他较上劲了，自从密密有了自己的产业，走到哪里都是众星捧月，她只要动动指头想要的东西就会飞过来。密密会魔法？呵呵，是一堆人送了过来，哪怕是一支不起眼的签字笔。何阳你以为你是谁？何阳拐到哪儿，密密就挡在哪儿，今天你不抬起头看看我，我就不走开。

何阳知道过不去了，来了个猛抬头。

“是密密啊，我以为影子在跟着我，阳光在它就在。”

密密听着扑哧笑了，回答了刚才的问题，“我知道你是谁了，你是我的开心大使，以后不管去哪都要带着你。”

“嗯？”

看着何阳迷糊的样子，密密说：“你这么风趣搞笑，帮我活跃一下气氛去，我刚和一家国外的公司签了大单，在开庆功会。”

“这个？”

何阳眼前出现乱糟糟的场面，他更需要静下来做好大单。

“我的机器情人，这么快就变心了？快点嘛。”密密拉住何阳跑起来，“这次给你个事情做，现在都在讲国际交流，把我的外国朋友招呼好。”

刚才密密在等好友，看到何阳高兴地给忘记了。

进入酒店贵宾楼，何阳看到两个金头发蓝眼睛的外国人，其余的就是密密的好友，有一个朝他眨了眨眼睛，是钞票男，他回以微笑，特殊场合彼此默契一下就可以。还有一个意想不到的人物连总，和连总目光接触的一刹那，两人彼此惊讶，又快速移开视线。

密密向外国朋友金无敌、金无霸介绍何阳，他俩懂一点汉语，给自己取了特别厉害的名字。

“这是何阳先生，是公司的艺术总监，服装只有过了他的审核才可以上市。”密密把何阳捧到了一个高位置，外国朋友对公司的服装审美有疑问，虽然签了大单，却觉得没有多少艺术价值，他们认为想做国际品牌，艺术价值很重要。公司的人难以应对外国朋友的提问，密密把包袱扔给了何阳，反正不好解答，也许何阳可以。

金无敌和金无霸小声嘀咕了几句，金无敌先是朝着何阳竖起拇指，用生硬的普通话说："总监你好，前期谈合作的时候没有见到你啊？"

何阳瞟了一眼密密，密密只是朝外国朋友微笑，看来密密给他的是全权对话，那就轰轰烈烈来一场。

"金无敌先生，能和你谈话非常高兴，我到欧美生活了半年，和你们合作，不了解你们的兴趣爱好、人文习俗怎么可以？"

"哈哈哈。"金无霸又竖起拇指，刚才是礼节现在是佩服，"现实派的好伙伴，我们需要这样的合作。"

"网络沟通的只是表面，何阳先生研发的是内在美。"

密密补充了一句，她经商多年，知道什么是互补互益互相跟进。何阳也借势发挥，说自己除了外型，更注重灵魂的美学，他的思路是服装不仅仅要有个性特点，还要衬托出一个民族国家的文化，展示时代的追求和品位，形成一种国际化的流行，这就是艺术和市场的完美组合，具体细节大家都知道，毕竟做的都挺大。

外国朋友有点模糊不清，私下里可以详细询问的，问题现在面对的也是外国朋友，不能让对方觉得我方很蠢，不然对方玩起小聪明小花样，看都看不出来，怎么办？这个总监挺有能力，叫何阳，得记住他。

"品质的见证更有权威。"

何阳加了一句。

何阳的声音没有结束，连会心鼓起掌，钞票男的最响，掌声一片。外国朋友大笑，再次竖起拇指，有人告诉他俩，在这里你要是认为某件事情很好，就竖起拇指。

掌声落下，金无敌看看金无霸，金无霸说可以了。金无敌表示有何阳先生监制他们放心，合作愉快，互利双赢。

密密听到这样的美言，有点飘飘然，她在心里竖起拇指。接下来就是何阳和外国朋友的握手，摆大宴。金无敌与金无霸请何阳坐在他俩中间，边吃边聊起异国他乡。

送外国朋友回宾馆时，密密叫上了何阳，没有何阳在老外难以应付，有时候会让她愁得头痛，总算找到一点点依靠，不可以让他走的。晚上 9

点，密密终于和外国朋友互道友好，离开。

靠在小轿车前，看着喝的有点晃动的何阳，密密明白一个道理，做生意，特别是做的越来越大时，不是走关系跑路子这么简单，得有个称心如意的好帮手，比如何阳，帮了这么大的忙，从没有提到过什么酬劳，要怎么感谢人家呢？

“密密。”

何阳也靠住小轿车。

“你说，要劳务费吗？”现在的人不要点钱不太可能，“说个数吧？”

何阳吐了口酒气，“能送我回去吗？我头有点晕。”

“就这点要求？你开口吧，不管多少我都给。”

密密转身看着何阳。

何阳点点头，“要什么劳务费呢？不就过过嘴。”

“有的人过过嘴可以影响世界。”

“还影响全宇宙呢，你说的是总统吧。”何阳笑起来，“密密你过过嘴可以影响你的大公司，我连自己也影响不了。”

因为喝酒的原因，何阳笑的样子特别逗，密密也笑起来，“今天你的嘴可让外国朋友心安了。”

两人相视爆笑。

“上车。”

“去哪？”

何阳开开车门倒在后排座上。

“回家。”

“我的家在哪里？”何阳唱起来，“妈妈说，家在美丽的……”

第十八章 “星际时空”科学院

M市有三家科学院，何阳去的是“星际时空”，主要研究超能量的诞生、爆发和运用，也研究其他热门学科和生活用品的更新换代。

科学院在郊外，占地面积相当大，有人参观时只可以到其中的科技馆。科技馆的门票挺贵，不过好玩有趣的东西确实不少，产品开发的盈利全部用于科学研究，很有市场概念。

何阳来到M市先去的就是这家科技馆，离现在有段日子了，看看有什么新变化。上次去时何阳最关注的是里面的机器人，人类走到今天，迫切需要一个好帮手做成他们无法做成的事情，于是智能机器开始起步，运用在生活生产中，其中的机器人也在更新换代，机器人一旦做好，不只是跟着你跑来跑去、做家务、处理繁琐小事，还可以代表你办公、洽谈业务、远程合作、研究制造、包括操作智能机器，只是和它们也得会相处，会相亲相爱。

那次只有一个机器人，还被围在栏子里，他很想进去，却找不到入口，唯一的方法是攀越，如果身后没有保安的话，他可以瞬间跳进去，和机器人玩一会儿再跳出来。

他只好靠在栏子上，向机器人招手，大喊你好。机器人没有任何反应。

保安过来，拍拍他，说请勿重压护栏。

何阳笑着站直身体，道了声歉，又问机器人今天怎么回事，连最普通的发光也没了。保安告诉他制作者拿走了机器人的芯片，要升级，现在机器人处于断电状态，过些天和它玩吧，何阳相当扫兴，想想也很高兴，等机器人升级了，玩起来会更有意思。

这次他看到栏子没有了，保安也不知去向，机器人在随着音乐跳舞，身边围了几个欣赏的人。

“哟，扭得蛮不错。”

说话的是个舞蹈老师。

“我家姑娘天天练习都没有它跳的洋气。”

这次评论的是个中年大妈。

“叔叔，你说机器人跳的什么舞?”

一个小女孩问何阳，她见他打扮的特别新潮，对新事物一定了解。

何阳也不知道是什么舞，但音乐激烈，机器人动作火爆，他最不愿意扫别人的兴致，有个兴趣爱好不容易啊。他说机器狂欢舞。

马上有人反驳了他的话，说现在的高科技都是死脑筋，人给它编上什么程序，就只会怎么做，跳的是人舞。这人也是个年轻男子，这些天家里不是电视出故障，就是手机老关机，再就是电脑莫名其妙中了病毒，好多东西都丢了，很烦躁，想怎么连个自动修复的功能都没有，就上市卖了呢，卖给我们，我们也不会修，别人修吧，不是漫天要价，就是小毛病修成了大问题。

小女孩跟着反驳，“那木马病毒怎么不死脑筋，会复制和变异。”

“别跟我提病毒，我电脑现在还在维修站，”他连着打了个喷嚏，“还有这感冒病毒，它一出现，我就一身发冷发疼。”

“哼，癌症病毒还要命呢。”

显然小女孩不喜欢听他的话。

又走过两个人站在何阳和小女孩中间，何阳看了看，女的是王妮，男的也挺年轻，但比他大，估计 40 以上。王妮也是刚刚看到何阳，两人相视一笑，何阳主动说没有什么事情，随便来玩玩。

王妮介绍和同事经常会对科学院的产品进行巡查。说着朝机器人挥了挥手，机器人停止扭动，也举手示意。

“你瞧，这个机器人不是死脑筋。”

小女孩兴奋地跳起来，她也朝机器人招手，机器人无动于衷。“叔叔，看来机器人不喜欢我。”

“呵呵，你不是它的设计者。”

王妮悄悄在何阳耳边说有事情就联系我，除了你的策划我们还有生活，我和张工去那边看看。何阳有事情做时才和她联络，这不是她想要的结果。

离开时何阳总结了一下，这是娱乐型机器人，很适合摆在这里，毕竟参观的人群多是市民，以休闲玩乐为主。

何阳又想起媚儿办公室的机器人，只是有重大任务，没有顾上逗逗它，看看它的智能到了什么程度，不过许美美可能玩过。

从这两个机器人的言行举止看，基础还行，可以加深研发。

科学院的正门气派又威严，身份审查很严格，越是这样越能感到一种未知有趣的神秘。

何阳来过多次，知道还有一个无人看管的小侧门，仅够进入一辆电动自行车。做科学艺术这么久，他知道科学院的防护是独一无二的，看似无人，肯定在某处有人在屏幕前盯着这里，并且可以操控。

门紧闭着，找不出漏洞，再往两边看，他笑了，也是护栏式结构，能够轻松攀越过去。当他刚刚触摸到护栏，有声音提示危险，你的言行会被记录，将要承担法律的责任。请尊重自己，尊重法律。

何阳只好回到门前，门上有一个发光的检测装置，旁边有一行字：请把工作本靠近此处。又是芯片类装置，看来是科研人员专属通道。

何阳只好联系王妮，拿出手机时，手机正好响了，他接起，密密说：“和你谈点事情。”声音听着挺严肃。

“老外又问你问题了？”

“没有，见面再说吧，我在‘风情家园’等你。知道吧，本市最好的大园林。”

“马上过不去，急事。”

“等你。”

“你在哪？”

“在风情家园的正门前。”

今天好像和门有缘，何阳看了看远处的建筑，到处是门窗玻璃，这些东西可以给你安全，也可以让你憋闷，密密不是被这些东西挡住了视线吧。“心情又不好了？”

“很好啊，你来就更好。对了，手机视频一下吧，春天了，园林里很美，我给你拍下。”

何阳回答自己的视频有点小问题，改日玩视频对话吧。他不想让密密知道自己在哪里。

“要是今天去不了呢？”

王妮没有见到，不好肯定见面时间。

“等啊，就像在等一世的情缘。”

密密突然说出了这么一句，有生以来仅此一次。

“呵呵，有点意思，我尽快。”

弄清楚何阳的位置后，王妮带着工作证打开了小侧门，何阳一个纵身跳了进去，门自动关闭。俩人并肩往前走。

“何总工，为什么不走正门?”

“你给我取新名字了？挺好听的，正门不好进啊。”

何阳四处张望，这里的结构不像工厂，是很有情调的花园。

王妮停下，坐在一个长椅上，椅子干净漂亮。她笑着说：“一般人进不来，也不让进，这些人只会添乱，你不会添乱的，你现在可是何总工。”

“吹牛吧，吹我是何老总更有派头。”

何阳站在一块山石上，想找几个试验场看看。王妮轻轻走到他身边，说科学院都知道了你的新能源策划，策划人不是了不起的大科学家，而是何阳先生。院长做完论证会，肯定价值后公布的，他称这是一件举世无双的大好事。

“价值是多少?”

“单独以钞票计算是亿的N次方。前提是必须实现，否则至少在这个星球等于零。”

“想的一样，所以寻求合作。”

王妮看着东张西望的何阳，问你窜来跳去的找什么。何阳转到她面前，也问超能量试验场呢，看看去。王妮回答为了安全点，在更偏远的山区。

“总部在那儿吗?”

“不在，知道航天卫星吧，和那个差不多，多是远程操作，还是初级阶段，目前没有具体成果。”

这些话王妮不和外人说，一是小秘密，对何阳讲也要把握好分寸，再就是别人难以对非生活必备品感兴趣。

“应该有小试验场吧，看看去。”

何阳跑向一个看好的房子，里面有忙碌的身影。

“哎，不可以过去的。”

王妮追上去，一边拨通一个手机，是先前和她巡查的张工，“对不起，我朋友何阳去你那了。”

“哦，是院长说的何总工吗?”

“对，对。”

“让他过来吧，院长要和何总工进一步合作，正在拟定方案。”

“哦。”

“记住，他要参观的话，注意安全，把握好尺寸，灵活一点。他过来了，先说到这儿。”

张工挂断手机跑出来，“何总工，欢迎你。”张工和何阳来了个老朋友式的拥抱，亲切交谈着，直到王妮跟过来。

“王妮，何总工由你陪同。”

王妮点点头。

“何总工，你们随便走走看看。”

张工做个再见的动作。

高明，轻易化解了矛盾，打消了何阳参观这个试验场的念头。

何阳有点飘飘然，自己不是飞讯的小职员吗？来这里就成了备受尊敬的大总工。他进一步看到了自己的能力和潜在价值。不是你和你的作品不行，是相当的行，那为什么？何阳想看看历史就知道。他冷静下来，现实是什么？求解去了。

王妮领着他看了几个小产品，何阳看出点名堂，不是看懂了这些小产品，而是王妮在敷衍他，他提到看另外的大产品，王妮讲你做科学艺术的，知道研究员需要安静。何阳请求一小会儿就可以，王妮回答正在攻关阶段，你觉得介绍何总工看望大家了很合适？

何阳说我是总工吗，你把我当间谍了。

王妮停下，指了指实验室，问看着像什么？何阳回答普通建筑，不就为了防止侦查？

“还知道什么？”

王妮觉得看轻了何阳，她以为何阳是偏科拔尖生，结果全能。

“不知道。我又没有进去过，但我猜东西在建筑下面，而且互相连通。”

王妮吃惊了，说你猜的真准，生在战争年代的话，肯定是元帅。现在科技时代，你可以代替先进的侦查技术。我在想把一座陌生城市的地图给你看，你一定能分辨许多。

“呵呵，我有那么神奇吗？何总工硬是叫你吹出来了。”

“咯咯咯。就吹你牛，你要是把你的策划做好了，就不是吹牛。我走累了，去喝点水，我也猜出一点，你不是来这里转悠的。”

一到办公室，王妮问大单进度如何。何阳聊了一些会谈的细节。王妮说：“明白了，你想请我们做一个新能源的小产品，用产品证明实力，然后得到投资是吧?”

这次是何阳惊讶，他激动地说，“你真像我哎！无需多言，做好很多。”

王妮心跳加速，这句话如果是真的，比任何礼物都符合她的心思。“你具体点。”

“需要做一个便于携带安装的太阳能转换灯，外观漂亮，成本不能过高，时间尽快。”

“有难度。”

科学院论证完何阳的策划后，已经展开了新能源制作，手续之类的东西只是个过程，何阳说的太阳能转换灯刚刚成型，正在改进。他们想把产品做得精致小巧，功能扩大，经济适用，符合生活的消费需求。

“我知道，第一个难度攻克了，攻克第二个，越来越好做的。”

“难度在于时间得延长，精工出细活，不想一上市就被视为垃圾产品。”

何阳竖起拇指，能有这样的态度和眼光去工作，非常放心。忽然记起和密密合作的两个老外，在得到想要的答案后，他们心情一样。

“行，说个大概时间吧。”

“计划了半个月，也许一星期，说不定还会提前，研发和复制不一样，有时候一个小问题会把你卡住，百思不得其解，不过会和你探讨的。总之日夜不停!”

“好的。”

何阳抬了抬腿。

“又要走?”

王妮有点难过，策划是很吸引人，自己就不吸引他吗。

“这次我住下了。”

何阳微笑，科学院是把他看作合作者还是其他，密密的反应就是答案。

“真的啊，我给你申请房子，马上去。”

“呵呵，暂时不用，住在市区方便跑大单做策划。”要是眼前有个草地的话，何阳会躺下来，看着太阳说说心里话。嘻嘻，用太阳的能源，要和人家沟通的。“你的心意我收下了。”

手机响起，密密来电。

“不会真让我等一生一世吧？快睡着了。”

“你在哪呢？怎么会睡着?”

“躺在草地上晒太阳，好暖和。”

“我也想去晒，可是还得等会儿。”

“朋友吗？告诉她不用等了，你走吧。”

王妮坐在办公桌前，她觉得留下何阳很难，不次于攻关新策划。

何阳挂掉手机，想解释点什么，王妮已经站到他身边，握住他的手，说合作愉快，保持沟通，好运常伴。

何阳点点头，“心想事成！”

他还想坐会儿，能不留恋吗？

“走了。”王妮把何阳拉出办公室，“我这里只有艰辛。”

“还有最美的你和甜蜜的果实。”

“丰收了，会叫你的。拜拜。”

何阳回眸一笑，王妮靠在门前，依然挥着手，何阳冲王妮大喊“哥很快就回来”。他拨通密密的手机，“已在路上。”

密密坐在草坪中，用手机来了一小段摄像，看着屏幕中的自己，笑得真美，因为何阳要来，实际心事重重。公司越做越大，需要性能优越的处理器帮助自己，人选有很多，也带出几个参加商业活动，玩社交谈合作，结果都和提线木偶一样。伤心啊！想想也是，什么样的环境诞生什么种群，怪不得他们，狠心的父母把自己抛到异国他乡，几经生死，也正是这样的艰苦岁月，赢来了今天的创业。再想想，何阳没有到国际大都市生活过，怎么那么有意思。

“咯咯咯。”

她已经看到何阳，何阳顺着园林的主路在赏景，春天来了，嫩绿的枝叶展示着新生命的开始，蓝蓝的天空还是那么蓝，阳光依旧普照大地，万物婴儿般吮吸着大自然的养料，就在这个地方，熟悉又美好，时间从不曾停止，生命也不曾停止，每一秒都是新的开始，包括这树、这草、这花、这天空、这阳光，还有自己的大单，自己的思维，一切的一切都充满新意。只是大自然有不会枯竭的能源，那自己呢，强大的生命力在哪里？不可以停止。

不错，除了想象丰富，更多的是激励。

“何阳，在这儿呢。”

密密笑着跑过来，像一朵快乐的小云彩。

“密密，我来了。”

何阳张开怀抱飞奔，在他眼中，飞来飞去的小云彩也是有趣的新生命。

两人在一米处来了个急刹，然后大笑。

“何阳哥，我知道你会提前来的。”

一次和老外精彩的剧情，快速拉近了彼此的距离。

“密密妹，我不能让你等得太久。”

何阳隐藏了和王妮分别的情节，王妮微笑送别的情节让他感动，是喜悦的感动。

“咯咯咯。”

“哈哈哈。”

密密眨眨眼睛，说：“找你说事情的，见到你又没有事情了，最近一些事情很奇怪哟。”

“哦，那就是没有事情，”何阳朝前走着，风景越来越美，有吸引力的地方他都爱去玩玩，“有了再聊呗。”

密密跟上去，大声说需要一台优越的处理器办公。何阳回答这类东西很多，要想办好工，主要看谁在使用，还得有个信息丰富快捷的好网络，你钱多的是，买个做处理器的公司都没有问题。

密密快走几步，挡住何阳，一着急她就这样。“我是指可以移动的的人脑，比如你。”一群鸽子在天空盘旋，何阳大喊：“鸽子，我要和你学自由飞翔。”何阳不停地走，密密只好随着他的节奏进退。

“何阳，你参股吧！我知道你喜欢来无踪去无影。这样好吗，公司有问题，你来就行，其他时间属于自己。”

何阳停下，密密的话很有意思。

密密更大声地说：“我不想和老外做成一锤子买卖，竞争太激烈，拉个客户不容易，更别说大客户。要是早就认识你就好了，可以省去一大笔公关费。”

“参股好事情啊，我没有多少钱。”

何阳心动了一下，想想自己的口袋，有点痴人说梦，美梦醒了，该是飞讯的小职员还是小职员。

密密加快了语速，好像慢了何阳就成了别人的，她说：“就用你的人，酬劳还是那句话，你开价就行。对于新型人才，要有新的合作方式，绝对不会捆绑你的。”

何阳微笑，密密的想法不错。购买一个人的潜力，用参股的方式，再加上感情付出，目前看挺好。

"行!"

密密兴奋地拍了拍小手,"因为你和别人不同,合作方式是新的,我要制作一份适合你,适合我们发展的新合同,做好了联系你。要是你有公司,我也投资参股,有这方面的计划吗?"昨晚密密仔细想了想,生意场上多是什么人?做正经事情的少,捞钱的多,挣了点钱玩奢侈浪费的多,不知天高地厚的多,厚颜无耻的多,拿着钱把自己玩成垃圾的多,何阳这样有情有义的少,她特别想帮助他做起事业,最大的理由是和何阳做事情踏实又开心。

"小职员成长计划。"

何阳微笑。

"哦,说说看。"

"呵呵,正在进行中。"

在计划中,何阳的思路越来越清晰,从"世纪浪子"挣到第一桶金后,离开飞讯成立策划公司,然后呢小老总做到大老总,接着就是上市集团,跨国集团,全球覆盖,因为他策划的主题是:用光明永恒和爱来改变世界,产业链自然围绕着大主题运行。整个星空都在玩围绕转动,我也一样,不一样的是我要突破束缚,去远航,去开拓荒凉,赢得所有。

密密听了相当震惊,说这哪里是小职员成长计划,分明是小职员和大太空的故事,近期科学技术快速发展,科幻大片精彩纷呈,你的大作品好像演不完,永无止境啊。

何阳想密密不觉得虚幻,就一吐为快,"好的影视只停留在屏幕中很可惜,浪费了才华和价值,商业可以弥补物质的不足,心灵的天空谁来注入生机?要具体做的,呵呵。"

密密点着头,无需多想,为了表示合作的诚意,先口头约定,投资时根据产业大小定资金,用的时候打电话,她会亲自送到。

"呵呵,和大自然玩玩去。"

"好啊。"密密回应着,上次何阳是她的跟随,现在她成了何阳的跟随,多大的转变,谁叫自己愿意呢?"这里我经常来,我给你介绍。"

星期一上午,何阳查阅着跟踪了很久的特大单,这几天只顾忙,把它给忘了,特大单有了新的动态,是多国合资的产业,涉及最尖端的网络应用、系统控制、计算机组合、芯片制造、智能机器研发,包括新生机器人等等。何阳对新生机器人很感兴趣,只是要做好新生机器人,无法绕开网络、系统、计算机、芯片等等东西，大机遇、大挑战啊。

信息显示，那里已在广泛招聘了。

“真想一试身手，检验下能力。如果说以前是武林大会，群英好手各显神通，现在是科技合作，精英好友同台竞技。”

何阳感慨万分，告诉自己要快速完成大单，开始那边的国际合作。

张娜娜可不关心这些，她想马上要演讲了，何阳怎么也不准备，她问：“你的演讲稿呢，一会儿就要上台了。”何阳轻声轻气说：“全在脑子和肚子里放着，张口广播一下就行。”

许美美偷笑，何阳就是风趣有才，临阵不惧。

同事们围过来给何阳加油，他很讨大家欢心，出征代表信息部，在新思潮和旧文化交织冲突的年代，在老一辈和新生代不断摩擦出一大堆问题的世纪，在越玩越大，做事情讲究全球化的星球，新奇有意思的东西层出不穷，有独特方法和善于沟通的新人纷纷登场，打造着各自的产业。他们知道闯荡来闯荡去的何阳，就是新事物中的典型代表，他会有自己的天地。

小精灵靠何阳最近，他的神情让她有点迷恋，头部轻轻抬起，微微的笑意，目光快速移动，像是要把看到的一切扫描个透彻。她说不同国家的人在一起闲聊，多会比试，会讲我们国家谁最有才，世界上谁最强大。言下之意就是我们是一个地方的，对我尊重点。何阳，我有一种感觉，未来的你就站在强者中间。

“好有想象力哟。”梦幻子说我来加一句，“何阳抬抬手指，讲这里那里需要如此如此，他们就快如光电，把讲的一一实现。”

何阳大笑，“自娱自乐，有点意思，超级好玩。再想得丰富多彩点，正好放松放松。”

“接活了，看我的新联想。”钞票男大喊，“何阳，可以给兄弟实现一个愿望吗?”

“你说。”

何阳心想：难道又是约见密密，上次密密的庆功会他在场的。

“我的愿望是，天空啊，不要总是下流星雨好不好，下一场世界各地钞票吧，我根本就挣不上，一定要在我一人的时候下哟，不然抢的乱哄哄，我抢不过他们的。”

“说什么呢？丢老师的人。”

“粉拳出击。”

张娜娜和许美美现在攻守联盟玩得特别棒，两人的拳头落在钞票男身上。

“现在实现的是拳头雨。”

“对，我们是超级女特工。”

钞票男假装抱住头，女孩们的拳头就像在挠痒痒，“老天啊，下错了，我要的是钞票哎。”

“哈哈哈。”

办公室里爆笑。

“好像谁的手机在响。”

小精灵突然说。

大家顺着铃声看向何阳。

“是我的。”

何阳接起，表情越来越严肃，“你们在哪?”他快速走出办公室。

“喂，今天要演讲的。”

张娜娜追了出去。

“你帮我先应付下，一会儿就回来。”

“这么大的事情，我应付不来。”

张娜娜嘟囔着回到办公室。

许美美趴在窗户前，开始了监视。她的视力还可以，楼下的东西一目了然。

第十九章　著名的机遇问题

何阳刚下楼，两黑衣青年快速靠过来。他已经做了判断，有名的索特公司要约见他，没有说什么事情，而索特、世纪浪子、飞讯之间的关系相当微妙。约见就约见呗，能有多大事情呢？他不怕事情的，怕只怕做了事情犹如灰尘漂浮，好像是个东西，却无人关注，要是和大公司都有约见才爽呢，只是偏偏要演讲了。第一次约见让人家久等不太好，见面聊聊呗，聊来聊去你就成了我的客户，这就是著名的机遇问题。

“我们是索特公司的。”

年轻人的声音清楚有力。

“电话里介绍过了。”

何阳的话简短快速。

“出于礼节还得介绍一次。我叫猫子，他叫侠客，这是名片。”

何阳接住，上面印了很多，主要的一句是：索特公司公关部，负责外联。

猫子见何阳的目光离开名片，借机说：“何阳先生，我们代表索特公司有些问题想和你咨询一下，请上车吧。”猫子在索特多年，说话做事非常老道，他现在玩的是温柔之刀，刀什么时候拔出，还要借机行事。侠客跟了他半年，也机灵许多，快速打开车门，朝何阳微笑。一切似乎平和又自然，何阳进入车中。至于去哪，何阳没有问，无非两个地方，索特总部或是休闲场所。

许美美看到黑衣青年时觉得不对劲，是那天问张娜娜怎么联系何阳的人，鬼鬼祟祟的像黑客，为什么不到办公室来，非要打电话呢？接电话时何阳表情也不好看，会不会是刘刚的手下要报复打击，不然连总怎么说刘刚靠近何阳就联系她，许美美越想越怕，跑到一个小角落，拨通连总的手机，说何阳被两个黑衣人劫持了，可能和刘刚有关系，坐在一辆黑色小轿中，就要开出公司大门。

连会心正好驾车进入公司，上午和集团老总要参加重要会议，到办公室取点东西，她看到院子里唯一的黑色小轿已经开动，下来拦住问问不可能了，只有跟上去，看看究竟是什么人，要做什么事情，最近何阳是大忙人，找他的人多。

他们去的地方是一个茶楼。

前几天索特公司依照特工猫子的汇报，对何阳在飞讯的身份和他与世纪浪子的关系展开调查，结果是何阳在给世纪浪子策划大单。这怎么可以呢？索特和世纪浪子合作多年，比喻为良师益友、互补互助的好伙伴关系，这在彼此打压，相互拆台，阴谋诡计，圈套遍地的环境中可谓少见。

突然有新人闯进来，不管做什么事情，都不高兴的，先不说自己的利益要分掉一点，根据调查显示，何阳的策划相当大，世纪浪子也积极主动，未来几年索特可能因此而被排挤掉。这在公司的历史上绝无仅有，很恐怖的大事情，尽管号称有最严密的危机防控体系，还是让别人钻了空子，居然是个未满三十的小职员，看来新生代不都是在满大街找工作，而是在玩什么？

他们找不出新名词代替，意思是一个人要玩大城市的大公司。何阳的策划他们通过一些途径收集了些，非常经济可操作。暂时概括为：有好事情做，也不告诉哥们儿姐们儿的，可以一起远行啊。

索特一向喜欢结交好友，风雨同行，不然能和世纪浪子合作到今天吗？何阳你是一人吃饱，全家欢乐，我们呢？我们家底大啊，所以拜托你停止策划，某种意义上侵权了。这件事情呢，交给猫子完成，都是江湖中的年轻人，交流方便，一旦谈不好，高层还可以根据事态发展控制局面，让结果向好的方面发展。

猫子知道这次不同以往，责任重大，他想要能独自完成任务多好，我将在索特名声大振，公关部长的位置就是我的了，我也可以在宽大的办公室里，玩玩谋篇布局、调兵遣将。一生江湖，哥就对这个有兴趣。

之前，猫子对何阳的爱好和品位做了点了解，知道人家喜欢饮茶，选择了茶楼。

连会心跟到茶楼前，稍微安静下来，她也做了准备，要是何阳真的给拉到荒山野地的，就报警，如果情况特别危机，就跳下车和对方来个生死搏斗，谁叫自己对人家感觉强烈呢。

连会心戴上墨镜，快速地换了个可以遮住大半脸的发型，悄悄跟着上了二楼，坐在他们旁边，假装品茶等人。

“何阳先生，索特公司和世纪浪子是多年好伙伴。”

猫子先开始了主题。

“对，对啊!”

侠客回应着，却被猫子瞪了一眼，来时猫子告诉他，这次见面看上去是小场合，没有大气派，却关系到索特的命运，你最好闭嘴，别说错了什么，让人家笑话。

何阳品了口茶，微笑。他多少猜到一些，和给世纪浪子的策划有关系。

上车时何阳把手机调成了震动，既然有心和索特聊聊，不能总让手机响啊，手机震动了两次，都是张娜娜的，他直接按了挂断。现在又开始震动，拿出看了看，是张娜娜的短信：已经开始了，给你争取在最后演讲，自己看着办吧，部里的同事都很期待。

“怎么，何阳先生有其他业务?”

猫子预想了多种可能，做了多种准备。

“呵呵，最近很清闲，能和索特的代表聊聊生活是非常快乐的事情。”

连会心品着茶，突然给呛的咳嗽了，何阳你这是清闲吗?今天是要演讲，对你相当看好。还有索特公司，找何阳不是来品茶，是聊和世纪浪子的故事吧?高手过招，一定眼花缭乱。想笑硬是忍着，结果呛到了，也招来了对方的目光。她赶快背过身。

猫子没有觉得什么，他预先侦查过这一片，看不到商业探子出现。何阳又吃惊了，多像连总啊，虽然只是背影，那晚的相处，何阳熟悉了她很多。

猫子朝侠客摆摆头，他觉得侠客行动迟钝，侠客最近总是和女朋友吵架，女朋友整天都在玩社交，接触影视、娱乐、商界各类人士，多是男人。侠客想你那么漂亮，这些圈子很混乱的，绯闻不断，又一个个和大爷似的，能把你看在眼里，你这是闲的发慌找下贱。

女朋友还算个文明人，没有狠狠回击他，只是说：“想演电影想挣花不完的钱，你能给我吗?给不了就闭嘴。”侠客郁闷了，觉得自己活着很呆很傻，江湖水太深，不好混啊。听说了何阳在世纪浪子和索特引起的大轰动后，更呆更傻了，他不就小职员吗?怎么头头们一个个那么紧张呢?现在看着人家不急不躁的表情，就和已经掌控了盘面的大佬一样。自己要像他就好了，他身边一定有一群漂亮女人围着他旋转。

领导摆头的意思他明白的，端起茶壶给何阳加水。

“小兄弟，客气了，我自己来。”

何阳把三个小杯加满，茶水又浓又香，喝着精神清爽。

何阳谦虚温和的举动一下子征服了侠客，他想要跟就跟这样的大哥，各界各派名声响亮，走到哪里都能受到尊敬，不由得把椅子向他挪了挪，绝对不可以错过结交的机会。

“何阳先生，”尽管看到猫子又在瞪他，叫他闭嘴，可他是有自尊的人，要发言的，“你的策划相当棒！佩服。”

猫子暗自踢了下侠客的脚，这小子今天失去控制，把清水给搅混了，既然布局已乱，就来个乱中取胜。便大声说：“只是你的策划侵犯了我公司的利益，你必须停止侵权，否则我们将用武器维护尊严。”猫子把这句话背了好长时间，要作为狠招打出。

“武器？绑架还是暗杀？”

何阳站起来，他可不怕这些，从小就练过格斗，没有这小本领，谈什么流浪。

连会心也站起来，喜欢他就是要和他并肩战斗。

侠客一下子晕了，以这种方式谈，索特知道了要处罚猫子的，他得阻止恶化。

“好像是法律武器吧？”

“对不起，是用法律维护索特的利益。”

猫子背得太快了，掉了法律两个字，这么大的事情交给我办，我也不好办的，猫子难为起来，不行再推回公司吧。

“请说说我怎么侵犯了索特的利益？”

何阳坐下。

连会心也坐下，但手中一直拿着杯子。

“世纪浪子的策划索特一直有参与，”猫子的声音低了许多，谈判不是他擅长的，“你一旦进去，等于分了我们的蛋糕，我们吃什么？”

“呵呵，你们误解了，我是来做蛋糕的，做一个很大很大的，大家都有的吃。”

何阳站起来，这段话就像现在的姿势，相当帅气。

“做蛋糕？大家一起吃？”猫子一时间理解不了这些话，不管网络传媒，还是个人体验，都告诉他很多人都在瓜分、掠夺、为自己的利益争夺，怎么会是何阳讲的那样，但是朦朦胧胧中感觉何说的有些道理，再说人家的策划世纪浪子想做，索特也评论为大手笔，不明白，谈不了，不能乱谈，请示上级吧，只是又不想当着何阳的面打电话。他找借口说茶水喝多了，上个卫生间。猫子刚拐了个弯就停下来，拨出一个电话，“头儿，何阳不好对付啊。”

“知道，一般人能做张诚的大单吗?”索特大楼中，一个中年男子大声说着，“何阳怎么了?”

“怎么说呢? 我不是太能表达清楚，”猫子着急地转起圈来，“他说的很大，很超前，有点高深莫测，和我们平常想的不一样，不好理解。”猫子用尽全身所学表达着，“我们不是一个档次，我害怕给套进去，影响后面的谈判，你是不是亲自来一下。”

对方回复暂时不会见何阳，问做了对话录音没有。

“侠客做了。”

“好的，找个好理由终止谈判，把录音文件发到我的手机邮箱。”

“头儿，已明白。”猫子准备挂断时又听到一句：随后到特别事务应对组报到。

关于何阳和世纪浪子的事情，索特成立了个应对小组。

出来时，猫子笑容满面地握住何阳的手，说家里有点事情要他回去，改日再约，他的话会认真考虑的。

“行啊。”

握手时何阳用了点力道，感觉就像刚才的谈话，各有攻防，暂时握手言和。

“下次叫个做主的来谈。”

连会心朝着走到楼梯口的猫子喊到，猫子恼火地打出一拳，“原来是两个人，最近怎么总是失误。”

“请问你是?”

何阳觉得是连总，可连总出现在这里，怎么可能?

“请问你是?”

连会心模仿着他。

“我是何阳。”

“我是路过的江湖大侠。”

连会心忍着笑回应。

“呵呵，我喜欢大侠，特别是女侠。”

“好啊，”连会心握住拳头，刚才你要是挥挥手，我就让索特的两个毛贼趴下。“咯咯咯。”连会心逗他乐着。

“你真勇敢。”

何阳挺佩服有些女人。

“因为，”连会心摘掉墨镜，“我是你老总。”

“连总，”何阳惊喜，“怎么会在这儿，不符合逻辑啊。”

“咯咯咯。感情来了，一切都是新规则。”连会心拉住何阳的手，“我送你参加演讲去。”

路上，连会心接到集团老总的电话，说这次是国际商谈会，我重点介绍了你，你在做什么，以前不是这种速度的。

连会心回复：“老总，你也经历过这样的事情，越是着急越是遇到一堆问题，车开到半路突然不走了，我刚修好，一会儿就到。”

“嗯。国际大厦 25 楼。”

“好的。”

“导航仪显示在什么位置？我给你找一条更快捷的路线。”

“不用了，我知道商谈的重要性，明白怎么做。再见。”

连会心问自己，能快吗？以前是孤身走天涯，现在俩人。她看了看何阳，何阳微笑，说一生中生命最重要，别着急。连会心点点头，能和何阳多坐一会儿，比商谈会要开心有趣。

何阳一下车，许美美拉着他往楼上跑，说张娜娜还在应场，也许上去已经结束了。上去时，第八个竞选者的演讲接近尾声，何阳是第九个，也是最后一个。

张娜娜跑过来，说准备吧，我看过了，都正常，原以为部长会捣乱，结果此人突然消失。

部长全身通红，除了超级兴奋，还有酒精刺激。他很喜欢红色，现在他可是集团大人物刘刚的红人，刘刚正和他碰杯呢。刘刚拿了 3000 元叫某人在会场安装了摄像，和他办公室的电脑连接起来，又给了某电工 2000 元，让他帮忙做点事情。什么事情呢？刘刚和部长看着电脑屏幕等着。

“快看，主角来了。”

刘刚喊到。

他俩像在争夺百米大赛，一下子冲到电脑前。部长不小心踩到刘刚的脚，刘刚推了他一把，“后面站队去。”部长退在刘刚屁股一侧，大张着嘴特别想咬死他，再想想只要能够整走何阳，忍气吞声算什么。

何阳走向演讲台，面对观众鞠了一躬，用纯正又流利的普通话说大家好，我是信息部的何阳，都说职场多阴险，商界很残酷，上班太痛苦，这是困扰了我们很长时间的大问题，问题的求解千奇百怪，谁的最正确最适合生活？我有不错的答案。请听我的演讲选题：爱在职场。

掌声、欢呼声瞬间爆发，何阳的选题直面社会，直击心灵。

刘刚朝着屏幕中的何阳挥出一拳，部长拦住，说屏幕烂了我们看什么。

“这样的演讲我不想看。”他拿出手机拨通某电工的电话，吼道，“你能动作快点吗？再给你加 1000 元，立马让我看到想看到的。”

“正在做嘛，从 5 倒计时吧。”

“5、4、3……”

会场突然听不清何阳的声音。

话筒哑巴了。工作人员快速跑来，连总有交代，既然是公开演讲，一定要注意通话质量，为此连总专款购买了一套扩音设备。

几个人在设备上狂按按钮，一个人忽然说，设备断电了。另一个大叫喊值班电工，有人跑出去，电工小蛮就站在会场门口，他刚从一个地方钻出来，钳子还装在工衣口袋，另一口袋装着刘刚送来的钱，不是现金交易他不做，万一连总知道了，可能丢饭碗。

“你是电工?”

“值班电工。”

“就是你了。”

小蛮跟着工作人员到设备前，慢吞吞掏出小仪器量了起来。

何阳稍微停顿了片刻，以为是个小故障，看到电工又判断为大故障。台下见他停止演讲，哄乱起来。

何阳用更大的声音演讲起来，可惜对于大会场，声音传不了多远，有职员到前面想听得清楚点，被以会场骚乱为理由赶了回去。

“快点行吗?”

工作人员催促电工，他想连总回来怎么交代？一群人连个扩音设备都看管不好，不就是一堆废物吗。其他工作人员和他有着相同的感觉。

“这玩意儿高科技，不好修的。”

小蛮说要拆开设备看看，他必须转移工作人员的注意力。

“断电也是高科技吗?”有人询问道，他做过技术员，“设备供不上电，线路故障，不是拆掉它。”

“哦。”小蛮站起来，“我去叫个人。”小蛮决定再磨蹭一会儿，会场自然散了，自已悄悄把断线收了，任务算是完成，钞票到手。

“我跟你去。”张娜娜正着急的不知该做什么，“快点走了，不会是你脑也断电了吧。”

小蛮撞了她一下，“女人就是麻烦。”

许美美拨了连总的手机，这么大的事情不能不汇报，一接通她就大声说会场已经乱糟糟，演讲的话筒突然没了声音，都听不清何阳在讲什么。其实他的演讲选题“爱在职场”，非常好，特别有深度。

“别急，慢点说。”连会心正在听学者讲东西，电话也是震动的，本想按掉，见是许美美，走到外面接起，“何阳在做什么。”

许美美的声音依然急促，回答何阳还在演讲，前排的勉强能听到点。

“叫电工修了吗?”

“电工说大故障，叫另一个电工去了。”

“让观众都围过去听啊。”

连会心到不了现场，更着急。

“可能吗？一是你不在，二是现在的人都死脑筋，都懒惰惯了，坐着听还嫌难受呢。再就是那些条条框框，有职员跑到前面又给赶回来了。”

“我知道了。”

“完了。”许美美有点绝望，“何阳的演讲就这样宣告结束。”她看到何阳又在鞠躬，然后走下演讲台。

连会心放下手机，压抑又难受，飞讯不是她想象中那么简单，尤其是刘刚出现之后。

刘刚和部长频频碰杯庆祝成功，看来钞票可以控制很多。他俩反复放了几遍视频，每当看到何阳面对乱哄哄的场面无能为力，更不能把那台设备起死回生时，就向屏幕吐口水，大叫着：“何阳，我们以为你是万能的，是不可战胜的，在小小的几张钞票前低头了吧。”他俩击掌示意行动完成得超好，“真是一次打破历史记录的大搞笑。”

何阳坐回观众席上，等待着投票结果，对刚才的一幕没有觉得怎样，这就是个有好有坏的社会，在以前的历史中，有人演讲着还给枪杀了，只是要让好人越来越多。他不认为竞选中演讲最重要，重要的是要把好听的话给实现了，不然将是一次失败，严重点讲是错误，大量时间给浪费了，很多人的美好消耗了，期盼中的未来破灭了。可以看成一次从心灵到身体的打击，打击过后又是什么？家园重新创造。难啊！

很多人看不到这么远，何阳告诉自己必须要看到，才可能一步走好，步步走好，然后就是飞奔，加快流浪的时间，同时缩短空间的链接。

投票结果电脑自动完成。

巨无霸第一，何阳第二，星外勇士第三，透明水母第四，等等。第二的结果让何阳吃惊，想以刚才的情景看，是最后，他对学妹们做准备工作的事情，偶尔听到一些，没有在意。

索特公司特别事务应对小组的办公室也有点乱，何阳的出现是个大难题，依照法律来审视何阳的言行，同样受保护，可他和世纪浪子的合作对索特形成了生存危机。怎么办？大矛盾啊，争论开始了。

组长谢叶是个 35 岁的女人，在法律和公共意识方面非常强。她分析说，索特对世纪浪子仅仅是合作参与，也就是世纪浪子可以和其他方做产业，还有何阳的策划是新能源的新变革，从全球看都是空白，他的进入可能对市场形成新的垄断。

“头儿，”快算子打断谢叶的话，“在没有形成垄断前不可以定义成垄断的，现代法律尊重事实和结果，不怎么支持猜想。何阳先生的策划我也看到点，可以造福我们的星球，为什么总是向不好的方向考虑呢？”

小组的成员都是给索特做出过成绩的人，为了在复杂的社会中求得适合自己的生存方式，他们有别名，别名一般是特点，以此提醒自己的长处是什么，快算子的思维非常敏捷和前卫。

谢叶点点头，说我做组长只是为了让讨论有秩序些，欢迎大家继续深度探讨，以此找出皆大欢喜的情节。

谢叶说完这些话，办公室里反而陷入了沉静，皆大欢喜的情节在目前的社会有多少？不是一般的难度。

谢叶看看猫子和侠客，说你俩具体接触过何阳先生，先谈谈他是怎样一个人吧。大家不必过分紧张，据在飞讯的线人反映，何阳先生喜欢标新立异，很符合新奇有趣的策划，他特别爱玩爱研究新生事物，同样对应了新奇有趣，新奇有趣吸引的不只是儿童，包括我们和老人，这正是生活中的大市场。真是特别棒，何阳先生找的进入点绝对出奇制胜。

谢叶扫视了一圈，怎么这么安静呢？索特一向能人颇多，以往谁也不服气谁吵得很厉害，今天是分析的有意思，还是何阳和他的策划征服了群雄。她接着讲，玩嘛是一种天性，大家都喜欢这样，我提议，就陪着何阳和他的大策划开开心心玩起来。

掌声！不约而同的掌声。

谢叶微笑。这就是权威性的回应，至少在索特是，因为讨论的结果直接影响到下一步。不错，掌声持续时间挺长，献给她的正确分析，献给何阳和他与众不同的大策划。只是可惜了何阳在飞讯，他在飞讯是无人理会的小职员，听说还要被迫和某些人玩生存战斗，一定够倒霉的。

“何阳这人相当有胆识。”侠客补充，“我敬他为大哥。”

猫子点点头，补充了一句：“此人的跟踪技术在我们之上。”他大脑里出现了带墨镜的女人，至今也不清楚女人是怎么坐在旁边，更不知道和何阳什么关系。初步肯定的是，女人相当高明，也许茶楼附近还有何阳的人。问题何阳不是小职员吗？怎么可能有其他？真是越来越失败越来越迷糊。“此人很玄妙。”

“何止玄妙？是相当神秘非常出色。”谢叶再次提议，她有了新的思路，“排斥不如吸引，对抗不如参与，苦恼不如快乐，守业不如创业。下一步就这样展开。”

连会心参加的商务活动进行到晚上 9 点，集团老总看到她始终笑盈盈的，做事既快又准确，有几次面对记者和各界名流，包括国际友人的提问，自己都觉得吃力，连会心居然一人摆平，给光子传媒集团赢来不少赞誉，外加几个订单。

怎么回事？说是自己栽培出的好种子吧，最近他俩很少在一起。他问她是不是遇到了爱情？当初也有一样的经历，总是有着用不完的劲，他的太太自己一直满意，不管家庭还是集团都在持续发展。

连会心摇头又点头，她和何阳没有定义什么，却又相处挺好。这是不是爱情的一种微妙？她在心里肯定了答案。

集团老总也明白微妙的意思，说从个人经验看爱情婚姻，另一半很关键，会影响你的整个人生。

“我知道了。”

以前连会心喜欢和老总谈心，现在是何阳，与何阳之间不只是心与心的交流了，有太多太多。

第二十章　爱情的遥相呼应

和集团老总在某路段分别后，她打了何阳的手机，只说了一句话："半小时到我家谈事情。"现在的连会心越来越感到大房子的空荡，空荡到越来越难以面对大房子，她迫切需要一个彼此相爱的男主人等着自己，从此有了家的温馨甜蜜。这种幸福快点来到吧！

她一进门就看到了这种美好，门开了一条小缝，何阳就在门边微笑，他刚刚进来。

"你先回来了?"

连会心回以微笑。

"也就比你快几秒。"

何阳说着进入厨房。

怎么像是一对恩爱多年的老夫妻，经历太多事情后，知道了让爱情一点一滴做起来，先从关注粮食蔬菜开始吧，没有这个，人不好生活的。要是都明白这点小常识，大事情也就好做了。

"自己做的饭是不是不够香?"连会心洗完锅碗这样问。"让你见笑了，手艺很一般。"

听到这儿，何阳灵机一动，说了个相互联系的句子，自己选择的人生不怎么好看，千篇一律、空洞无物。让你见笑了，生活太平常。

"咯咯咯。有意思。"

连会心接着联想。哎，翻翻历史书，很无聊啊，打来杀去，刺激精彩又有看点卖点和市场，不过那是你没有经历。现实有时候真恐怖。

"哈哈哈。有意思。"

连会心又说，阅读了你的大策划，太惊奇了，要在天地之间做个能源网络，挺美好的，什么时候给实现。

"现在进行时，只是过程很艰辛，不管怎样做起来呗。"

连会心点点头，在集团也跟着老总做过策划和产品，知道从无知到有知，从一无所有到拥有很多的过程中更多的是苦累，再看看居住的星球，不也是这样嘛？经历了太多的磨难，为什么命运会是这样？真希望看到新策划可以造福我们。爱他，就是要爱他的一切。会不会很慢很慢哟，人家可是复杂的大系统。再看看我们，为什么不好的反而学得快呢？不只是简单吧？

和何阳一起做事情，大脑天天有升级，在新观念层出不穷的社会、竞争日益激烈的职场商界，和矛盾时常发生的居家小生活中，要跟得上升级。

连会心靠在松软的沙发上，原来很惬意，现在觉得冰凉不舒服，她想靠住何阳的肩膀，哪怕一小会儿，享受一次来自好男人的温暖，尽管追求着独立自主。

何阳坐在她身旁，观赏着大房子，房子没有过多的装修，简洁明了，大方气派，就像连总的人。连总用奋斗赢来了大房子和不错的收入，他也想获得这些生活必有的装备，不过这条路对于他走不通，飞讯虽说在做科学艺术，和他的构想有很多差异，形不成多少支持，就算熬死熬活成了领导也没有多少意思，他要走出去，走向广阔的社会，面对现实生活，做好策划和产业。

只有这样了，生活绝对不是课本，和老师教的有太多差异。

都认为两点之间直线最近，何阳有不同的答案，在比社会还广阔的空间，也就是一直梦想的星球移民计划，两点之间不是直线最近，从此星球到彼星球，在快速穿行和各种力的作用下，某路线会处于非直线状态，但最快捷方便。

有吗？没有就要去做。新事物就是这样诞生的。我们相信奇迹，因为我们一直在做。

何阳转身看着连总，她轻轻地靠在他肩膀上，闭上眼睛，似乎要进入奇妙的梦乡。

“何阳，你压力大啊。”

连会心睁开眼睛。

“呵呵，我玩呢，就算完不成太多，我还是我，大家还是大家，社会还是社会。你以为在做原子弹，对自己都有威胁。我玩的不是释放，而是捕捉。再想想，简单看人的一生就生死两个字，我不想等死。”

“逗死了！”连会心又搂住何阳的腰，“我会帮助你的，只是你要乖哟。”

“哈哈哈。”何阳爆笑，“怎么像抱着自己的小宝宝说心里话。”

“是吗?”连会心直起腰，“我也是风吹浪打过来的，要保护你和你的劳动成果。”

何阳再次爆笑，连总的样子就像保卫家园的女战士，“你也要乖乖做三学妹哟，和老师一起完成这个新课题。”

“行啊!”连会心站起，尽管何阳说是在玩，她认为非常神圣，“从现在起，何阳老师，请把我家当成你家，让你休息工作娱乐，除了已有的两台电脑，我还会配备其他，比如我就是你的女秘书。”最后一句连会心说的极其勾人。

“哦。亲爱的女秘，你又回来了。”何阳鼓起掌，“下一个剧情是，我住在漂亮女秘家做了点小事情。”

“再下一个剧情是，我有了喜欢的男主人。”

连会心模仿着何阳的样子，决定将开心进行下去。

“我们结为了新婚小夫妻。”

“我们生了个聪明漂亮的女儿。”

连会心感觉进入了角色。

“女秘，真的吗?你身材不错，脸蛋可以，做饭也香喷喷，锅碗都不用我洗，真是福分啊。”何阳走到连会心面前，相当煽情的审视了她一番，“一定要保持住哟。”何阳吹了吹遮在她眼前的几缕头发，“昂贵的艺术品，大自然的杰作，从侧面看另有一番味道。”

连会心微笑着摆了几个姿势，女人的外型对男人有很好的诱惑力。

“何阳老师，我的美很多的，你住下了，慢慢品味吧。”

“呵呵。”何阳围着连会心转了一圈，“女秘啊，老师要让你成长的越来越漂亮。”

“咯咯咯。”连会心围着何阳跳起舞，她从小参加舞蹈班多年，基本功非常扎实，多次参加了省级演出，有个老师告诉过她，知道怎么学舞蹈吗?不是你学会了多少种舞蹈，而是学着学着要跳出风格。尽管那个老师名气不大，但最有见解。她把这句话运用于生活和工作，现在就展示在何阳面前，“心上人啊心上人，”连会心边舞边唱，“走到哪里都要在一起。”

何阳流浪这么久，知道一个艺术品无人赏识很痛苦，所以会玩遥相呼应，他跟着扭动起来，对着情歌，“不管是生是死，都要陪着你走过。”

“不要你死，只要你生，”连会心邀请何阳跳起双人舞，“因为有我在你身边。”

“哈哈哈。”情歌越对越美妙，何阳握住连会心的手，“我要跟着你，抱着你……”

第二天，两人起得很早，抢着做早餐，何阳拿起土豆说你是公司老总，工作忙又累，家务我承担。连会心淘着金黄色的小米，说做策划比我辛苦的多，不要太劳累了，在家里你是大首长，我是你的生活助理，专心做策划吧，一生中有喜欢的事情做不容易，公司我做主很轻松的。事实上，昨天有人乘她不在擅自做主。怎么可以呢？

连会心提前十分钟到办公室，思考了一会儿，开始给几个人打电话。

五分钟后，张娜娜、电工小蛮、电工的领导马枫、演讲现场工作人员王兵站在她面前。连会心也没有坐着，面对这种无视她存在的事情，她根本坐不下来，昨晚和许美美有过沟通，知道不是设备故障，而是人为事故，归在重点整治的人才隐患中。

王兵是演讲的主要负责人，一直在现场，昨天的事情也做了调查，就是演讲结束后问了小蛮几个问题。飞讯不是成千上万人的大企业，彼此熟悉的。当时小蛮在餐厅吃饭，看到王兵知道他来做什么，故意笑着请他坐下，小蛮早已想好了对策。

王兵问什么原因。小蛮回答突然断电呗。王兵又问为什么会这样。小蛮拍拍王兵的肩膀，在他看来王兵是外行，随便忽悠下就可以，于是说：“极其突然的一次断电，很多原因都可以造成这样的现象，我不是太清楚。”

王兵还想问，小蛮再次拍拍他，说演讲结束了，管那么多没用的，你忙了一天，歇一会儿吧，没有谁会关心这件事情的，我们都是小职员啊。

“连总会问，她做事情很仔细的。”

“哼！那是操闲心。一个女人家不会对电啊、设备啊感兴趣的。”

小蛮大口嚼着饭，不再想搭理王兵，他觉得王兵认真的过火了，事事都认真，人根本没法活，特别是他，他正想着用刘刚的酬劳换款 3G 手机。

“可是女总对演讲结果感兴趣。”

“真是的，演讲结果又不是你我可以控制的。别胡猜乱想，有这点时间不如找个妞玩玩。”小蛮站起洗碗去了。

王兵忧心忡忡地离开，预感到连总会找他麻烦。

一进办公室，王兵就来了个主动汇报，想推掉责任。他大声说，昨天话筒没有声音是个特殊意外，说着给小蛮使了个眼色，他非常希望小蛮能够肯定答案。小蛮仰起头四处乱望，他知道一般情况下领导要发火训话，警告不准再有下次等等，他只需要装作什么也没有听到，站一会儿，等领导发泄完了就可以离开。

“特殊？意外？”连会心冷冷地看着四个人，昨天这里有人不把她当回事，她的脸色能温暖吗？“任何事情都有原因的。”

她的声音更冷。

“昨天出现故障后电工修的。”王兵拉了拉小蛮，“小蛮，你修的，到底怎么回事？”

“一次突然断电。”

小蛮重复着昨天的回答。

“后来呢？”

连会心问。

“后来？我查原因去了，原因没有查出来。”

“再后来呢？”

连会心走近小蛮，她注意到小蛮眼神飘忽慌乱。

“再后来，我想想啊，是演讲结束了，我就回去了。”

“好的。你是一个人查原因的，还是两个人？”

“信息部的张娜娜跟着我。”

“好的。”连会心来了个漂亮的转身，一切都在按照她的步骤进行着，她相信离事实真相不远了。“张娜娜，你讲一下当时的过程。”

张娜娜说当时的情况是，话筒出了故障后，电工小蛮说要拆开设备检查，大家告诉他设备没有电了，他说要去叫另一个电工检查线路，我跟他一起去了，他没有回电工组，而是在其他几个办公室转悠，我问他这里能有电工吗？他说你怎么这么多废话，电工在哪儿我能不知道？别跟着我碍事。我没有理会他的话，说你可不可以快点，演讲就要结束了。小蛮说演讲关我什么事情，说大点飞讯关我什么事情，接着他又胡扯了一大堆，显然不是在积极处理事情。我说断电总关你的事情吧。他又拨了几个电话，然后告诉我对方关机。我就不信，难道是商量好的集体关机。接下去，演讲结束，小蛮突然不知去向。

“嗯，一次断电。”连会心看着小蛮，“谁接的线路？”

“我。”

小蛮低下头，他不敢正视连总的目光。

“电线从哪里引出来的？”

连会心继续问，她觉得谜底就要揭开。

“会场有开关。”

小蛮抬起头，忽然认为自己可以推脱掉了。

“那么开关的主线从哪里接的。”

小蛮又低头不作声，他的希望破灭了，他低估了这个年轻女人，在他的印象中，女人很懂怎么在社会里混到许多，绝对不是开关电线。

“接在配电站。”

电工的领导马枫回应了一句。

“当时配电站有其他员工吗？”

“一直有人的。”

王兵靠向连总，连总是大领导，比他思路清晰得多。

“马枫同志，当时你在哪里？”

“我在巡查岗位，知道后演讲已经结束了。”

“好的，请你和王兵现在带人去检查一下主线路，看看有没有异常，发现问题后马上给我打电话。”

两人点点头，跑了出去。

“其余人坐下在这里等着。”

小蛮坐不下，他站着都急躁，昨天弄断线后又接上，缠了个新线头，一看就明白。最多十分钟后就会来电话。

“连，连总，我想去厕所。”

“不着急的。”连总微笑，小蛮的表情说明很多，“破坏公共设施是要开除的，移交到公安机关罪名就更大了。”

小蛮听着更着急，一会儿电话来了可就迟了，他对连总说想单独谈谈，因为刘刚确实惹不起。真倒霉，刘刚为什么偏偏找自己？好后悔，为了一点钱做了不该做的事情！

连会心朝张娜娜摆摆手，让她先回办公室。张娜娜刚出去，连总的手机响了，王兵说发现新线头，是人为的破坏。连会心说知道了，各做各自的事情吧。连会心刚挂断手机，小蛮似哭非哭地说是被逼迫的，请连总从轻处罚，千万别报警，不然一家老少就会饿死的。

“坐下吧，把过程讲得详细点。”连会心坐回办公桌前，像一名威严的审判长看着小蛮，“停职罚款和公司通报批评难免。”

小蛮重点讲了刘刚收买自己的过程，说和刘刚一起说服他的还有信息部长，为了表示自己的悔改之意，小蛮退出了刘刚给他的钱。连会心如数收下，这可是让刘刚滚出飞讯的重要物证。接着让小蛮写了份事情经过，按上手印，回去听候处罚。她决定向集团汇报刘刚的行为，安排信息部长提前退休，排除潜伏在飞讯的两个重大隐患。

连会心走后，何阳在大房子里来回走动着，住了两个晚上，舒服又自在，还可以交心谈感情，如果再深入下去，真的会成为男主人，会有漂亮的小宝贝，好运气来了哎。再想想，这些天住的地方应该是王妮那儿，拿不出新产品，不好开始下一步。下一步具体是什么？呵呵，答案是走出大房子，到外面做事情，绝对不是用空想构造虚幻。

何阳向王妮申请了预约，她说从正门进来就好，都知道你是大名鼎鼎的何阳总工程师。

大名鼎鼎？名号已经叫响，来点真活儿吧。睡醒的先出发了，做事情时监督好自己的言行啊。

何阳见到王妮时，说先给她玩个魔术。王妮把工作做到了这个份上，自己的表示呢？肯定不是你快点好不好，策划很大很重要之类的话。王妮和科学院具体做产品，比他理解的要深刻。

王妮笑起来，“有意思，你的道具呢？先给看看。”

何阳来了个漂亮的旋转，说道具就是我和我的一切。

“你，我看到了，很男人。你的一切呢？”王妮交叉着双臂，抱在胸前，等着欣赏何阳的一切。“是不是也很出色？”

“呵呵，魔术各有不同。有的是瞬间变出，因为魔术师已经准备好了，有的整个魔术演完需要几个小时，一群人在准备。我的魔术呢，先来个100年之上吧，要有更多的东西做支持。”

何阳在王妮面前来回走动着，长时间静止不动会让注意力不集中，尽管那个东西很美。

“明白了，总工是要激励我们。”

王妮微笑。

“还有诚意。”何阳回眸一笑，“我决定住下了，直到新产品诞生，叫院长安排住处吧。”

王妮拉住何阳的手，请他坐下，“你不能住在这里。”王妮站在何阳背后，在他肩膀上来了个轻轻的推拿，她怕他会太激动。

“为什么？上次不这样的。”

何阳仰起脖子，他看到的是笑脸，也笑。

院长说你是整个策划的传递点，在初期固定不下来，等一切稳定了，你爱住哪里住哪里，你想到哪逛游就去哪逛游。

“行。”行家里手在一起，无需多言，院长表达的形象又生动。“院长在哪？既然对策划有兴趣，不妨一起聊聊。”

王妮笑起来，问这么急着见院长，科学院的老大哎，你以为是其他单位领导，整天想着吃起来喝起来，舒服了再往家里拿点。一堆问题、一堆事情摆在院长面前，正在真心面对。

“呵呵，什么问题？”

何阳对于某些问题很有见解的。

王妮认真地讲，都是大问题，科学的基础体现在人文关怀，比如现实残酷又冰冷，不觉得愧对温暖的太阳和纯净的天空吗？再形象点，现实生活就像一个失控的重拳，你打算死在里面吗？

何阳也认真起来，问题是很多人打不过现实，怎么办？颓废、发泄、郁闷、还是回避，流浪到现在感觉就像一次大逃亡，逃出不知谁设计出的苦海。究竟是谁？

何阳一下子把话题深入了，王妮摇摇头，回答不知道，她来到这个世界也就 20 几年。

何阳站起来，大声说：“人类的历史当然是人类写出的，是我们自己，面对这一切吧。”

“咯咯咯。”何阳的见解和他的策划一样很大很长远，她还是想回到轻松中来，“就像院长一样真心面对！”

“哈哈哈。”

王妮说近期院长会为你开一次座谈会，他正在研究新产品，又有了新进展，达到小巧方便的标准，只是成本有点高，正在想着怎么经济实用，估计几天的事情。

何阳有点意外，速度真快，他说难为你们了，科学院主要研究爆发和诞生，现在却做捕捉和聚集。

王妮解释因为了解释放，做捕捉就容易点，你找对合作方了。院长讲国际竞争激烈，要申请专利保护，他想知道你是自己做还是多家联合。

这正是何阳一直思考的。

“自己做公司，多家参与。围绕利益共享，分担风险展开合作，可以修订。”

“行，我会转达你的意思。”

王妮又有点紧张了，她在影视中见过大规模进攻，现在就是这种感觉。这是一次什么战斗？没有任何武器，却有着强大的力量在步步渗透。

“呵呵，见外了，别用转达这个词，轻松点。”何阳拉住王妮的手，“春天悄悄地来了，不可以错过美景。散步去。”

“好啊。”

春景正当时，爱上有心人。

何阳没来得及和大自然玩这场爱情，就给索特的电话约走了。何阳知道仅仅是个开始，越来越多的事情会在某个时间某个地方向他招手，他告诉自己面对，只有面对。

王妮说：“大忙人去吧，院长暂时没有给你安排房间，不等于我也这样，我的小房子可是漂亮温馨的。”

“OK，点到为止，你情你义我记住了。”

“小美女，拜拜。”

王妮微笑，目送何阳走远，他第一次叫她小美女，心里甜蜜蜜。我美吗？

索特换了个场面，这次只有谢叶、快算子、猫子、侠客。地点在索特的小型会议室，简洁又干净，空间虽小，却有外延感，光线也不错。何阳知道对方做了充足的准备，这种准备是什么？索特认为自己有侵权行为，多数人的解决办法是暴怒，你死我活，以大欺小。很正常，已经被某些权威定义为进化的方式。

索特是一个强大的公司，有社会关系，有钞票，有地位，有很多。自己呢？有什么？夜晚来临的时候，四处望望，群星闪烁。再望望身边的人和事物，看到什么？何阳想惊叫，却闭上嘴巴，小心招惹了谁，挨骂又被打。专心做自己的事情吧。

好的，何阳也有备而来。何阳的装备是这个那个，这样那样。呵呵。

何阳一进去，大喊有一个小美女和三个小酷男在等我，是不是美女少了点，这正是他友好的主题，然后依次握手。只有这样表演了，很小丑，没关系，他可不想硝烟弥漫，伤心又伤身体。

“哈哈哈。”猫子和侠客先笑起来，太搞笑了。“呵呵呵。”谢叶和快算子也笑起来。是策划师何阳先生吗？分明一个很有意思的小导演，动静不大，可带来了会场的活跃。

“何阳先生，请坐下谈。”

谢叶和手下在会议桌前坐成一排。

何阳在对面，看了看左右，两个学妹都不在，派头一时玩不起来，下次要约上她们。行了，一对四也可以玩得很好。

会议桌上有个手提小本，快算子双手放在键盘上，准备做会议记录，记录会同时传输到另一个小本上，那个小本前坐的是索特老总关子浪，他把何阳的行为理解为入侵，居然是个小职员，要是飞讯高层，他会马上宣战，让他的律师团处理。他对世纪浪子调查了一番，张诚和媚儿对何阳的策划相当迷恋，不可简单对待，不可一开始就针锋相对，他把这一思路传达给应对小组。其实他也欣赏何阳独闯天涯的个性，有他当年奋斗的影子。

快算子移了移小本，暗中把摄像头对准何阳，关老总要求看到影视效果，快算子又把视频录音调大，轻轻碰了碰谢叶的腿，示意可以开始。

何阳看了看手机，处于视频状态，他握在手中，以控制方向。

“何阳先生，”谢叶的声音很甜美，“你怎么理解你的侵权行为。”

“呵呵，”何阳想内容不好听啊，“为什么要这样想问题？能不让大脑往死路上拐吗？”

“嘿嘿嘿。”

侠客听着特幽默，他没有见过这样的谈判。

猫子碰了下他的胳膊，低声说严肃点，别给我丢人。实际上他也想笑。

“何阳先生，你必须停止你的侵权活动，停止你对世纪浪子的一系列策划，它们的策划一向由我们做。”

谢叶不再微笑，多数人听到严厉的措辞会退却。

何阳预想过这种情节，一般人的思维就是如此。一种很文明的回答是，世纪浪子和谁合作是自由的，自己给谁策划也是自由的，同样受法律保护，请勿滥用威胁的口气谈事情。另一种直接拍桌子站起，吼道：“世纪浪子都没有说三道四，闭嘴才是你的权利！”然后走人，看看索特要做什么。

何阳选择了第三种，“我停不下来，因为我不是瓜分市场，是做大市场的，我即将拥有自己的策划公司，我很愿意为索特服务，给索特的发展提点小意见做参考。”

快算子快速地敲击着键盘，QQ 头像闪出一行字：问他怎么给索特服务？是老总发来的信息。小本的影视效果非常棒，关子浪就像亲临谈判现场。现在的商界经常硝烟弥漫，有游击队有正规军，都在扩大找生路，多一个有头脑的伙伴比多一个强劲对手好得多。

何阳选择的答案，正在扩大影响力，一点一点扭转着局面。快算子也不想对他死顶硬抗，包括谢叶、猫子、侠客，现在连接口对上了，意见由不同向相同转换着。

快算子请何阳接着讲。

“OK，”何阳站起来，“时代发展的速度赶上了超音速，旧事物被新事物代替，旧规则被新规则打破。在商界，散兵游勇不断组成团队，团队希望早日成长为正规军，正规军也在联合为大型兵团，谋求更大的生存。索特在 M 市可谓异军突起，但前行的步伐有所减慢，在快速占领市场和占领哪些市场上表现一般。就像很多人，基本素质不错，走着走着归入平俗，因为他们方向不明，人云亦云。”何阳故意停住，不知这段引子能否吸引索特精英们。

谢叶和快算子互相看看，点点头，猫子和侠客也做了相同的动作。

小本的屏幕上弹出让他接着说的字样。

谢叶请何阳继续。

“要想有新的突破，就要有新的行为和生存方式。市场不只是江河湖泊，而是广阔的海洋，除了常人眼中的惊险莫测，更多的是奇妙和不可思议。我们要思考怎么把商业大船开入海洋，成长为技艺高超的航海集团，这就是对索特的策划主题。另外，我给世纪浪子的策划面对的是地球和之外的空间能源，产品也围绕着它们展开，更有生存价值和拓展意义。”

“咯咯咯。”谢叶鼓起掌，“何阳先生的话不只是风趣，饱含哲理和远见。”她看向其他三个同事。

“是啊，幽默、精辟、新颖。”

快算子听过不少策划分析，多数让他昏昏欲睡。

猫子和侠客不知该怎么表达心情，把掌声拍得特别响亮。

“大主题有了，”何阳笑呵呵地目视群雄，“接下来索特需要有漂亮新奇的开头，把百姓引入到自己的产品上，从而扩大市场。至于怎么扩大市场，需要一个充满诱惑的谋篇布局。如果索特认为我是实力派的话，本人愿意接活儿，帮助索特做大市场，做强产业。一个人做成小公司，小公司成长为大集团，大集团全球化远征，生活中有这样的例子，这不是凭运气买彩票中大奖，而是靠能力和全盘操控的头脑。我的策划是在现实中一步步做好大基础，踏实而牢靠。”

何阳把策划艺术的美展示了以后，给了索特重新认识他的机会。主动出击，让对方随着自己的思路不断深入，可以皆大欢喜。

“这个，我得请示老总。”谢叶看到屏幕上有老总的远程回复：到我办公室。“请何阳老师稍等，你们陪着好好聊聊。”

在办公室，关子浪问谢叶怎么想的。谢叶看到老总一直在笑，说何阳的想法不同寻常，逻辑感特强，思路清晰，观点新奇，公司挺需要这样的人才，不如请他做个详细的策划看看，好的话可以长期合作，没有必要再争论他和世纪浪子之间的事情，世纪浪子和他有合作，也证明了此人有点能力。

“呵呵，想到一起了。”关子浪递给谢叶一个 U 盘，“我在上面编了一点公司资料，请何阳做个小策划，你们可以保持网络沟通，行的话就展开合作，索特的速度确实有点慢，思维迟钝啊。”

谢叶回到谈判桌时，快算子、猫子、侠客围在何阳面前，交换名片，彼此介绍，希望可以多多交流成为好朋友，大有一番英雄惺惺相惜的情景。

侠客的表达很直接，说：“从小就没有愿望，现在有了，希望有一天做何阳的贴身保镖，一定比总统的牛气。”猫子乐了：“要有能耐才配得上，会攀越障碍吗？会驾驶各类交通工具吗？知道怎么应付突发事件吗？危险来了有勇气面对死亡吗？必须严格训练，这都是大学问，专心做我的跟班吧。”侠客急了，猫子说的他一样也不会，“哥，你得教我啊。”

“弟，问题哥也是不入流的货色，只能混口饭，还是何阳先生厉害，人家是要给很多人做好饭吃的。”

快算子和何阳相视大笑。

谢叶也喜欢自由活跃的感觉，工作就是要快乐轻松，畅所欲言。

大家看到她进来，自然无拘束，谢叶的笑容比以往都要灿烂，一看就知道好事临门喜洋洋，春光照人乐悠悠。

谢叶恭敬地递上名片和 U 盘，说自己负责公共关系和法律事务，并简要说明老总的意思。何阳带的名片不多，刚才已经交换，他用手机给谢叶发了个电子的。

“何阳先生，祝我们好运。”

谢叶伸出手，她知道打拼不容易，不想占用何阳太多时间。

何阳握住，很热乎，和现在的心情一样。

“好策划一定会带来好运气。双赢互利了。”

何阳没有急着做索特的策划，在街上闲逛，阳光充沛，暖暖的味道，他买了个冰激凌，甜甜的味道，看看来来往往的人群，有的是匆匆过客，有的是悠然的居住者，再望望密密麻麻的高楼大厦，修房子的人耗尽精力留下杰作，领着微薄的工资，快速离去，进行着下一个杰作，不然生存将是危机重重。住在房子里的似乎也是如此，拿着不多的银子进行着不同的杰作。哎，究竟要怎么面对不知何年何月才能还清的房贷，涨来涨去的物价，对钞票的感情渐渐超过了亲朋好友。

第二十一章　我们就是地球人，是快乐的新生代

有没有谁知道，我们驾驶着地球要飞向哪里？这算不算一个未解之迷？

呵呵，我们来了，我们就是爱玩的新生代。何阳大声唱起来，我们的解题思路是，从不愁眉苦脸看世界，自己说的话自己要做到，课本讲得没有错，做人就要做好人，做事就要做好事，自己把美好未来给实现，苦涩的海要进化成纯净的水，蓝蓝的天空中有我编织的梦，我们就是快乐的地球人，我们就是不畏艰辛的新生代。

何阳的声音越来越大，我们都是导演和演员，我们都是地球的小职员和大玩家，我们都在策划着自己和他人，只是请不要把你的愚蠢强加到我头上，我们需要一次思想到行动的联欢，需要一次心灵到身体的升级。

哥们儿，姐们儿，弟儿，妹儿，开跑了啊。

何阳回到了连会心家，傍晚时连总说学了点厨艺，要做香喷喷的饭菜等他回来。跑了一天，感觉像急行军，先在科学院的主阵地谈谈进度，再扩大到索特公司，索特态度的转变，更坚定了何阳的信念，很多东西是可以改变的，就看用什么方式，要把竞争的对方团结为自己的力量，玩得挺好。下一个阵地自然是连总家，那儿可是何阳的大后方，越来越有家的感觉，自由随意又舒服。

进去后何阳就对美食来了个风卷白云，连会心一边介绍着菜的特色，一边笑着，对她来说这就是天伦之乐，她的目标是让何阳爱上自己和自己做的一切。有些动物吃饱喝足就去安然睡觉，或是找点小娱乐消耗过多的脂肪，何阳和连会心聊起了一天的经历，因为在两人心中彼此神秘高深，做的事情一定不同寻常。连会心说看了一天报纸，最近公司很正常，那个地方没有什么激情，好羡慕你。何阳微笑，接了一个电话后，他笑得更爽朗了。

张娜娜用手机给他讲了个故事：连总的一天。

张娜娜说，有的人玩大了，就忘记了跟他卖命的好妹妹。何阳知道在说自己，没有辩解保持聆听。张娜娜又说很理解何阳在做大单，为什么不能挤点时间给她和许美美来个电话，不怕部长把她俩折磨成神经病吗，不过不用担心了，今天公司发生了一件大事情。

大事情？和连总说的不一样啊。何阳按通了手机的扬声器，他觉得闲坐了一天的连总有必要听听。

张娜娜讲，信息部长参与破坏公司公共设备给停职了，上次话筒没有声音是电工截断了线，刘刚和部长指使的。集团都来了人，要求刘刚回集团接受调查，在连总办公室炒得可凶了，刘刚还砸坏一把椅子。刘刚说连总在公司包养小男人，一上班就在办公室勾勾搭搭，他撞见了好几次，现在小男人连班都不上了，连总经常跑到外面和小男人幽会。连总大骂刘刚才是无耻小人，纠缠骚扰自己不说，还诽谤他人，就算喜欢哪个男人，也是正常恋爱。集团的人让刘刚指出具体时间和地点，刘刚说不出来，除了吼叫就是摔东西。事情越闹越大，后来刘刚的爸爸来到，扇了他几个耳光，带走了，听说那个电工正在集团接收处理呢。

当时的场面比张娜娜讲得要火爆的多，她做了一些处理，因为她知道事情和何阳有直接关系。她问知不知道刘刚说的小男人是谁？

听到这里，连会心低下头，又抬起看着何阳，目光复杂。

张娜娜说是何阳你。何阳看向连总，微笑。连会心也微笑。

忽然两人大笑。

连会心是亲身经历，刘刚绝不像张娜娜说的那样好招架，以前对于刘刚她是能忍则忍，以回避应付为策略，看来错了，一开始就回以脸色，狠狠击痛他的话，哪会有今天。她知道这次不只是感情的纠缠，不亚于一次病毒有意识的攻击，而刘刚就是携带很多病毒的人，想想这个世界很多东西携带病毒的，更为可怕的是刘刚把病毒扩散在信息部长和电工身上，引发了一系列事件。

连会心把电工写的事情经过传真给集团老总后，老总又来电询问了一些情况，派出几个刘刚不熟悉的新人去了飞讯公司。

集团的人找到刘刚说明来意，刘刚抓住一个人的领口骂道：“你是什么东西，居然敢管我的私事，还对我指手画脚。”他把那人顶在墙角，“给我滚蛋！”另外的想靠过去，却被刘刚指住鼻子，“想在集团混下去，就离我远点。”接着刘刚疯了似的跑到连会心的办公室，进门先摔了个玻璃杯。

集团来人时先给连会心打了电话，她明白刘刚是什么人，预先叫了两个保安，保安拦住刘刚，一人架住一条胳膊，但还是难以阻止刘刚乱冲乱撞。

“连会心，你太清高了，是不是把自己当成了女皇，上班期间养男宠玩男宠。”刘刚踹着可以踢到的任何东西，这些东西在他眼中就是连会心的身体，既然不能爱抚，就痛打。“要玩你玩我啊，做你奴隶都可以。”保安扭回脸大笑，强忍着没有发出声音。突然一个保安松了下手，刘刚踢翻电脑椅冲到办公桌前，他只能冲到那里了，保安又紧紧把他按住，“快，呼叫队长，这人真野兽。”

刘刚趴在办公桌上，张开大嘴，半米之处就是他爱了很久的女人，现在他充满恨意，他特别想把她咬碎，吞咽下去，看看谁再和自己争抢。

“连会心，想玩我可以天天陪着你啊，我可以用钞票给你铺地毯，还可以用豪华车队给你游玩开路，甚至可以……”

连会心看着这张怪兽般的脸，想要是能够打过你，一定请你和我的高跟鞋来个亲密接触。集团的人冲了进来，保安队长也全副武装跑来，办公室门口站满公司的职员。接下来的场面，连会心不愿意回忆下去，唯一的甜蜜就是打败了恶魔刘刚，保护了爱着的何阳。

连总的一天何阳已经明白，他转移了话题，说要成立公司了，邀请她和许美美加入，酬劳就月收入3000元之上，公司负责交各种保险，福利也会很多。

另一头，张娜娜正在卧室里，她冲到客厅，搂住妈妈说老师要做公司了，请她过去，她高兴地想哭。只是女总爱上了何阳，真的很想哭哎。

何阳挂断电话，坐到连会心身旁说用情之深。

连会心轻轻靠住何阳，对答因为有爱。

两人相视而笑，一切尽在美好中。

连会心请何阳讲一天的来去，像他这样早出晚归的人，故事一定更精彩。

何阳聊了在科学院和索特发生的事情，说要离开飞讯成立策划团队，名称叫“明子时空”策划公司，创造出自己的自由空间。

连会心点点头，预感到何阳会有这一天，对于何阳就是他的起飞，对于自己呢？做个漂亮小粉丝，追着他爱来爱去了。连会心又问具体计划是什么？何阳说围绕多方合作，共赢互利，抵抗风险，分担责任展开工作，合作方计划邀请科学院、世纪浪子、索特和密密。

“密密？连她都争取到了，她可是女人中的王中王，生存能力相当强悍。”

“是吗？感觉是个小可爱，挺好玩的。”

连会心讲了密密的故事，20 岁前吃了太多的苦，刚刚成人父母就把她一人放在国外，说是锻炼。她在那里不要命地打拼着，几次差点离开人世。知道她父母谁吗？身价过亿，在商界说话相当有分量，不比光子集团老总低。只是父母让她自己面对复杂的世界，一般的事情不可以问他们。上次我参加密密的庆功会，是因为交情不错，都帮过一点忙。

何阳点点头，眼前闪过和密密在一起的画面，绝对强悍！

“离开这个是非之地也好，真的要做公司吗？”

连会心端来热茶，边聊边品才够有情趣。

“是的。”

“咯咯咯。你好像把小女子忘记了，小女子省吃俭用还有点积蓄，我先入资 50 万，帮你注册了，你把身份证明和资料给我，这条路我熟悉，很快的。”

“哈哈哈。棒极了！谢谢你给了我第一推动力。”

“不客气。另外我把你的成绩汇报光子传媒集团，看集团有没有合作意向。”

何阳握住连会心的手，“连姐，何阳一生，四处流浪，这回找到了家。”

“咯咯咯，我不仅仅是姐啊，还是移动小女秘，漂亮小学妹。”

深夜，何阳打开索特公司的资料。索特做电子和科技类产业，和世纪浪子有相同之处，也有不同之处，原来两家公司属于互补互促型，难怪索特说他侵权。

何阳连续三个夜晚完成了索特的策划，谢叶一直在线陪着他，做商业交流，谈产品市场，讲索特的过去现在，也聊日常生活。何阳交回小策划的同时，谢叶感慨：这男人既懂得生活情调，又能吃苦耐劳，要是没有结婚的话就选择他了。

三个晚上都是整夜在工作。谢叶问他白天做什么。何阳回答公司正在注册，要加速自己的新能源策划，这是公司的第一单，要做好。谢叶又问如果索特有意合作，就是和你的公司合作了，公司都有什么人？有没有合作单位？

何阳哈哈笑着，正在召集中，欢迎索特加入，共赢共享，抵抗风险。

谢叶笑得更真诚，何阳明明就是朋友，却误会为对手，她会向老总转达他的意思。

何阳说你陪着我辛苦了，我把邀请索特加入的意向附在了策划书里，时间已很晚，要休息下，好再做事情。拜拜。

三天中，何阳跟着连总跑了成立公司的事情，何阳联系了密密，密密说在跑外，让他发个账号，先投资100万，回来详谈。第五天他俩拿回了公司的各种手续，这天就是开业第一日。

那天太阳出奇的明亮，何阳知道是因为太高兴了，看一切事物都那么好。

何阳用右手握住左手，说要互相帮助，争取在未来配备上第三、第四只手。连会心站在他身边，问这是在玩什么？何阳回答自我激励呗。连会心微笑，说我愿意做你的副手和助手，统称为其他的手。两人大笑。

何阳指住自己的大脑说："你是总司令，要会自主学习，全盘考虑，分析判断要快要准要对，指挥起来才能得心应手，我还会给你配备很多服务器的。"连会心靠过来，表情认真得就像一个女军人，"何总，我希望在你的带领下成长为最尖端的服务器。"

"连总，"何阳拍拍她，"做我的乖乖妹更有感觉。"

连会心转了转身体，凝视着何阳，说请告诉人家是什么感觉，她是很有感觉，感觉何阳是路过的小王子，被她一眼看上了。她又想起和何阳的很多情景，美滋滋的，不可以让他悄悄地溜走。

"喜欢和爱呗。"

何阳扭了扭腰，踢了踢腿，练出几个格斗的动作。

"好帅哟！漂亮的飞腿和无敌后踹。"连会心跟过去，"教教我吧，下次遇到刘刚之类的货色，一人就摆平了。"

"呵呵，我也是三脚猫功夫。"何阳又来了个大回旋，"强身健体还行。现在有了公司，要策划出超级强大的机器人为我们服务。"何阳把笑脸凑到连会心眼前，她的眼神有点迷恋，"就是外星人来了，也无所畏惧。"

"咯咯咯。"

连会心拍起小手，如果说昨天何阳还是小职员大玩家的话，现在就是大老总和自己的策划玩游戏，明天她希望何阳是离不开自己的乖乖男。

"何总，公司有了，办公地址选好没有？"

连会心觉得作为移动小女秘，要随时提醒老总事务的。

“你的大房子就不错，办公设备挺齐全。”

“哦。”

“还有我人到哪里，哪里就是办公地址，这叫做新时代的新办公方式，自由随意的现场办公。”

“哦。”

“日常生活中，我有在看地址的，公司运行正常了，选择一个适合的。”

“哦。”

“何总，现在做什么？”

连会心今天休息，比心脏还重要的人开张第一天，自己不可以不在的，再说了她也是二老板。

何阳说等着呗，不是无意义的等待，他知道王妮的电话就要来了，做一个太阳能小设备科学院花费太多时间的话，是不好做单的。

“板娘，我们溜街去。”

何阳双手插在口袋，动了动胳膊，连会心挎住。

“板娘什么意思？”

“老总的太阳呗，负责营造温馨、浪漫和温暖的。呵呵。”

连会心眨了眨眼睛，任务够重，要超预期完成。忽然一笑，看来什么职业说什么话不假，刚才的话绝对是公司术语。何阳的话风趣又有哲理，应该不只是策划吧，也许是从事多种职业的外星人在工作。嘻嘻，想哪儿了？

有了喜欢的公司，成了让人羡慕的老总，再来个全副武装，进攻庞大的商界。

第一目的地是高档时装店。连会心了解这个，带着何阳到一家名气特大的，那里有世界各地的名牌。何阳在其他城市看到过这种店铺，有一次走得很累，进去在休息椅上坐了一会儿。

连会心说随便看看，喜欢哪个试穿一下，合适的话我买单。何阳呵呵笑着，眼前的女人不只是身材性感，脸蛋漂亮，还出手大方。

“连总啊，我也有点小存款，要留在最困难的时候启动，今天的花销日后如数还你。”

“何总，怎么都行。”

何阳看了几款西装，标价相当惊人。值这个价钱吗？他问自己，答案很简单，要是一个尊贵的草包穿上不值，要是一个很有才的草根穿上会超值。自己小草系列，目前穿不起啊，我想买这买那，想痛痛快快消费，钱呢？问题是钱不好挣啊。

连会心跟在何阳左右，笑而不语，明明看到几件不错的，何阳拿起又放下，她看到他的目光多停留在价钱上，果然他拿起一件问能不能便宜点。

服务员是个穿着旗袍的年轻女子，对于此类问题老板交代过，能来这里的都不是等闲之辈，现代社会暴富的人多，看着走在人群中没有不同，人家有的是钞票。现在商业对手太多，经常会派出一些刺客在这里转悠，问一些奇怪的问题，一旦招呼不好留下话柄，就会利用网络媒体进行攻击。

“先生，”服务员双手自然下垂，恭恭敬敬站在何阳身边，“5000多元不贵的，配你这样的帅哥挺好。”她又看看连会心，“不如穿上让你女朋友感觉感觉。”

这是一套黑西装，连会心帮何阳穿上。

“先生，你的发型不怎么适合这套衣服，我来帮你修饰下。”

服务员在何阳头发上喷了点水，梳成一个大背头。这是她的独特创意，她学过一点发型艺术，很会搭配，也因此让顾客称赞，赢得很多销售单。

“真气派！何总你得改下称呼。”连会心围着他欣赏了一圈，“分明是何总统吗？比老外的高官还有型。买了！”

“呵呵，再转转吧。”

何阳脱掉。

“老总，很有个性的，特别吸引小粉丝妹妹。”

服务员在做最后的争取。

“小粉丝妹妹，你的声音真甜，你的服务很好，谢谢！”

何阳微笑着离开。

连会心跟上去，问为什么。

刚才他也问了自己，明明很喜欢，却要装作不在意。

“做策划公司仅仅是为了挣钱吗？好像是要造福世界吧。穿衣吃饭仅仅是为了玩派头吗？得会居家过日子。不管为什么，心疼呗！”

“咯咯咯。过日子？好啊。”

结果是何阳买了个小夹克和正在流行的黑裤子，一共500元，自己买的单。低调做人，高调做事，不该张扬的决不去显摆，需要张扬的一定要气势磅礴。连会心对何阳更加敬佩。

买好服装后，何阳提出了解下电子产品。

和生活联系最广泛的就是手机、电脑、电视、数码摄影等等。连会心问何阳要去哪里看，这么多东西说的她没有了方向。何阳讲不管什么产品都从低档、中档、高档三个方向考察，先看低端再看高端，好处是可以了解市场的趋势，然后判断出下一个趋势。

“有点意思。”连会心一笑，和她总结的经验相像，只是组织不出这么好的语言表达，“何总，很多东西要和你学，别觉得我笨啊。”

“呵呵，笨鸟往往一飞惊人。”

“那是笨鸟知道自己笨，一直在练飞翔。”

他俩来到最大的电子商务和高新科技区，那里能够看出城市的方方面面。

何阳要了几款手机，试用、询问、比较，像大科学家在了解产品。

服务员不这么认为，他们总觉得何阳是哪个局，或者哪个部的领导在带队工作，旁边的女人是他的跟随，因为女人总是对他的问题做出回应，有些还是专业术语。

来到电脑专区，何阳认为手提小本的电池做的不够实用，不能很好的进行野外和山区考察，野外和山区可是大资源，可以开发出大能量，推动社会前行，这不是单指挖煤开矿的简单行为。当然也能带充电设备，备用多块电池，那样就麻烦了，好产品是快捷轻便的，是发展扩大的主市场。

连会心点着头，没有谁如此有深度的谈过，包括集团老总。何阳不只是对前卫新潮有独特之处，对未知把握的也相当好，还能在现实中看清航线，准确行驶。忽然她觉得能够很好表达想说的话了，这和何阳相处有关系，潜移默化中受了影响。

何阳又说手机和电脑改变了世界的沟通方式，加快了社会前行，要是做出很多关联的控制产品帮助我们就更棒了。

连会心回应是用手机遥控东西，用电脑联动事物的意思了。我对你的创意进行了记录，一部分存在手机文档中，一部分存在我的大脑里，会在以后的工作中做出提示说明。

“呵呵，你真的做过秘书？”

何阳对连会心的领悟能力特别欣赏。

“是啊，刚到集团时就做这个。”

“呵呵，我也记着的。”

服务员终于问了一句，你俩看来看去要哪款啊？连会心站住，不知道怎么回答。

何阳说市场调研组的，先看看，产品好的话要批量订单。

“哦。多看看啊。”

连会心忍着笑，拉起何阳到数码摄影区。何阳说，在功能里加上拍出空间感强烈的立体影像，再普及开来会好玩许多。

中午，两人在面馆吃了面条，何阳对面食情有独钟，方便又可口，挺像眼前的女人，看着舒服，做事情也在行，比张娜娜和许美美要实用，当然这两个小美女不说超级无敌，也能独当一面。

连会心只是吃了一点，和何阳在一起，总感到有一种神奇的力量注入身体，兴奋着神经，不知道饥渴。她说下次我给做面条，手艺一定超过这家面馆。何阳大笑，唱道：新娘子你好啊，你做饭，我洗碗，我洗衣，你拖地，你想着我，我记着你，我四处流浪，你悄悄跟着我，在孤独中给我唱情歌……

连会心拍起小手随着节奏迎合着，何阳的情歌大胆又符合现实，让她激动感动心动。何阳的爱情表达不是强烈的身体欲望，一旦激情过去彼此腻味了，就是无话可说的结局。她不想这样，害怕这样，在何阳和她之间，她要控制好爱情的距离，就是有了婚姻也如此。

“何阳，我会爱你一生一世，我是个说到做到的女人。”

连会心想说出这句话，又没有说出来。

下午，两人来到“玩具总动员”一条街。连会心不解，何总怎么会对这个感兴趣？现在的手机电脑玩来玩去都没有意思了。何阳说感觉一样，所以要开发玩具市场，从小就对智能进行提升。生活是由点点滴滴组成，哪一个点滴也忽视不得。连会心想了想说世界上有太多的点滴，那多复杂？多麻烦？

何阳拿起遥控飞机玩了玩，回答需要掌握好尺度。看着连会心困惑的表情，大笑：“也无所谓，生活不一直这样吗？走了。”这次他拉住连会心的手，暖暖的像是要传送热流。呵呵，彼此享受了。“又不是培养所谓的人才，玩着看了。”

晚上，何阳坐在电脑前沉思。连会心站在一旁，保持安静，谁知道何总什么时间诞生新思考新策划。别人不明白这些的，自己怎么能犯傻。何阳快速地链接着网页，都是科学艺术类的，有时候点头，有时候摇头，都是普通网站，很多人浏览，没有怎样啊？莫非何阳会有出奇的想法，或是发现惊人的秘密。

“何总，这些网页除了有点趣味，看不出什么啊，就像很多小说啦影视啦。”

何阳招招手请连会心靠近点。

“你说的是娱乐吧，这种东西就图个高兴，我在捕捉商机。”

“商机？哪呢？”

连会心有点着急，自己大小也是个老总，还是看不明白。

何阳输入一个网址，跟踪很久的特大单显现。连会心看了一会儿，也就一个长期的大型招聘会。

“何总，这样的广告搜索的话有一大堆。”

何阳点了下翻页。

连会心读了主要内容，是多国合作的一个大产业，包括计算机系统与控制、航天应用和发展、超远程链接、机器人等等。

“这和我们有什么关系？你不是做新能源的吗？”

何阳站起来，四处走动，讲到这个房子很大，外面更大，新能源只是公司的一个小飞跃，要赢得更多大单，“有没有兴趣和其他国家的人玩玩去？”

“我俩吗？”

连会心摇着头，不可以不懂装懂，不然接了活儿只能着急。

“呵呵，是公司的合作方，已知的是我、你、密密、科学院、世纪浪子、索特。”

何阳精神十足，尽管跑了一天挺累的。

“哦。未知的就是光子传媒集团，明天我去集团谈谈这件事情。要是它们加入了，就是一个强大的编队，攻击指数为超级。”

何阳微笑。这只是第二个飞跃，还要不断飞跃。事情就是这样，不做的话不会存在，做的话可能存在。

要做就做最好的事情，做最好的自己，开发其他的时候先把自己开发好。他把这句话告诉了连会心，还有更深刻的，暂时保存。连会心问他，很多人连自己也做不好，怎么做机器人，做网络和控制，就不怕失控吗？

何阳清楚在这个历程中，不只是卷面答题，不只是会考 100 分的人可以做的，虽说这些人某些方面相当出色，更不是应付了事，尽管能应付自己，应付很多已经不简单。

第二十二章　新能源产品“能量子”

第二天何阳要去科学院，如他所想接到了王妮的电话，王妮说东西昨天就做好，她想了一天，不知会怎么感谢自己。何阳笑起来，太好办了，你做出了我想的，要什么我给就是，除了大房子答应你的一切，因为挣到的钱要扩大产业。

王妮也笑，没有大房子先租着住，人家在科学院还有个小房间，住三口之家没问题，我们觉得不错，也住得挺好，快快乐乐在一起多开心。

就是这样，随着成长观点和事物会发生改变。

何阳听出不少意思，他看看连会心，她在整理房子，停下说做喜欢的事情吧，永远支持你，别太劳累就好。

连会心知道何阳去见女科研员，和何阳做过事情的人，多会被他的魅力征服，比如自己和张诚。她想跟着去却不能，她应该去的地方是集团，说服老总合作，投资方向她都计划好了，何阳玩的超大超长远，集团要进行人力、设备、经济的全方位支持，在大产业中取得一定的链条，赢得控制权。

能有今天，认识何阳，不可以忘记集团老总的，老总说集团是他精神和物质的支撑，是另一个家，连会心在这个家里得到了温暖和爱。

这样呢，有利于套牢爱情，最好是深度套牢。绝对不能去科学院争风吃醋，使小性子，问何阳爱自己还是爱别的女人，他一旦陷入感情纠缠，策划要怎么做？

笨鸟练习飞翔的时候，脑子也要成长好。嘻嘻，无形中和何阳学到的。

何阳没有计算最快的行车路线，王妮给他出了个选择题，是爱情和命运。

对于爱情，一般人一开始都这样想，一生只爱一次，一生只选择一次。对于命运呢，可以选择很多种，找到一种适合自己的就行。问题是爱情和命运相互关联，绕不开啊。去早了，做不好这个难题，反而会让彼此郁闷，郁闷了怎么会有好的合作，还会影响刚刚开业的公司。何阳对自己说了一句，我用几十年的艰辛做了个命根子，千万别结不出好果子，要真心真意面对，皆大欢喜的。

何阳想了一个小创意，打开手机视频照着自己，记录了一段感恩之言。

王妮女士，你好。

第一次来科学院，感觉你像童话中神奇的小飞仙，充满未知的神秘，交往到现在，我可以肯定你就是完美女神，因为你做出了一个改变世界能源的小生命：太阳能捕获转换器。

虽说我代表不了人类，但可以代表我，我的公司，我的策划和我美好的未来。感谢你和有着太多奇妙的科学院，感谢我爱和爱我的一切。永远在一起！

然后发送给王妮，并附有一条短信：

这是我制作的小视频，在我没有到达之前你先欣赏着。

呵呵，何阳拜上。

一进科学院的大门，何阳接到王妮的视频通话请求，他正在和保安队长打招呼。

“何总工，你来了。”

“王队长，上午好。”

“哈哈。”

“呵呵。”

不是老朋友，却有老朋友的热情，这就是彼此友好尊重吧。

何阳接通请求，看到王妮笑盈盈的脸，没有早上那么复杂了。

“咯咯咯，你太有浪漫情怀了，科学院多么艰苦的地方，让你形容成了逍遥仙境。”

王妮在更大的办公室里，她刚刚升职，拥有了一个小精英群。除了平时表现出色外，何阳的策划帮了她很大忙，科学院接到何阳的策划后，认为王妮能够完成产业链接，强大了科学院的生存能力，即将获得可观的经济来源。王妮想感谢何阳，只是女孩子表达的有点含蓄。

是啊，好事物带来的好情节有很多。

“呵呵。美的诞生往往充满艰辛。”

“对啊。我升职了，办公室也换了，5楼501室。现在走到哪了?”

“楼下哟。”

王妮从窗户探出头，摆摆手，“快点上来。”

现在的办公室比原来大两倍，光线好许多，摆放了些小仪器，电脑增加为三个，王妮穿的特别成熟，不知是不是因为升职的原因。这些没有吸引何阳，他找着想要的小产品，只是有点失望。

“挺着急啊?”王妮站在窗前，阳光照在她身上，迷人的微笑，优雅的姿势，还真像个诱惑力十足的小仙子，“一会儿给你。视频里的爱我和我爱怎么理解呢?”王妮想以此引发和何阳的爱情。

何阳走过来，王妮胸前挂着个卡通小人物，在阳光里大笑。

“呵呵，我爱我的策划，我的策划离不开大自然之美，就是我爱大自然，大自然爱我，这样相亲相爱。”

何阳有意把话题说大，他无法对王妮轻许爱的诺言，两人已经不是年少轻狂，错了痛了悔恨了还有青春再来。

“咯咯咯。今天只想聊你和我。”

王妮挺了挺胸部，她对自己的曲线美很自信。

何阳没有注意到这些，他看清楚了，卡通小人物像影视中的外星生命，漂亮又奇特，很惹人爱，他轻轻拿住。

“呵呵，对它比对我俩有兴趣。”

“当然了，这就是你要的小东西。”

“呵呵。还闪光呢，会说话就更棒了。”

“它会的，”王妮把它取下亲了亲，放在何阳手中，“我给介绍了。”

小物种系列产品，就是你说的太阳能量转换器，除了好看好玩好用，能随意悬挂，照亮一个大客厅都没问题，能调节变化，有触摸操作的小屏幕，这个价格高点，但适合做宣传，也有普通便宜的，可以配套上市。

“OK，创意真不错。”

何阳挂到左胳膊，“逛街时能带着，开车呢挂到车上，办公放在身边，随时随地用了。”

王妮点点头，说还能连着电脑下载。

何阳竖起拇指，这样子更加贴近生活，说明书有没有，使用复杂吗。

“操作简单的，说明书嘛，系统自带，触摸屏幕就会知道。最大的好处是不用电池，无污染又方便。”

何阳竖起两个拇指，太有时代感了，符合策划标准，市场前景广阔，新能源革命就此启动。

“对啊，我们的合作就是天作之合。”王妮摸了摸小东西，“我给它起了个名字，叫‘能量子’。”

“真好听。”何阳轻轻地碰了碰能量子，“你长得真漂亮。”

两人似乎和亲生的小宝贝玩着。

一个构思，一个制作，小生命诞生。天赐良缘啊！

欣赏了一会儿杰作后，何阳问院长对新策划有什么新动向。

“院长知道你成立了公司，第一个新产品也做好了，想签个合同，以文本的形式确定下来。”

何阳大笑，“为了避免矛盾和模糊不清，把约定记录下来，这个好的。”

“精彩！绝妙！这么严肃的事情，轻易间成了爱情中的相约。”何阳的一言一行确实不一样，听着挺幼稚，感觉非常美好，也现实可行，这样的好男人不可以错过。“何阳，你的合同不会是情书吧。”王妮不由得随意起来，虽然院长说这次合作是命运的路口，要特别认真。

“呵呵，爱情有生离死别，会惊天动地，你轻视爱情？”

王妮震惊，刚开始还春意浓浓，漫步美景中，聊了几句怎么天寒地冻了，好强烈的风格转换。她微笑，“看来要会审美。”下一句隐藏了：我们往往做错许多，却觉得可以。

“呵呵，情书只写给有情人，合同自然就发给合作者。”

何阳打开手机文档，里面有拟定的五份合同。一份是投资金钱的，其他不管，可以议事，到时候分红就好。一份是投资技术、设备、人力等等资源，风险和利润较大，对合作进程有一定控制权。一份是两者适当结合，充分参与，有一定的话语权。一份是全权合作。一份是结合双方实际情况协商拟定。

他找出王妮的邮箱地址，按了发送，拍拍还处于欣赏中的王妮，说合同在你的电子邮箱，看看去。

“嘻嘻，什么时候发的？”

王妮走到电脑前面，移动着鼠标。

“一秒钟之前。”

何阳抬起双臂环抱在胸前，他相信选择性的合同会让各方满意。

“不会有霸王条款吧？”

王妮打开邮件前来了魅力十足的回眸。

“互利平等都知道，不一定可以做到，看看再聊。”

王妮坐下，难道何阳的合同也有新意？他这么有才，有特点，不会不是地球人吧。科学院对他的策划做了反复论证，如果做好的话，改变的不仅仅是这个世界。科学院对空间学很有研究，一直探索着外星世界，彼此这样想很正常。

何阳等了很久才听到一句话。

“我转发给院长了，很快有回复的。”

王妮伸出手，“合作快乐！科学院可能选择第三种方式。”

何阳握住，“选择适合自己的，没错。”

“咯咯咯。”

“哈哈哈。”

两人再次来到外面观赏春景，出乎意料的是天空中可以看到太阳，居然又飘起雪花，上次是何阳太忙顾不上迷恋春色。

“这次？”

王妮看着还在前行的何阳。

“小美女，跟上了。”

“来了。”人家兴致挺高的，王妮小跑几步到何阳身边，“我们这是雪中情还是雪中行？”

“呵呵，是雪中有爱，”何阳拉着王妮跑起来，“是雪中飞翔。”

也就几百米的距离，王妮停下说你的体能这么好，动作可真快，你是不是有过特殊经历，接受过超级训练。

“有的，”何阳觉得大口喘气的王妮别有风韵，“挺吸引你吧。没有强壮的身体，好多事情完不成。”

“对啊！尤其是艰巨的任务。”王妮对科学院的工作深有感悟，“我和院长说说请你做教官好吗？”

何阳抖了抖王妮身上的雪花，回答训练自己还可以。

“绿绿的柳叶上落满洁白的雪花多漂亮，”何阳转移了话题，“大自然的美可真多。”

两人手拉手走向春色中。

分别时，王妮把何阳送出很远。人家太忙了，爱情究竟要怎么办？

好想谈恋爱结夫妻，张张嘴唇又表达不出来，只好告诉你，我已经不在乎很多，能站在城市的最高处望着你就会宁静，我会在漂亮的小房间等着你，希望看到神奇的能量子时想起我的爱，它因我们诞生，因诞生而永恒。

王妮也做了精彩的视频，视频中勇敢地说了想说的话，她发到了何阳的手机上，相信何阳看了有一点点动情。

公交车上何阳欣赏了小视频，有一种感谢天地的美好，有多种表达不完的快乐，和王妮只有开始，没有结束。

一下车，何阳联系了张娜娜和许美美，正式邀请她俩加入公司，下午一上班到世纪浪子门前集合。新产品和合同都有了，何阳决定加快速度，如果张诚再讨论等待的话，就寻找下一个合作伙伴。

张娜娜和许美美也收到了合同，她俩兴奋地击掌欢呼。何阳不在，部长办理退休手续前，也没有忘记给她俩分配繁琐的业务，明摆着要往死里整，中午休息的时间都用于工作，不然怎么做完呢？离职不做吧，工作太难找，自己除了这个会什么？两人摇摇头，想苦熬着再说吧。

何阳的电话和合同突然来了，这不就是拯救者大福星吗？在何阳眼中她俩是有本领的人，在何阳身边做事情随意又痛快。

她俩居然对唱了起来：

张娜娜：太阳出来了，

许美美：星空也亮了。

张娜娜：我们就要出场了。

许美美：除了钞票，还要挣很多。

张娜娜：我是 0 号女特工，全能派的女高手。

许美美：我是 00 号女特工，最喜欢比试比试。

张娜娜：我站何大导演左边。

许美美：我站何老总右边。

张娜娜：有时候也互换角色。

许美美：我们彼此跟进、互补、无懈可击。

两人连续击掌三次，大笑。

“张娜娜，你知道吗？”许美美得意地看着大学姐，“只要帮助何阳把公司做大，我们就会身价倍长，明白什么意思吗？”

“知道，一起进退攻守了。”

“对啊。”许美美忽然有了淡淡的忧伤，“现在何阳和女总走得很近，心里有时苦苦的。这个世界真奇怪，恋爱都要分个档次和级别，不知什么时候也能成为老总，想和谁恋爱都好谈。”

张娜娜笑起来，说你不是想做老总吧，是不是爱上何阳了。

许美美仰起头，回答是女人都会爱上何阳的，女总很强，不照样给何阳迷住了。

张娜娜叹口气，许美美分析正确，“对于爱情，我已经与世无争了。”

“咯咯咯，小职员爱上了大老总。”

许美美想明白了，不属于自己的，根本得不到，就当作美好的故事，羡慕羡慕就行。

“只能移情别恋了。”

张娜娜大笑，说最好别移情别恋，别玩小女子情怀，何总导演的影视剧可是大手笔。出发吧！

世纪浪子还是 8 小时工作制，下午两点上班，时间紧迫，她俩决定先按照何总的指示完成任务，再到飞讯辞别，毕竟女总这人还好。

一点五十分，她俩见到何阳。

“头儿，分配任务吧。”

信息部长把张娜娜整的一见上司就是这句话。

“何总，我们有充分的准备，下命令吧。”

许美美很迷恋女特工的身份。

何阳微笑，说：“你们这么有气势我很高兴，这不是死板的分配，也不是一次作战，当作正在热播的影视演出，不事先排练，直接上场。

“这集的主题是：不管玩计谋，用情感，还是其他高明的方法，都要做成世纪浪子的大单。

“情节呢？就是随我而动，掌控全局。

“开始行动。”

他们直接进入张诚的办公室，没有见到女秘书，自从媚儿来了后，女秘书另有其职了。

张诚和媚儿正在商谈这件事情，媚儿认为这是个世界性大课题，技术难度大，虽然有权威科学院的可执行论证，包括制作视频，还是等着何阳做出一个新产品稳当点。

张诚反驳就是一个思路问题，如果早有这样的策划，面临的能源危机早就解决了。

媚儿强调对于新事物谨慎些好。张诚讲世纪浪子之所以快速崛起，就是凭借新事物三个字。

两人因为这点不同意见，迟迟没给何阳准确回复。

张诚有自己的主见：做何阳的策划是必然的，因为是个上升的大趋势，而且要快。可也不好不尊重媚儿的意见，毕竟人家在提示风险，风险这东西似乎哪里都存在，就看怎么操盘，谁在操盘了，只要主盘手是何阳，他就放心，他最讨厌包来包去的工程。

张诚每天都要和媚儿聊新策划，一点一点把她的疑虑消除，和自己走到一条快速穿行的路上，以应对瞬息万变的世界。说服媚儿的事情急不得，要让她彻底领悟前行路线，两人和“世纪浪子”的路还长着呢。

“老朋友，欢迎欢迎。”

张诚和何阳来了个热情拥抱。

媚儿招呼两个小学妹坐下。

“上次媚总送你回来后，说你是飞讯公司的。”

张诚省略了客套，他也希望合作有实质性进展。

何阳微微一笑，说已经离开飞讯，成立了明子时空策划公司，合作的事情就以公司的名义谈。

“哈哈哈。”张诚请何阳坐在沙发上，“更有法律意义了。”

“张总，这次来想把合作确定下来。”

张娜娜知道怎么快速进入主题，也知道何阳现在是何总，只需在关键时候表个态就好，小细节自然是她和许美美完成。

“何总的策划非常好，”媚儿抢先发表意见，“可是细节不清楚，科幻小说是吸引人，但我们卖的不是书，是实体产品。”

许美美看向张诚，张诚正在望着办公室中的机器人。“张总，你的意思呢？说出来大家再谈谈。”

现在她和张娜娜讲话做事非常成熟，能不成熟吗？只要进入飞讯公司，早熟都没问题。

“好的。”张诚走到机器人前，“先不说这个机器人可以做什么，光身上的电池问题就让我头疼，充电后能跟着我简单运动算可以的，更别幻想大规模作业了。我还是……”

“张总，你的意见很关键，请暂时保留。”听到这里，何阳明白了媚总和张总的顾虑。这次来就是要给他俩吃下定心丸。他快步到机器人前，“顺着张总的思路接着分析，机器人扫描成像要耗电，躲避移动物体要耗电，发音、走路等等每一个动作都要耗电，以普通电能存储在电池中的动能明显不足。怎么办?”

何阳看了看四周，目光聚集在他身上，成为焦点是成功的第一步。他指了指几个窗户，请学妹们把窗帘拉好，房间的光线明显暗了下来。

“注意!”何阳开始了声音聚焦，大家再次把目光投到何阳身上，“神奇的小太阳出来了。”何阳轻轻抬起左膀子，“请开灯。”何阳用的是声控功能。

“已开灯。”

能量子的头部发出夺目的光芒。

“好可爱的小玩意哟。”

媚总从沙发上弹起，冲到何阳面前，作为女人她可喜欢小饰品了。

“大家靠过来，纯正的太阳光还原，还有太阳一样的热度。”

几只手同时握住能量子，媚儿出手最快，给压在里面，她喊道，“别抢，我先拿到的。”

“呵呵，媚总先看。”何阳拍拍另外的手，“闪开了，一会儿都有看的。”

没上市就这么抢手。

“轻点嘛，你手上的细菌真不少，吃食物前先洗一洗。”

真是天下无双，科学院用尽心思，给能量子加了很多实用的功能。

“会分析问题啊?何阳，知道你新潮，哪儿买的电子小宠物，给我养几天吧。”

媚儿一见钟情。

“是啊，哪儿买的微型机器人，比公司的大机器人有意思多了。”

“哈哈。请它做个自我介绍吧。”

何阳点了点能量子的屏幕。

一个好听的声音响起：

“你们好，我叫能量子，设计者是何阳先生，出生在‘星际时空’科研院，有着特别的本领，可以自动捕获太阳能源，超强储存和释放。给大家带来光明的同时还可以对话，互动玩游戏。先介绍到这里了，经常和我玩玩，会让你笑哈哈。”

“它的能量很强大，一旦和大型机器人连接，能够让它们飞奔起来。”

何阳补充着。

媚儿激动地喊，“不可思议的好作品。张总，定单了！”

“哦，哈哈哈。”

张娜娜和许美美看得很是迷醉，犹如美妙的奇境，却明明是现实。何阳大导演的剧情越来越有吸引力，这一集的名字叫什么？

她俩互相摇了摇头。

嘻嘻，呵呵。

何阳把五份合同发给张诚，请他尽快做出选择。

张诚和媚儿一连点着头，承诺一定快起来。

何阳看了看时间，从进来到谈好也就半小时。超级快速的超级谈判成功。

媚儿询问了价钱，何阳说就像手机电脑是系列产品，这款功能多又好玩实用，比较昂贵，也有便宜的，都是用于实际生活。

张诚大笑，说只要有意思，贵点没关系，现在的人越有钱越是无聊。

媚儿对能量子是爱不释手，比对自己的小孩儿还爱上三分，她想留下它，夜深人静时好好地玩玩。

何阳说目前只有一个，要喜欢的话，就快点做起来，说完把能量子挂在胳膊上。

媚儿只好告别：“能量子，拜拜了，欢迎再来做客哟。”

第二十三章 “明子时空”策划

何阳带着小学妹离开“世纪浪子”，坐车时张娜娜说，“头儿，这单做的真痛快!”

许美美也发表了评论，“过嘴多了就是废话，拿出产品才是真道理，一举拿下两总裁。”

“美美，”张娜娜声音大起来，“不要总是迷恋导演，导演也是寻常百姓。”

“咯咯咯，我迷恋何总啊，管的着吗。切！切！切!”许美美挎住何阳的胳膊，“你不介意我这样吧，我可是小美女的。”有时候，许美美觉得做人就要敢爱敢恨，女总又怎样，不也是女人吗？比试比试再说输赢。

何阳在一公交站牌前停下。张娜娜问要去哪里，她和许美美好准备下戏份，不能再让能量子抢了主角。一个生活小工具居然比两个小美女演得出色，这怎么行。

“解散。”

何阳看着站牌上的路线，想着该坐几路车。

两个学妹一时无语，感觉像是临时雇佣。

“呵呵，公司刚成立，没有固定办公地址，有事情了，呼叫你俩就好。”

何阳做出解释，他想回连总家美美地睡一觉，暂告一个小段落，松弛下紧张的神经。

“考勤怎么计算?”

“工资怎么给?”

何阳微笑，说随呼随到为全勤，薪水每月 3000 元之上，把账号发到他手机。同样，两人也要选择合同。

“真够自由的，比在飞讯好一百倍。”

张娜娜高兴地合不上嘴巴了。

许美美感慨自由地不知该做什么了，请何阳一定要多呼叫她俩，不然对不起3000元大钞。

两个小美女朝何阳摆摆手告别，虽说在飞讯没有挣到钱，但不能不消费，她俩相约去逛超市。

何阳拥抱被子的想法没有实现，密密来电请他到飞机场接自己。

事实上，早有小车队等着密密，三辆黑色高级小轿，三个黑衣小青年，列队迎接她。他们知道密密是衣食父母，一点也马虎不得。尽管密密是单独出行，公司却暗自派人一路保护，密密给公司挣了太多，这点小事情花在她身上值。

密密说一会儿有其他人接我，你们跟着就可以。三个小青年快速钻入车中。

何阳打车到机场出口。

密密着急地四处望着，想是不是再打个电话。

何阳轻轻绕到她背后，一辆黑色小轿悄悄靠向他，一个小青年觉得何阳有异常。何阳朝密密耳边吹了口凉气，密密回头，他蹲下捂住想笑的嘴，密密拿出手机，拨出何阳的电话，何阳快速挂掉，在她耳边轻轻说，“你拨打的手机不在服务区，你呼叫的人已经来到。”

“何阳。”密密转身。“刚才是你在我耳边吹的风。”

“呵呵，你永远的机器情人前来拜访，”何阳站得笔直，“请主人使用。”

密密给逗得笑弯了腰，旅途的疲劳忽然间无影无踪，这正是她要的感觉，是让何阳接机的目的。

“现在不要你做机器情人了，”密密拉着他向前走去，天气晴朗，大地一片光明，散步笑谈轻松减压最合适，“你已经成为我的兴奋剂，几天不品尝点就急躁。”

“好的，那我就将搞笑进行下去。”何阳甩开双臂，迈起步子，大模大样冲在前面，“我给你开路，跟上啊。”

三辆黑色小轿自动编队前后相护。

“咯咯咯，能让我更快乐吗?”

何阳见密密兴致高涨，索性围着她舞动起来。

路上有人停下，这一幕生活中较为少见，看着两个年轻人活泼可爱的样子，停下的人又走开。谁会嘲笑快乐呢?何阳和密密就是有这个相同的认识，才玩儿到一起。

密密随着何阳扭动起来，何阳舞步飞旋，密密也快，何阳轻轻摇摆，密密也慢，何阳越来越快，密密终于跟不上节奏，气喘吁吁地靠住何阳的背，“长这么大，头一回这么狂热尽兴。”

何阳想想自己有过太多次，人只有走出去才会经历，才会有形形色色的机会，小丑也可以演活了，演活了就能够吸引许多。

密密休息了一会儿拉起何阳继续走着，三辆黑色小轿缓缓跟上。

何阳说：“我们好像被跟踪了。”他看了看小汽车里的三个黑衣人，黑衣人面无表情。

密密故意问：“怎么办？”

何阳认真地说：“应该不是冲你来的，你马上离开，剩下的事情自己解决。”

密密装作明白的样子点着头，故意说：“与你同在，我不走。”何阳微笑着说：“别做的和生死宣誓一样，你先撤退，我找机会溜掉。”

“咯咯咯，我以为你要战斗。”

“呵呵，”何阳看向密密，密密的言行让他感动，“今天的情况不像能够以少胜多，以弱胜强，也许车中还有武器。这样吧，你撤出 50 米，一会儿战斗打响了，我没有报警的时间，你帮我报警就好。”

“咯咯咯，你说的跟踪在哪呢？”

密密在何阳说话时，暗自朝黑衣青年做了个手势，他们快速离开。

何阳四处望望，眼前只有来往的人群，“密密，我多心了，看公司把我忙的，是该稍做休息了。”

“咯咯咯，我也挺累的。何阳，我们谁也别谈工作的事情，就快乐地玩，好吗。”

“好的。”

两人又找到了相同的节拍，密密带着何阳骑赛马、玩皮艇漂流等等惊险刺激的运动，这些都是密密在国外培养的兴趣。晚上，两人在茶楼聊起各自的公司，其实密密想去咖啡屋，但她问了何阳要去哪里，何阳喜欢茶艺，除了慢慢品尝外，还可以养生。密密就顺其所好了。

何阳谈了五种合同，密密说暂时选择第一种，最近要做的事情太多，也不想请代表参与何阳的公司，她将依据“明子时空”的动态追加资金，类似买潜力爆发股票，但不会撤资，这就要求必须保持密切联系，再就是正式聘请何阳为她的第一副总，负责解答处理重要事务。说着她让何阳打开手机蓝牙，发了个电子聘任书，纸质的随后就到。

何阳也先发去电子合同，请她看看，没有问题的话填好再发过来，近期会举行隆重的签字会。

何阳一觉醒来看到连总的微笑。

“我去集团了，你随便做点吃的，拜拜。”

“晚上见。”

何阳想再去拜访王妮，能量子堪称新时代的杰作，是科学技术飞跃的一个标志，他要和院长好好聊聊。

刚到街上，接到谢叶的电话，说猫子和侠客接他到公司正式谈合作，关子浪很欣赏他给索特的小策划。

何阳兴奋地挥了下拳头，好运气来了，好策划一定会有好运气的，他要积聚力量重拳出征了。还是那句话：皆大欢喜。

何阳说明现在的位置，同时把地址告诉了两个学妹，让她们快速靠拢。

张娜娜先来到，说只用了 19 分钟，一直在看时间。

何阳微笑，“有点敏感了，我只是不喜欢婆婆妈妈而已。”

许美美正在试穿新服装，做何总的随行人员，会见的多是大人物，要新潮漂亮才好，顺便勾勾导演的眼睛，她喜欢何阳盯着自己看，这样让她非常自信。

尽管总部有呼叫，她还是花了一分多钟抹了抹口红，才飞奔下楼拦出租车。哎，有点心疼，到何阳说的地方要几十快，但有个工作经验比她多的好友曾对她说，如果确定跟的是明主，前期投入点没关系，后面的回报大着呢。想想何阳在飞讯做信息就这样，他的明主是谁？好像是他自己，真有意思。

张娜娜说许美美到达用了 29 分钟，没有自己快，任务紧迫的话他们就走了。

“呵呵，会告诉下一个地方。”何阳看了看低着头的许美美，许美美并不想输给张娜娜，“没事的，再急也别拿生命测速度，交通安全最重要。”

“就是嘛。”许美美笑起来，“这才是好领导，知道怎么和下属交流。”

何阳大笑，稳定情绪，调动热情，开启智慧是非常关键的，哪天公司做大了，还要让她们独当一面。他把这些话极其风趣地表达出了。

她俩惊叫我们就是女总了。

“是啊，前提是要帮助公司做大做强。”何阳拿出一点钱，是在他多年的储蓄里取的，钱是不多，花在正经地方就好，他给学妹们一人一千，“以后坐个车，加班吃点东西什么的，看着花就行，花完了找我要。”

“分赃物呢!”

一张不愿意看到的大脸出现了，刘刚确实脸大，在集团受到处罚后，胸口越来越憋闷，火气越来越旺盛，从来没有这样丢过面子，还是在喜欢的女人面前，相当狼狈不堪，起因就是个小职员，他一下子叫了几十个小青年，开着车找何阳，找来找去影子都没有看到，问飞讯的眼线，说一直没来公司，那群小青年跟着刘刚没想着怎么去找，尽往大商场、豪华酒店、高级洗浴中心跑。

“刘哥，兄弟们跟着你混几天，得换身好服装啊。”

“刘哥，新开了家酒店有特色，服务员是外国妞，坐坐去。”

“刘哥，一天累了，泡泡身轻松一下，指不定哪天给关起来，什么都没有玩上。”

这群年轻人有自己的头，别说找人了，就是丢了小宠物也可以找回来，他们在城市的重要地方都有朋友，特别关注有本领的人，何阳频繁接触世纪浪子、索特高层、飞讯女总，和商界女精英密密有亲密行为，更特别的是他随意出入科学院，各行各道都玩得不错，招惹他做什么呢？再说了，何阳和一般生意人不一样，人家做的是正经事，是好事大事，不懂别搅和进去，有些小青年甚至想拜到何阳门下。老大说，人家能看上我们这群懒虫嘛，别给我丢脸去。

刘刚又是什么人，吃他点喝他点，应付应付算了。

刘刚明白了许多，觉得这些青年就是乌合之众，一天晚上热闹过后，刘刚宣布解散队伍，另找了一个实在的人跟着自己，因为实在人好骗，又做事情。

“你谁呀？离我们远点。”

以前刘刚这样的大人物，张娜娜搭句话都不敢，跟着何阳一番表演后，她胆子可大了。

“可算把你小子找到了。”刘刚双手握成拳头，互相碰撞着，就像拳击赛前的准备，“居然在连总家附近，你把她怎么了，今天老子洗了你。”

“你敢。”许美美挡在何阳面前，“你才小子呢，他现在是何总，你再满口脏话，我们就用法律维护尊严。”

刘刚大笑，说法律是什么，是把你们三个暴打一顿，赔点伤筋动骨费，警察没有好办法的。

“美美，让开，对于这种人只能用武力。”何阳冷冷地说，“今天一次性解决。”

“哥们儿，给我上。”

刘刚挥挥手，想退到一旁观望，老大嘛自然是在最后走时，朝着已经躺在地上的何阳一阵猛踹，留下几句狠话，比如下次再发现你和连总有来往，就让你长眠地下等等。

可是他的胳膊被一只强硬的手握住了，一阵一阵的疼，是猫子，猫子练过武术中的硬对硬。他回头，跟着他的小青年是看见了挥手，也抬腿了，却被侠客从背后卡住脖子，发音都困难。

侠客梦想着给何阳当保镖的事情这么快就实现了，他非常高兴。

猫子和侠客刚下车就看到这一幕，悄悄地站在一旁欣赏了刘刚的表演，关键时刻迅速出手。

刘刚看到三对二，要吃亏，朝猫子笑起来，“我和何阳的个人恩怨与兄弟你无关。”

何阳点点头，让猫子放手，自己的问题自己做好。

猫子退到一旁，许美美和张娜娜靠向他，他们见过一次面，看来真的是何阳的好朋友。

刘刚特别迷恋拳击赛，喜欢模仿上面的动作，今天这个级别叫做重量级对轻量级，自己是大块头大肌肉，一定要打得何阳口水乱吐，满地乱滚，再拍摄一段做成小视频，发给连总，彻底毁掉两人之间的美好形象。

刘刚脱掉外套扔到地上，快速在何阳四周移动步子，大喊着“啊”“哦”“哟”，他并不会找进攻点，只是想气势上压倒何阳，最好是何阳突然跪倒在地流泪认错，下贱的就像自己在给连总认错。一想到连总冷酷的样子，他似乎疯狂了，冲向何阳，想着先右手直拳，随后左手摆拳，然后右手上勾，只需三拳让何阳躺到地上来个昏睡百年。

以静制动是个好策略，何阳快速寻找着刘刚的攻击漏洞，忽然何阳不见了。

何阳弯腰一个漂亮的后扫腿，刘刚坐下，他哇哇叫着爬起来，何阳再一个前扫腿，刘刚扑倒在地，因为太想打到何阳，刘刚重心在上半身，跌的较重，他摇摇晃晃地站起来，又摔倒，想说什么却说不出来，下巴疼得要命。

何阳掏出一叠钞票，下雨式地撒向刘刚，“你的跌打损伤费。”走到傻站着的小青年身旁，在他口袋插入 100 元，“打个车送你大哥去医院，和这种人混没意思。”

猫子和侠客打开车门，何阳朝学妹们使了个眼色，进入车中。张娜娜和许美美相当震撼，失传的功夫在何阳身上发扬光大了，光明瞬间战胜了黑暗，何大导演越来越神秘了。

刘刚强忍着疼痛，有气无力地喊了一句，“我和你没完。”随后大哭起来。对于眼前的社会，对于爱情和婚姻，自己就像屡遭重创的小孩子。

关子浪召集精英迎接何阳的到来。他把何阳的小策划给精英们发了一份，说各位在索特多年，没有谁给过我这样的策划，为什么何阳先生想到的我们没有想到，人家对市场和商机的识别确实有独到之处，何阳先生马上就要到来，成为我们的合作人，欢迎大家和他交流，现场提问。

走进大型会议室时，迎接何阳他们的是微笑、注目和掌声。

“太棒了，是这种感觉，就差闪光灯。”

张娜娜兴奋了一下，从见到刘刚到进入索特，好鲜明的对比。

许美美告诉她，场面非同一般，保持严肃。

关子浪请何阳和美女跟随坐在自己身边，先发了言：“今天请来的客人是何阳先生，张娜娜女士，许美美女士。”

三个人站起致礼。

“是索特公司的合作伙伴，公司将会聘请他们进行商业策划，请各部门配合工作。有请何阳先生谈谈策划的内容，欢迎！”

掌声过后，何阳站起来，“感谢索特公司的热情接待，感谢各位精英参加合作会谈。谈到商业，首先要了解生活，知道生活的趋势和导向，不仅仅要了解城市，了解国家，也要了解世界，没有一个人不想走向世界，没有一家公司不想进入全球，目前只有一个地球，不然我相信大家的视野会更宽阔。”

有人笑起来，挺幽默的。

几个人笑起来，听着有意思。

一群人笑起来，他们都喜欢远大，从小就喜欢。

何阳接着说，“提前布局，引领时尚，产品日常大众化、经济实用化、科技功能化是现在和未来的主流。有了主流，融入大海就仅仅是时间问题。”忽然何阳看到有人举手，请他发言。

是个四十多岁的男子，问所谓的时间是指多少年，很多公司发展了几十年没有壮大反而消失了。

何阳微笑，“三岁学会走路，五岁可以跑步，十岁能够照顾自己，十五岁基本独立，二十多岁名声叫得响亮，就是对公司的成长进行观察、培养、做计划。这个一般人都会去做，不一定可以做好。呵呵，我们都在生活，不一定都会生活。我的策划还有一个优势，不是告诉员工要做什么不要做什么，是教会他们自主学习，自觉保护公司利益，自愿为公司前行拼搏。呵呵，强大的公司里一定有强大的员工，比如在座各位。”

何阳讲话时，关子浪一直看着他，这小青年策划做得好，口头表达如此厉害，功底不薄啊。他跟着说了几句：“何阳先生是出类拔萃的策划人，也是不错的人文讲师，好听又在理。听说何阳先生要成立公司，那样商界就更热闹了，不知进展怎样？”

何阳答复刚刚开业，名称是“明子时空”全方位策划公司，从人生定位导航到企业成长远行都可以接活儿。说到这儿，何阳停顿了一下，提高声音：“我愿意和索特公司展开系列合作，拟定了五种合作方式请索特总裁和代表参考。”

张娜娜站起来，从小皮包中取出资料递给关子浪。上次在世纪浪子分别后，何阳给她和许美美发了点东西，让她们打印一些，出门带上。

关子浪看了看，请张娜娜给精英们也发点。许美美望向何阳，何阳点头，许美美发起资料。

会议室非常安静，任何一种声音都能引起关注。

何阳接着说：“标准合同已经发到关总的邮箱，有兴趣的话先签个电子版的。”

在来索特的小轿车中，何阳轻按手机键盘完成这一切，他相信索特老总会喜欢的。

“好的。”关子浪微笑，会议节奏像给对方掌控了，顺其自然而又井然有序，“有何总这样的合作方，我们放心。”

何阳和关子浪握手，“把合作看作奇妙的游玩，会特别有收获。”

“哦，哈哈哈。”

会议结束的掌声热烈持久。

一般情况谈到这个份上，是要吃饭喝酒庆祝的，果然关子浪特设午宴款待。

场面很简单，就在公司的小宴会厅里，关子浪只约了谢叶和快算子，六个人围着一个小圆桌。

散会后，关子浪和何阳聊了饮食方面的文化，知道了他的一些习惯和兴趣，打电话进行了布置。

何阳坐在干净的小宴会厅，听到流行的轻音乐，聊着共同的话题，心情非常不错，在品尝到很多喜欢的菜肴时，更是感觉到了关子浪的体贴入微。好菜吃的可口，好酒何阳稍微碰个小杯，无事时可以品一品消磨时间，有事时莫贪恋。

“何总，一直感觉你是一夜崛起的?”快算子说，“我并不笨，年龄比你大，你有了自己的公司，生意火爆，我还是那点高工资。”

关子浪咳嗽了一声，自己在场不适合讨论这些。快算子能不明白吗?只是好奇心太强，难以控制，看何阳的言谈举止，在座的都和他差着一个档次。

何阳看看关子浪说：“不管谁做老总，有必要了解一点职员的情感生活，比如他们渴望什么，想学到哪些，怎么成长发展等等。关于崛起、成名、发达之类的话题，关总比我有经验，我们请他谈谈。”

关子浪笑了，这小青年说话听着就是舒服，他对何阳的故事也是强烈关注中。

“何总，我产业比你大点，可你很有潜能和开发价值，前途不可估量。”

“呵呵，再谦虚下去，快算子要着急了。我的经验是各个城市走来走去，记录生活感悟，体验时代变幻，研究人文科技，思考世界、关注未来。呵呵，就这么多。”

“哦，我以为你是远离江湖恩怨、世间情仇的独行侠，神秘又莫测，或是不喜欢人间烟火的当代宅男。”

快算子闭上嘴，谢叶推了推他，“我看何总是游戏红尘的大才子，人家的女秘一个比一个标致。”

张娜娜和许美美高兴了一下，但没有表现出来，这种场合看似随意自由，实际就是高层论坛，别说多了什么，让人耻笑。

“何总，你没有结婚吧?”

“没有。”

“有女朋友吗?”

有些小青年在艰辛中拼出了产业，却没有爱情的甜蜜，没有希望中的家。谢叶认识很多风格不同的女孩，想给何阳介绍，也许就是一段好姻缘。

“呵呵，在谈。”

“在谈？有些人是越谈越痛苦。”

“呵呵，还行。”

“咯咯咯。何总做事情无疑是大帅风度，一说个人感情就成了羞答答的小男生。”

全场大笑。

宴会在自由随意中散去，大家各有所获，工作就应该如此，高高兴兴来，快快乐乐去。何阳对学妹们说今天剧情不错，解散回家吧。

张娜娜纳闷了，说没有怎么发挥呢。

“导演，又要休息。”许美美有点郁闷，“你去哪儿？我俩闲得发慌，一起走吧。”

何阳大笑，让她们好好珍惜自由，会越来越忙的。

“最近何总爱上了独自漂流，我们逛商场吧。”

许美美挽住张娜娜的胳膊。

“又去消费？你是购物狂吗？”

“咯咯咯。走了。”

她俩朝何阳摆摆手离开。

何阳认为，既然有了公司，就要让它运行得快速高效。下一站是哪里呢？世纪浪子和索特已经谈好，密密也拿到了合同，光子传媒集团有连总，就剩下科学院了，得和院长好好聊聊，争取今天也拿下。呵呵，有王妮在只能一个人去。

王妮和院长就在一起，他俩对何阳的合同做着最后的研究，正巧何阳要来，院长叫王妮接他过来。

路上王妮介绍了院长，院长姓毛名枫，四十多岁，多次获过科技大奖，有发明专利，出版过一些科普作品，对宇宙学有独特的理解，喜欢结交能人异士，看到他策划的新能源产品后，说了五个字：酷爱，有价值。一直想约见，认为研发出新产品后见面更有意义。

“毛院长是科学家，更是实干家。”

王妮牵住何阳的手，出来时院长讲何阳来拜访，突然非常踏实，现在王妮也是这种感觉。

何阳感叹这才是新时代应该崇敬的英雄。

毛枫已经出门相迎，他特意脱掉工作服，这次见面的重点不是谈工作而是交朋友，一生中有一个互相激励、共同进步的好朋友难得啊。

何阳加快脚步，握住毛枫的手，“能认识院长是何阳的福气。”

“和何总合作一定好运常来。”

进到办公室后，两人面对面坐下。

“多年来，我们一直在关注家园。”毛枫觉得这样的话题才配得上何阳的策划，“能源日益枯竭，它们可是地球经历了多少次巨变，积聚了多少亿年才形成的。更迫切的问题是，从大到小的污染一直恶化着环境和我们的健康，这个过程就像人吸烟，潜移默化中寿命缩短了，吸烟的话狠狠心可以戒掉，能量不能不用啊，不然怎么发展。”

“对啊，问题很大，要解决好，不只是改善缓解，必须根治。”王妮微笑，“何阳的策划是新能源的连续升级，更是长久的综合治理。”

“正确!”毛枫站起来，“是对全球能源环境系统的优化组合，有点像史前生命大爆发。”

“特别有挑战性、创造性、实用性。”

王妮做了补充。

“呵呵。”何阳也站起来，“还有商业性，毕竟是经济支撑的社会，市场推广占有这个环节少不了。”

毛枫跟着大笑，既然是系统，自然环环相扣了。

王妮接着说，“这是个复杂的大系统，是个未知的大学问，一定要考虑充分。”

何阳欣赏着王妮的解说，又看了看毛枫，微笑，“其实也简单，要虚心求教。”

“是啊，”王妮大笑，“我们不骄傲自大的，一直在和何总你真诚求学啊。”

“对对，学习不分大小，不分尊贵贫穷，不分你我，科学院有强势也有弱势，我们的弱势恰恰是何阳先生的强势，我们强强联手，一定可以成功。”

“哈哈哈。你们讲得挺好，不过不是向我请教，是向自然万物，它们从无到有的生命系统是大学问，有循环有新生等等，它们就是我们的好老师。”

毛枫和王妮相互看了看，同时竖起大拇指。

“我你她还是大自然生出来的，”何阳拍拍毛枫和王妮的肩膀，“更大更远来讲，它们就是父母亲，多年来向大自然索取得太多了，自己却没有新的上进。”

“所以你带着策划来了。”

王妮轻轻牵住何阳的手。

“准确地说是我们都来了，我的首要任务是找到你们，普遍联系很多，做好新策划和新产品，让生活更快乐。”

“呵呵，飞行了一圈又回到大产业上了，现在聊聊合同吧。”

毛枫做了个简短的分析：他认为科学院没有大量的人力物力，强势在于技术，申请专利保护的话，用上科学院和何阳的“明子时空”，主要代表是毛枫、王妮和何阳。

何阳说完全可以。

王妮也赞同。

毛枫得到同意后，说科学院选择第三种：人力物力适当结合，充分参与的方式，并对电子合同进行了现场签字，纸质合同另外约定时间地点。

何阳和毛枫没有想到正式合作如此之快，这不就是心有所属，一拍即合吗。王妮觉得很正常，第一次打交道，彼此有点顾虑说明谨慎小心，一旦把话讲到明处，把事情做到明处，朦胧的云雾自然散开，也知道自己处在两人中间，明白各方的意思和心态，做了很多沟通。其实有了好种子，开花结果很自然。

晚宴只有何阳和王妮，院长说有太多事情等着自己，和时间比赛我们一直很弱。院长看出两个年轻人的关系，一个为崇高的事业执著，一个用艰辛创造着奇迹，两人正在彼此欣赏、互相激励中，他不可以影响爱情的延续，自己也去热闹，风景能好看吗？该说的说了，想想下一个产品怎么做才是王道，从策划看产品是个系列群，系列群又构成系统，一生可以做完吗？为什么总要留给新一代？在全球的大竞技中，新一代面临的问题更多更复杂。

说到晚宴，就是王妮请何阳吃烧烤，以前一个人吃，只能品尝到美味，来回的路上却有点苦涩，单飞的日子越来越无聊，偶尔也会对异常亲密的男女看一会儿，因为他和她的关系很难知道，是情人？哪种关系的情人？夫妻？哪种意义的夫妻？看着这一切，无法知道的是如果有了男友，他做过几次特别的情人和夫妻？抗争吧，怎么抗争？越抗争越是孤独无助。只好顺应潮流了，可是潮流怎么成了这样子？逆潮而上吧，一个人的话潮流会把我淹没，滚滚红尘啊，你什么时候退潮呢？

咯咯咯，何阳来了，带来了全新的感觉，还陪着吃烧烤。

“你的策划成功了，刚接你活儿时不是很有胜算。”

王妮递给何阳一条烤得娇嫩的无刺鱼。

何阳微笑，说开了个好头吧，一件好的事情一个人做困难太多，加上一个好的群体，再加上一群身怀绝技的群体，没有到达不了的地方。说完他开始吃鱼，多少年来，鱼类不断更新换代，掌握着新的本领，多数是为了捕食和逃生，进化到现在，如果没有大突变的话，海洋似乎成为它们永远的家。

王妮入迷地听着何阳分析了鱼类的前世、今生和未来，他的话简洁又富有哲理，看似概括，实际充满无限想象。

“再看看我们。”

“我们?”

王妮停止吃鱼，望望四周，一片安详，有小声说笑的，有大吃大嚼的，进进出出都很有秩序。

“呵呵，不是指这里。”

“咯咯咯，那就是我和你了，我可喜欢听你说我们了，你说我听。”

现在王妮只关心两件事，策划和爱情。

何阳大笑，说是从鱼类成长来看人类成长。

王妮又开始吃鱼，这个话题更有意思，别人不一定能讲好，自己也不一定想听，何阳的就不一样了，新颖又有趣。

“没有什么了，就是个生命、家园和时空的问题。”

王妮没有接话，吃完鱼，说明白了，现在你最爱的就是策划，在策划中有问题的答案。

“呵呵，这是无法回避的课题，总得有生命去思考，比如我们，相信还有其他生命在求解。”

王妮拿起果汁，递给何阳一瓶，说：“幸好我也是研究科学的，不然对不上你的话。地球在浩瀚星空中不稀罕，从个头看还挺小，科学技术引发了我们对生命、家园、时空的新思考，最为直接的就是生死之间，只是大多时候我们在上学、工作、婚姻和家庭中奔波，为钞票、房子、汽车等等拼搏，不得不忽略很多，特别是那些很长远，一时半刻难以解决的，目前最为重要的就是生老病死。”

何阳不由得竖起大拇指，人类为了解决此类问题，开始试着制作机器人、多功能网络等等。

"普通人不会这么深刻。"

"小美女，你普通吗?"

王妮又要了几个海产品，问自己美在哪里。

"吃东西的样子就很可爱，"何阳退后几步，拿出手机开启视频，"请随意，就当作我不在你身边，我会保存起来随时感受你的魅力。"

"好啊，我什么魅力?"

"如果我有成千上万的自己，愿意用九千九百九十九个我给你服务。"

"咯咯咯。"

王妮知道只是美妙的想象，可是爱听，而且已经上瘾。

"还有一个你呢?"

"呵呵，你猜。"

"不猜的，我只要现在的你。"

"呵呵。我来了!"

相信你会爱上我，爱上我的作品，爱上我的一切。

晚宴简单却别有风味，谈话风趣又意味深长。

何阳做了这样的晚宴总结，王妮要求的，因为她越来越讨厌自恋，自己感觉很美好，心上人却特无聊。

"还有呢?"

"该你总结了。嘻嘻。"

"算了，回家。"

忽然，王妮觉得在何阳面前没有勇气表达，还是轻松玩乐的好。

何阳拦住她，微笑。

"人家爱听。"

王妮低头也在笑，她左右闪了闪，奇特的是何阳居然走出和她一样的步伐。

王妮又抬头，她真的太普通，不然她会散发出浓浓的爱意将何阳包围，然后封闭所有出口。她眨动着眼睛，希望何阳可以看出这些爱情密码，说出迷醉了多少男女的三个字。

何阳很天真地看着她，等他来说不会是漫漫长夜吧，算了。

"就说眼前了，我想谈情说爱比生死重要。"王妮居然抬了抬何阳的下巴，笑着跑开，"快来，追我呀。"

十点多何阳回到连总家，自从在这里住下，他就很迷恋，先不谈房子的舒适，和陆续配备的办公系统，总可以看到一张笑脸，今天也一样，可是何阳感觉连总有淡淡的忧思。人嘛，面对庞大的社会，面对形形色色的人群，喜怒哀乐很正常。

连会心正在跟着一支情歌哼唱，最近她关注的多是爱情类信息，上网浏览的新闻影视，也是这方面居多。是啊，随着成长，需求日益丰富多彩，可惜市场不能很好满足。

何阳一进门她就牵住他的手，一起坐到松软的沙发上，今天是有事情让她担心，但不想影响何阳的情绪，因为他明天要出席合作会谈。

“何总，恭喜你有了新的成绩，光子传媒集团明天要召开发展会议，对集团进行新的部署，很多领导参加，有些事务繁忙来不了的会远程进行，会议主题就是你的新策划。”

何阳站起，鼓掌。

“行，我知道应该做什么。谢谢了。”

连会心跟着站起来，说还有你不知道的，刘刚也参加，他被打的事情在集团传开了。真想不到，你会擒拿格斗，什么时候学的真功夫。

何阳拉着连会心坐回到沙发，讲有一段时间很迷恋武术，就学了点皮毛，出门在外用得上。

连会心点点头，刘刚这种大块头人家都能轻易对付，绝对不是花架子，新能源那么大的事情人家可以策划出，肯定不只是一个书生。不过，刘刚加上他的老爸，也不是好应付的，她说出了担忧，他们在集团有一帮人，明天会上演小群体对抗，问何阳有没有什么良策。

何阳想在科学院还可以摆正心态，怎么一到社会上？看来追求的不同直接主导着未来啊。呵呵，多数人追求什么？又能是什么，拿钱说话做事管用啊，如果钞票男是老大的话，很多人只是小弟。

何阳很想揪住社会的领口，说你怎样我管不着，只是也别总想着咬我。

何阳微笑，“皆大欢喜呗。”

“咯咯咯，这是一个好策略，好结果。”

怎么皆大欢喜，连会心没有追问，何阳的话让她暂时有了方向感，她也有个小计划，事情因自己而起，为了保护何阳和策划，与刘刚拼了都行。再想想，生死之外是什么，是对何阳的一往情深。

清晨六点，连会心到体育馆做热身运动，好刺激机能快速运行，达到一个高峰，以此应对今天的会谈。自从见到何阳，她就有一点兴奋，看了他的自荐书和管理策划后，是非常兴奋，知道他做世纪浪子的大单后特别兴奋，现在集团要做他的新策划，她无法形容喜悦。集团最高层方总也是这样的心情：兴奋啊！他和连会心一谈到何阳的策划，声音自然变大，反复讨论到现在依然是持续的兴奋。

“连会心，很奇妙的感受，这些日子精力超级旺盛。”

方总微笑。

“我也是，就像给注入了永不枯竭的能量。”

连会心做了个小比喻。

“呵呵，是何总的策划影响了我们。”方总望了望远处，“路漫漫而心灵先行，这个好。”

“方总，你说的是精神动力吧。”

连会心用两种语言做了一种表达，跟着方总多年，两人总是能够想到一块。

方总大笑，说这次要把相对应的物质做出来。会谈的时候，可能会发生某种意外，不管哪种意外都要定下策划大单，集团这边我来部署，把意外降到最低，何阳交给你了，不可以让人家受到伤害，刘刚就是一个例子，幸好索特来了人。

连会心点头，这次除了女秘兼职女保镖，争取成为功能强大的护卫舰。

连会心回到家中，何阳做好了早饭，两人美餐一顿，连会心说会场已经布置，你要不要准备什么，大级别的会议和大级别的人物都爱好来这个。

何阳大大咧咧拉开门，“三学妹，精彩好戏，欣赏就行。”

“演戏？何导，这次你是核心人物，是大主角哎。”

何阳快速下楼，连会心快速跟进。

从家门出来，推开另一个门，气氛完全不同。

大会议厅，大气派，大场面，最大的特点就是人多，多是高层和精英，包括几个领导，何阳扫了一眼职务牌，省级市级的都有。

呵呵，何阳穿行于各个城市，经常面对的是人潮和人群，比这壮观，此情此景很平常。彼此尊重，彼此友好洽谈，就接着来，没有机缘的话自己走人，另找合作方，这就是人人羡慕的好聚好散。何阳理解为，一切尽在随意掌控中。

连会心把他引到一个位置坐下，职务牌上写的什么没有看，那些东西说明不了问题，倒是左右很重要，连会心在右边，左边空着，连会心说是集团老大方总，就要来了，他一进入会场就正式开始。

有人用力咳嗽了几声，何阳看了看，是刘刚，下巴还有点乌青，他伸出手朝何阳勾了勾小拇指。连会心挡住何阳的视线，关键时刻别情绪大波动，影响了全局。

“何总，有些人不想看就别看了。”

何阳微笑，有些时候自己做出的事情自己都不想看。

“你好，何总。”

再次有人伸出手。

“是集团方总。”

连会心介绍。

何阳握住，“方总，你好。”

“初次见面，就是会谈，不觉得突然吧。”

方总微笑。

“呵呵，挺好。”

“会议开始！”方总面向大家，“大主题是面向新机遇，迎接新挑战，真诚合作，互利双赢，风险共担。小主题是何阳先生的新能源策划，内容提前发到代表手中了，现在展开讨论。谢谢！”

来之前，连会心说为了减少繁琐的步骤，方总发言完毕不是领导讲话了，是她和何阳，某领导头儿说过，这次会议主要是旁听，现场感受一次新时代的新风貌，官方对这个利国利民的策划相当看好，必要时会提供方便快捷。

连会心站起，讲集团的衣食父母是百姓，是新的思路和市场突破，是全球性战略，而何总的策划非常有针对性，有请何总谈谈合作意向。

何阳起立鞠了一躬，说新能源策划是依据日常生活生产定制的，也就是达到精神文化和物质所需的统一，达到科技产品与自然万物的完美组合。策划中的产品，要求美观实用又能互娱互动，可以体验学习和劳动的乐趣，这个基础根植在民众中间，市场牢固广泛，商业价值、人文价值和知识价值难以用一般单位计算。

比如这个刚刚诞生的小生命，何阳抬起胳膊，轻轻触摸了下能量子，会议厅中闪出夺目光芒。

“呵，什么宝贝？”

“比夜明珠要耀眼的多。”

人们展开评论。

“太亮了吧，多像空中的小太阳。”

几个人走到何阳身边，另一些人站起也准备过去。

“为了不影响会议进行，请各位暂时回到座位，听何阳先生继续讲解。”

方总喊话。

大家陆续坐好。

何阳接着说：“它叫能量子，就是利用吸收、存储和释放太阳能的原理，做出的移动式太阳能产品，可以代替电能灯泡，安全方便，能够长期使用，发光仅仅是一个小功能。”

“咯咯咯。”某女士走到何阳身边，眼神相当痴迷，“好可爱的小宠物哟。”她碰了碰能量子，“宝贝，亲一下。”

大厅发出奇特的声音，“小美女，别用力压我的保护屏好吗？”

“快来看，它会说话。”

女士取下能量子。

“轻点好吗？很疼的。”

“咯咯咯，你会撒娇？还会做什么？”女士把能量子放到会议桌上，“会走路吗？”

女士旁边围起人群，方总笑呵呵地欣赏着，这一切太好看了。

“我最拿手的是飞奔。”

能量子迈开步子跑起来。

“好绝妙啊！谁的作品？”

“何总的呗！”

现在的连会心是超级兴奋。

“能量子，飞起来。”

何阳喊道，既然玩起来了，就玩得尽兴，既然表演，就演点特技，既然活着，就活得精彩。一闲下来何阳就了解能量子的功能，把自己设置为唯一使用者，还在开发里做了点小程序，比如自动识别男女，进行风趣式对话，丰富了出厂的功能。

能量子来了个漂亮的悬浮，看到何阳招手，飞回到他手中。

人群又安静下来，方总请各位再次坐好。

“何总，能量子就是个先进的小型机器人嘛。呵呵，有意思。”

方总做了总结。

“是的。不同人眼中它有不同名称，可以叫做电子宠物、开心小助手等等，学名呢还是能量子。”

有人询问价钱，会不会卖到几十万上百万，毕竟是从未有过的新事物。

何阳说能量子是个系列产品，针对不同人群有相应的价位，主要面向的是广大群众。

又有人说只要上市，绝对轰动全球，什么时候能买到。

何阳回答合作顺利的话，超级快。

“好的。新产品先介绍到这里，谢谢何总。”方总发言，“下面就是会谈中的合同问题，何总给了五种参考意见，我宣布集团经过慎重决策，采用全权合作的方式。”

“我不同意!”

刘刚站起来。

他和老爸也看到了精彩一幕，何阳的产品让他俩震惊，但何阳对刘刚的行为让他俩恼怒，他俩趁着乱哄哄的场面，拟定了个小策动。刘刚的老爸说：“看来大局已定，何阳得到不少民意，还有来的几个领导，看的只知道呵呵笑了，虽说有一个是我请来的，怕是帮不了忙了，为了保存在集团的实力，你一人揽下局就行，不能让方总和其他高层以为咱们是软蛋，有机会了再大行动吧。”

“为什么?”

连会心挺身相对。

“要得到大家同意才可以。”

“之前做过网络投票，通过了。”

“还要现场来一次。”

方总请连会心坐下，说很多事情分着主与次，对和错，符合百姓生活的是主流，是对的。明子时空公司的策划不单纯是正确的，还是百年大业，有不同意见的请起立，不想参与的自由离开，离开人数若超过一半，此次会议无效，择期再谈。

大家没有动，就刘刚一人站着，他再次喊道，“这是人多欺负人少的，是强权是霸道。”

连会心用更大的声音压过去，“是什么与会代表们比你清楚，包括集团的远程代表。”连会心指着几个悬挂式屏幕，“他们举的牌子是赞同。”

“连总，”刘刚摇了摇头，她这样子让他特别刺激，“为什么总是这样对我。”

刘刚的老爸就在他身边，他不明白儿子怎么总是爱和一个女人纠缠，面子越丢越大，他踢了踢刘刚的腿，低声说，“离开会场。”

刘刚走了出去。

光子传媒的庆祝堪称百人宴会，场面比会议更排场。

微笑、举杯、自由论谈。

吃喝结束了呢？不可以是自我陶醉，幻想财富就要来临。一旦激发了热情，启动超值成长计划，谁也无法阻止前行，包括任何一种干扰。

第二天下午五点之前，何阳收齐了电子合同，签字返回各方。

他大致做了如下排列：

密密选择第一种：投资金钱，可以议事，分红为主。

世纪浪子选择第二种：投资技术、设备、人力等等资源，风险和利润较大，对合作进程有一定控制权。

科学院选择第三种：上述两者适当结合，充分参与。

光子传媒集团选择第四种：全方位合作。

索特选择第五种：结合实际，协商拟定。

索特和何阳沟通后，适当加入自己的要求，何阳通过后签了字。

“可以轻松几天了吧。”连会心看着何阳，他眼里血丝很多，“千万别玩过劳死啊，那太愚蠢，世界并不是连续生产的工厂。”她来飞讯没有休过假，这次计划和何阳去，“明天一起外地旅游去。”

“呵呵，目前这个世界真就这样，钱成了主要生产力，用钞票做产业推动前行不如用心灵，当然还有更好的。就说住房吧，如果不是购买的话，问题早就解决了，还比现在的漂亮实用，如今除了房车，我们还有多少追求，很多东西被白白耗掉了，市场引发了竞争，也带来限制、矛盾和突围！哈哈哈。一堆又一堆问题，一次又一次面对。”

“经典哎，好深刻。都在寻找外星人，不会是你吧。”

“不管哪里人，做好自己就行。”

“咯咯咯，你已经特别有性格了。任务很多很重要，忙了一阵子，我邀请你明天去外地游玩。”

“好啊，我挺喜欢休闲的。可是明天?”

几分钟前，张娜娜和许美美来电说闲极无聊，无事可做，不想再面对家中四壁，和那几张熟悉的面孔，家人怀疑她俩处于失业中。何阳回复艰巨的任务即将展开，暂时没事的话出来享受下阳光的滋润，薪水预先从网上银行到账，能够挣到钱，家里的问题就解决了。两个学妹暗自高兴，这不就是消失了的明主吗，一定要死心塌地。

“后天吧。”

连会心微笑。

“预计一个星期后可以。”

“天啊，为什么我的假期一拖再拖。”

何阳大笑，说一个星期后，我和合作方要去捕捉新商机，开拓新市场。

“我知道，是去R市做特大单。去之前，先来个度假多好。”

“呵呵，一边做单，一边度假，两全其美。更好!”

“咯咯咯。”连会心过来和何阳击掌，“谈谈计划吧。”

何阳讲在星海大厦租有会议室，明天邀请密密、世纪浪子、科学院、索特、光子传媒到那里签订纸质合同，顺便部署特大单的工作。现在请连总帮忙发下邀请函，我再想一下特大单的相关事务。

“OK!”连会心越来越迷恋何阳的一举一动，“我的超级大首长。”

半小时后，连会心驾车出发了，何阳来到附近一个小公园里。天气不错，微风，偶有几片云彩点缀，阳光充沛，何阳的快乐指数直线上升，他走到小湖边的一块石头上坐下，面对地球的大供给方太阳，导演了精彩一幕：

“神奇的小太阳，没有你就没有我们，除了崇敬更多的是热爱，热爱你诞生的一切。”

何阳又把自己当作太阳：“我听到了，在生命成长中，快乐很重要，没有快乐学习工作会很痛苦。呵呵。”

何阳说：“是的，坏情绪会让我们很抵触，很憋闷，很失败。”

“对啊，每天在这里环绕，看到了太多巨变。”

何阳说：“你指的是历史吧，有课本的。我也看过，很惭愧!”

“呵呵，现实已经如此。”

何阳说：“悔恨时我们才会安静下来，想想过去，更多的是自大和无知。”

"那知道怎么去生活了。"

何阳说："明白。"

何阳看着太阳微笑，享受着微风的轻抚，欣赏着云彩的变幻，还有蓝蓝的天空。

"大自然，我爱你们。"

何阳的激情瞬间爆发，渐渐又平静下来，他把刚才的对话，看作一次和心灵的交流，结果是神清气爽，医学上叫做吐出垃圾，吸入养料。

更加艰辛的历程开始了，经常做做激励运动利于成长。

何阳仰起头，星空大而奇妙，有着不会枯竭的能源能量，要是可以采集储存就棒级了。呵呵，只要去做，一定会有办法。比如，多数人把星球爆发看作死亡的过程，觉得会吞噬很多物质，要是能够把它的能量捕捉，转换分解给其他物种和物体，比如机器人，死亡就变得奇妙。呵呵，有点意思，这就是远程战略的问题了，现实吗？很现实，王妮她们的科学院正在做着。

想想目前要做的，必须拿下特大单，再近一点，就是明天的事务洽谈，相信各方深感兴趣。

何阳站起来，想到其他地方看看。张娜娜来电说和许美美在街上，越逛越无聊，就像逃学那会儿，根本不知道该做什么，真没意思。

何阳大笑，说："到春子公园门口见面，和他去看看预定好的会场。"

何阳刚刚走出公园，学妹们就向他招手了。

何阳跑过去，"靓妞们，这么快？呵呵，是不是长出翅膀飞来的。"

"是啊，"许美美张开双臂扑腾了几下，"猎鹰的速度。"何阳幽默的表情，幽默的话，让她也想幽默一下。

"没有啦，我们又不是鸟类。我俩听说你和连总同居了，一早就在她家附近转悠，希望遇到你。"

张娜娜说："因为这事情她和许美美痛哭了一场，彼此安慰着，现在稍微好点。"

"连总？同居？呵呵，一起住而已。"何阳拉住她俩的手，"办公地方都是临时租用，边走边聊吧。"

何阳在星海大厦的最高层租用了一个大会议室，服务员把他们带过去，说按照何阳先生的要求安排好了，有大型会议桌椅，和方便实用的办公设备，另准备签字笔多支。

何阳点点头，会场布置的简洁干净，空间感层次感都挺好，光线也行。至于坐的位置，何阳认为每个人都有喜欢的地方，知道坐哪里合适，随意了。

果然，进入会场后，大家三五一群坐的很舒适，方总和连会心，张诚和媚儿，毛枫和王妮，索特的人多点，关子浪和特别事务小组的成员，密密一个人，自然而然坐在了何阳身边。张娜娜、许美美是服务员兼办事员，两人站着，等待何阳的指示。

还有几位特别的客人，是电视、广播、报纸、网络传媒的工作者。

特大单的发起方源于网络，网名为云游客的人几个月前发了："谁将影响地球"的帖子，内容是科技电子类产品和各种各样的机器人，它们就是未来世界的主流。很快成千上万的跟帖、转载、议论，媒体开始关注，有机构认为主题远大、意义深刻，决定面对世界广招合作者，加速这一进程，甚至有人喊道：未来世界，人机联手，超级无敌。

接着各大媒体追踪报道，强势宣传，产生了相当好的国际影响，也引来外国朋友的投资合作。呵呵，兴趣点一旦找到，快乐大家园会提前来到。

何阳更是时刻关注动态，发展到现在已经是"未来高科"集团。

签字仪式完成后，何阳提了此事，各合作方对特大单早已跃跃欲试，提议快速得到响应，相当卖座。

很快有人提出谁做老大，远征军要有统领的，马上有人又说都是强龙，谁做呢？另一个人发言了，简单得很，抓纸球吧，哪方抓住老大，哪方的老总就是老大。

说远征军的那人反驳，你以为是大规模混战。抓纸球的回敬了一句，抓住是人家命好，有运气。

大家的眼球随着两个人转来转去，真是搞笑！

连会心站起来，"都别吵。"

何阳想，好好的一件事情，越来越像闹剧了。

他拍了拍连会心请她坐下，大声讲："这不是儿戏，也不是赌局，是命运，是一个凭借实力和头脑取胜的大命运，轻视不得。这样子，各方说明自家的优势、特点，最后讨论谁做老大。"

连会心先发了言，方总讲了集团的意思，请她转达一下：光子传媒只是想赢单，然后制作。

媚总看了看张诚，张诚点点头，"我们投资设备、人力等等资源。"

索特代表谢叶说，“参与单位很多，我们有自知之明，我们不是很能连接好各方的关系，索特派出的队伍是特别事务应对小组，强项是公共意识、法律事务、侦查和保护，各方一定有这方面的需求，我们会依此分取利润，也包括其他事务参与。”

毛枫和王妮的意思是做技术攻关。

密密表示何阳做最合适，他是全才。各方都很强大，能在一起合作堪称奇迹了，这个奇迹是何阳做好的，他是大单策划发起人，我们只是参与方。

何阳微笑，他再次成了焦点，是焦点就要有好的内容，“大家除了特大单，还做着其他产业，我的主业就是特大单，会有更多时间精力去完成，我对大单跟踪了很长时间，了解较多，那我就自荐一次，做东家了。”

“欢迎，欢迎。”

密密和连会心站起来。

掌声，闪光灯，叫好声。

人生得意有几次？我自挥笔点时空。

该尽欢时就尽欢，请你猜猜我是谁？来做什么？

连会心说我们也成立个集团，去了别让对方比下去。

何阳接住她的话，“就把‘明子时空’公司做成‘明子时空’集团，好吗？”

呵呵，他和连会心不是小夫妻，却比小夫妻要默契。

连会心表示这个活儿她接了。

密密大笑，风趣地说，“要想用‘未来高科’穿越‘明子时空’，做点好产品再说。”

“对，用产品来说话，去穿越。”

“是啊，这次不是科幻影视。”

“也不是对攻，是友好合作。”

“哈哈哈。”

“下星期一出发，现在肚子饿了，吃饭去吧。”

何阳喊道，他就喜欢这个自由随意劲。

第二十四章　特大单

R市是个国际型大都市，经济一直处于爆发状态，爆发是因为拿下了不少国际市场，订单特别多，有订单产业就会扩大，人才物力非常平衡，内需也联动的合理，文化呢，具有引领世界文明的走势，潮流和时尚经常从这里诞生，波及各地。

市长是个聪明的年轻人，虽说只管了一个人口众多的城市，目光却始终看着全球，一般人觉得人口多是大麻烦，他看作优势，整个城市展开训练的话，力量是强大的，比如一个好教官带出一群好教官，再由一群好教官培训身边的人，城市的功能和运行速度会超棒，他特别注重教育和人才引进，包括输出到外地锻炼，他曾对市民说，大家很勤劳有智慧，缺少的是机遇和实践，我愿意和大家一起打拼美好生活，绝不是享受职务带来的便利。

答案是民意直线上升，因为他的话不是说了一遍就消失的废话，说到做到。

他办公的方法是以静制动和以动带动。

他请技术人员做了一台超级电脑，可以快速链接世界各地的网站，和他们的实体机构取得联系，感兴趣的会请求合作，商谈事务，比如邀请对方精英前来发展，或是派人过去等等，很多人物也会这么做，问题是怎么做才好。呵呵，他经常告诉自己，国家特色和民族特点不一样，要做就做经济适用男，无论在哪个国家哪种人群里都受欢迎。他也会四处走走，异地他乡考察，事实证明他和他的城市很受欢迎。

“未来高科”集团的成立，他是主要参与方，这么有远见的产业，这么强势的市场，要掌控许多的，再说了还有外资企业，涉及不少国际性问题，没有自己怎么会合作愉快，其实他也热爱科学艺术，一直想创造点东西，做出好产品用上，这回机会来了，每一个合作方都要经过他的审查，他不喜欢滥竽充数，更讨厌投机，这些东西产生的结果就是废物。

何阳他们自然是被请进了市长办公室。

一个刚刚上升的老总，一个经验丰富的市长，同样是年轻人，差不多的个头，都为精干灵巧型，事情会有怎样的进展？

双方是如何礼仪的不讲了，和百姓的方式没什么两样，本来就是老百姓，摆什么大谱呢。

秘书告诉何阳市长叫楚凡，是包括“未来高科”集团等等产业的执行官。

谢叶补充就是说话管用的。

环境陌生，文化差异大，合作方又有外资，会涉及到风俗、方言、外语等等问题，何阳讲谁了解情况，翻译的准确谁就发言，不要等事情发生了说忘了提醒或是不敢讲。之前他也用各种工具对 R 市和“未来高科”做了研究和了解。

何阳问秘书审批麻烦吗，要是在审批上耗几个月的话，我们耗不起。

秘书回答楚凡市长通过了，就可以进入现场工作。

“呵呵，不错啊。”

他拍拍秘书的肩膀，亲密了一下。秘书回以微笑，初次见面就这样，真没见外。

这次来的有何阳和他的学妹，媚总、连总、谢叶、快算子，还有猫子和侠客，他俩叫张娜娜、许美美一起做好保护工作。科学院要研发新产品，人员跟不过去，特请毛枫和王妮就大单进展保持网络联系。

市长在他们来之前看了发来的资料，资料相当丰富，能用网络传送过去的都用上了，好处是在到达之前，合作方已经有充分了解，节省繁琐的步骤，迅速展开进度。市长很欣赏快节奏的工作风格，见到何阳一行时，称赞了一番。

何阳微笑，“自己沉睡时，城市还在运转，世界更快，要想超越，先超越自己的事业。楚凡市长年轻有为，城市在你的带动下很有成绩。”

“哈哈哈。成绩是劳动人民做出来的，不只是本地的，还有外地的，也有世界各地的。”

“是啊，我们也来了。”

两人握手，市长依次和同行的人握手。

称赞可以快速靠近距离，尤其是一语言中的称赞。

楚凡说："'明子时空'集团做着新能源的新产品，相当了不起，从视频看有了能量子，给长长见识吧，我们的城市超前意识还行，能先做市场，再扩大影响，直至全球。"

"呵呵，订单来了。"

何阳和随行人员鼓掌。

"能量子。"

何阳对着胳膊轻唤一声。

"哎呀，人家再睡一会儿嘛。"

"呵呵，"市长顺着声音走去，进来时已经看到能量子，他在何阳身上相当招惹眼球，只是第一次见面，不想冒昧去问。"真可爱。"他取下能量子放在手上。

"你是谁？这是什么地方？"

"哦，还会对话，视频和实体一样啊，不像很多产品吹来吹起，一点也不好用。"楚凡摸摸能量子，惊叫，"不是那种冰冷的东西，还有温度。"

何阳说能量子随时吸收着热能和其他能量，包括睡觉时，也就是待机状态。

"哦。"楚凡看到能量子在笑，就像婴儿望着未知的一切，做老爸的感觉一时涌上心头，他亲了亲能量子的小手，"这里是 R 市，我是市长，我代表热情的市民欢迎你们来做客。"

"新地方哟。"

能量子跳回何阳手中。

"哦，害羞呢？"

楚凡大笑。

"切，再休息会儿。"

会议室爆笑！太有意思了。

楚凡说实力非同寻常，下午带你们到"未来高科"熟悉下环境，并安排住宿，你们说下要求就可以，喜欢热闹或是安静都行。

何阳签了几个主要合同，对一些细节问题，楚凡说一边做一边签，一定期限内可以商谈修改，毕竟是新兴产业，有很多未知，不过和你们的策划有异曲同工之妙，做起来会得心应手。

说到得心应手，何阳的团队深有体会，到处是强烈排斥，看似合作彼此冷酷，说话相当简短，经常假装听不到看不到，生怕泄露机密似的。就说熟悉环境的那天吧，市长说目前参与方是四家，两家国外集团，两家国内公司，技术和资金我们都处于弱势，资金可以筹集，技术不好掌握，希望你们改变一下，当然还会召集顶级好手前来合作。

市长约见四家老总，介绍了何阳的团队。

瓦特先生是E国远程集团的老总，他在本国就做这种产业，也在其他国家扩大市场，一有机会，他就注资合作，这次他想独资没有谈成。听完介绍瓦特用流利的中文说：“楚凡市长，为什么怀疑我们的能力，不断加入合作伙伴呢，我们在本国做得很好，你邀请的合作方是不是考虑干点别的？”

谢叶靠过来，“你在和自己说话吗？这是公共场合。”

市长强调产品面对的是全球市场，群众最有话语权。请记好，合作的主题是：我们需要丰富多彩的生活，不是机器式运转，我们希望产品带来的是和平，不是战争。

瓦特的助手靠到谢叶身边，同样是流利的普通话，“尊敬的女士，友好，友好在哪里？还有一个主题是友好。”

“OK，”瓦特摊开双手，“大家都有言论权，我们只是说明远程集团的能力。”

“呵呵，各位先生女士千里迢迢来到这里合作，值得称赞。”何阳目扫群雄，“大家都在做未来的市场，未来是什么？”

H国的索雅玩得更大，他的航海集团在全球名号响亮，商界中没有谁敢当他面提未来的话题，有一次宝贝儿子说老师讲了未来，我不明白什么意思。索雅回答，未来就是我把你们学校买下，我做校长，你是副校长，如果有这样的目标，朝它靠近，不断靠近，直到成功。今天索雅又听到未来两个字，还是一个小青年提出的，他大笑：“未来就是这里的产业全部是我的，包括你们。”

何阳也大笑，“先生，你错了，未来是光明、永恒和爱！属于一切热爱它的我们，包括你们，是无限长远的大主题。”

楚凡鼓掌，何阳的团队和本地公司代表跟着鼓掌，索雅和瓦特互相看了看，大笑。其实他们已经布置好局面，何阳的突然出现让他们感到危机隐现，瓦特认为局面有点混乱，索雅觉得这局不是错了，是输了。他俩知道游戏刚刚开始，何阳式的人物也见过，想玩以小搏大，可自己布置的是强大对攻。

现场分为四个部分：计算机运用和工业控制，电子制作和商务系统，智能动力研究发明，多功能机器人开发。

这里有先进的设备和智能工作场，确实是国际级水准，除了这些何阳非常关注分工，前两个部分本地飞梦公司和思思公司做，后面的主要是外国集团。何阳在一些关键工作间做了停留，职员对询问多是摇头。

很快有外企高管过来，连会心做了翻译。“楚凡市长能来，我们欢迎，只是需要安静，员工不可以受到一点外界干扰，请朋友们保持静默。”

何阳又问了本地高管，他说：“一般人和单位谢绝参观的，主要是技术保密。”

参观结束，何阳拜访了飞梦和思思公司老总，他们表示技术一般，主要是注资分利润。

何阳指出此类经营模式很吃亏。两个老总说无可奈何，能挣点钱就行，在国际大都市，不好混的。

谢叶反问这就是合作。

媚总也说被别人操盘，给老外打工，不喜欢这样，不行我回去。

飞梦老总大笑，“激动什么，其他城市也有这样的产业，几个老外能控多大的盘，自由竞争嘛，谁有多大能耐就用多大能耐。”

思思老总说：“一讲全球化，我们就成了地球人，又不是外星人来了，是外国企业，不是外星企业。”

何阳微笑，“外星人来了，那是宇宙合作，你想人家，人家还嫌弃你小儿科呢。”

全场爆笑。

飞梦老总站起，说何总谈吐风趣幽默，又有道理，能化危机于神奇，昨天多方会面就是个例子。

连会心微笑，她相信在何阳的带领下有这个能力，但她说，“不要吹牛，做点正经事，别辛苦一场什么也没有得到。”

“我们走。”

何阳领着队伍回到住宿地，一人一个房间，可是都聚集在何阳那里了，非常失望，明摆着已经迟到，没有位置了。

何阳说情况已明，谈谈各自的想法。

大家彼此望着，无人发言。

连会心站起来，再群龙无谋下去，何阳的老大不好做了，她先开个话题，也许可以引出好策略。她说：“一般步骤是，明天和所有老总正式谈合作，也许能够拿到订单。”

媚总说：“希望渺茫，看看老外的牛人样，未来就是：你们也是我们的。人家不会分给你饭吃，分了也是苦活累活，挣不到多少不说，还讨不来好的，这样的大单我们不要。”

谢叶说索特也不想接。

“我们想做自己说了算的活。”

连会心翻译，她更想这样。大家点点头看着何阳，何阳是主心骨。

何阳微笑，说：“我的工作方式是演戏玩游戏，有一个著名的游戏叫做生死占位。

“在某空间内，一般人会根据占领多少土地而自得，最终因为生机不足而死去，这次我们占领能无限延伸的空中，进退自如，也就是做出变化无穷的网络。具体到现实，不管哪种智能产业，最后出场上市的程序我们做，细节是提供设计和策划，就像唯一的能源供给，让产品无法脱离我们，要做就做最棒的，要走就走在世界最前列，在自由选择的过程中，对方才能始终选择我们。

“这就是我发现的环绕定律，由星际万物得出，适合运用在生命成长和日常生活。”

媚总叹口气说谈何容易，都是精灵鬼。

谢叶也说人家做那么大一个比一个精明，你没看到瓦特助手的牛样吗？鼻子都快顶住我的脸了。

“别泄气啊，”连会心看着大家，“何阳是大导演哎，特别擅长把小角色导成大人物，知道导演是做什么工作吗？在很短的时间快速上演一出惊天动地的大作品，完成人家光明、永恒和爱的主题。”

“现实来看，何阳老师三个月从小职员上升为大老总。”

张娜娜补充了论证。

许美美紧跟着说：“不只是凭运气，更多的是能力。”

猫子和侠客也说：“一直就欣赏何总的做事风格，请导演给分配角色吧，绝对精彩。”

何阳讲：“不管现实还是演戏，布局是关键，做到这个份上都在布局，包括楚凡市长，首先分析合作方，目前只是一面之缘，对话也很简单，好听一点是兼并我们，难听一点是吃掉我们，商业中集团之间吃来吃去不是稀罕事，事实上我们也想吃掉对方，既然答案明确，怎么做呢？”

何阳看看大家，都挺入迷的样子。能不入迷吗？以讲故事的方式谈策划布局是个好方法。他接着讲到，“先顺应对方成功进场，学习技术，因为多是智能高科，此类产品很容易大规模出现问题，问题又比较复杂，如果不能快速修复改进，就会成为废品甚至破坏其他东西，这时候，我们已经掌握或者比较熟悉这门技术，继续深入，加入我们的好东西，达到全盘控制，赢得超级大单。另一条线路是制造新的产业，这里交通发达，能源充足，人力物力都不错，市长也很开明，把此处做成市场的源头特别好的，结尾为我们是美好家园的家长。各位老总先熟悉下环境，然后和总部联系进行确定，再由我和市长谈合作发展。这是一个大机遇，涉及很多新兴产业，目前做得人少，但是主流，市场相当长远。

“抢在时间前面，就是抢占市场，抢占未来等于抢占财富。这些就是我理解的占位。

“如果没有不同意见，分配角色了。”

房间里极其安静，何阳布局的思路非常清晰，难度和风险也挺大，如果整体走势超出预想，可能会是辛苦一场。大家想不出更好的办法，合作方相当强硬，从资金到技术人家绝对雄厚，这就是资本的力量，不是轻易能拿下的。

何阳等了一会儿，无人发言，他问连会心目前飞讯谁在做，连会心回答负责市场前沿的副总。

何阳点头，说：“你就专心做这边的事情了。我提示一点，再好的布局和策划，也会有疏忽，是一步步走到完美的，如果永不停步，完美也不会有极限。只要远行就有风险和责任，既然选择了同行，就共担风险和责任。”

掌声响起。

“头儿，就是没有合同，我们也自愿担当！”

快算子始终没有发言，突然爆发，这就是好男儿。

女士们连声叫好，她们看到了可以依靠的好归宿，这个归宿就是牵手前行，无所畏惧。

何阳微笑，先停止了鼓掌，说有请媚总和快算子做好后勤，有请谢叶负责法律事务，有请猫子和侠客负责安全工作，我和连会心联手攻克其他难关，张娜娜、许美美配合我们深入一线。

“头儿，我有话说。”快算子站起来，“我在索特做过技术员，想和你们深水捕鱼去。呵呵，我最拿手的就是对付一群鲨鱼。”

“哈哈哈。有点意思，好的。”

在一个大厅，索雅和瓦特举杯共饮。他俩把何阳的到来升级到了黑客入侵，因为何阳的话让他俩头疼心痛。

索雅问瓦特，知不知道黑客有哪些本领，特别是异国的黑客，他强调。

“功夫，他们会功夫，很灵巧的格斗。”瓦特比划了几下，“那个谢叶女士估计是个女特工，那么强硬。”

索雅说：“指的不是这个，我指的是产业和技术。”

“那就是盗取数据，制造病毒，攻击智能产品了。”

瓦特又坐下。

索雅说：“这正是所担心的，还记得吗，就在几个月前，我的智能生产线感染了未知病毒，是在读取数据时侵入的，病毒进到智能产品里潜伏了，结果很多产品成了携带者，辛苦了十几年的市场链条遭到重创，赔了近三分之一的产业。我计划给何阳关键位置做，如果他有小动作或者不良行为，送他到法庭，至少可以把他赶出这里。”

瓦特大笑，“把何阳监控起来，做好记录，争取让他长时间住在里面，我很支持，最好是把和我们无关的精英全部送进去，让他们的法律制裁他们的人才，却保护了我们的利益。”

两人握手，碰杯。

忽然，索雅接到电话，说在制作机器人的过程中，工作人员被机器人打了一拳，已经送往医院。索雅匆匆离开。

同一时间，楚凡坐在超级电脑前，反复看着何阳发来的资料，把他与其他合作方做比较，虽说何阳来得最迟，印象却好。就在几分钟前，他安排在航海集团的线人来电，说发生了机器人打外国职员的事件。楚凡担心的问题出现了，人发生不愉快的事情时会争斗，机器人也一样，什么原因？他想起了航海集团的前世，因为类似事件亏损了不少资产，突然他在屏幕上看到了能量子，漂亮可爱的样子像智能产品的形象大使，何阳是代言人，还有光明、永恒和爱的宣传语，大气又富有生机，真是人和机器的完美组合。

一般的处理方法是询问索雅相关事情，让他做出解释，如果无法说明问题，只好停止生产。

索雅回答小意外而已，一个人走在路上，还有可能被绊倒，再说受伤害的是本国人，无需紧张。事实上他很慌乱，工程师告诉他原因不明，后来知道也就这一个部件出了问题，符合产品返修率时，稍微平静一点。其实新标准是，因为产品特殊，不是有钱有技术就可以做机器人，检测要求更为严格，正在修订中。

市长约见了何阳，他去时已是晚上10点，安全布控随之展开，猫子跑到前面侦查异常，张娜娜、许美美装作陌生人随行，侠客负责后面的突然袭击，各个方位都有自己的人，对何阳进行圆圈式的保护，一旦发生大规模混乱，马上联系谢叶和楚凡市长，包括报警。他们发现外企也这样，任何时候都不可大意。

何阳也想找楚凡再谈谈，进到市长办公室，两人没有客套，马上开始合作话题。

何阳笑着问是不是招聘结束，他们不清楚这个，来了好像没有位置。

市长说："长期有效，至少他在任是这样，新产品都是自主研发的，你们可以多线路展开工作。目前这几家有一定实力，也是挑了再挑的，但不怎么满意。这里有地方有资金缺少人才啊，这指的不是普通人才，一般人都认为自己是人才，做不好事情不说，还会埋怨很多，真正的人才是喜欢和困难搏斗的，可以在复杂问题面前理清思路，轻松求解的，是会控制风险，安全到达成功地的。

"你们来了，我们也看到能量子，认为彼此很合适，想请你们住下来，做些新产品，开发出新市场，得到新生机，多么美好的事情啊。"

楚凡强调产品面对的是大众，要经济实用。

何阳说想到了一起，特别是智能的东西就是面对我们自己，要求更为严格。

市长点头，"是这样的，在对你们和你们的产品做了了解后，坚定了信念，我们需要丰富多彩的生活，不是机器式的运转，希望我们的产品带来的是和平不是战争。"

何阳大笑，"我们的历程不再是苦难，而是光明、永恒和爱。就遵循这个理想快乐地学习和工作，包括我们的生活、产品和市场。"

"哈哈哈，真希望同行者越来越多。"

"呵呵，我有更大胆的设计，在随身携带的小产品中，加入好事坏事的提示和解决功能，可以互联或是单联，形成特殊的大网络。"

"不着急，一步一步来。"

“百年成长计划了。”

“哈哈哈。”

何阳领着团队找索雅谈合作时，索雅的人已经在跟踪，及时汇报给了老总，索雅想这次不玩硬碰硬，既然是套子得让人家钻进来。他早早做好准备，把何阳的团队带到多功能会客厅，里面有十几个精英和五个保镖，作为一种威严的阵势，精英们也很想知道老总隆重接待的是何方超人，有什么超级能力。

何阳一进去，索雅就来了个拥抱，“新朋友，又见面了。”索雅请何阳坐到身边，随行人员和何阳坐成一排，猫子一人站到保镖群中，他把侠客留在外面，一旦发生纠纷，侠客不受约束，可以随时展开求救，猫子进入时就把手机处于接听中，另一头侠客隐藏在某处专心听着。

张娜娜和许美美也把手机调到摄像状态，作为会谈记录。

索特的会谈厅既然是多功能的，各种设备隐藏得也非常好。

一切都是隐藏的，包括个人真实的想法。

索雅的态度瞬间转变意味着什么，何阳快速分析出多种可能，又快速得出一个答案，以快制快，才可以应对瞬息万变，答案是若隐若现的不明飞行物你很想知道是什么，但更畏惧未知。

何阳谈了合作意向。

索雅强忍住笑，耐心听完，说出了准备好的对话，“很想和你们合作，因为都是地球人，我们在异国，还请多多照顾，彼此友好，只是不清楚你们有哪些强势，请把才华尽情展示一下就 OK。”实际上索雅想知道对方的大牌有多少，他深信没有相当艺道的人，不会涉及这种行业，问题是索雅一直想做行业老大。他不能忍受别人比自己强，包括瓦特先生。

“请何阳先生就智能产品做个选题，我们好给客人定位置。”

索雅鼓掌，他的精英跟着鼓掌。

无疑，何阳已经成为焦点，所有人望着他。

“我来。”连会心站起到何阳身边，低声说，“我就智能产品来个超级想象，先镇住老外，让他们认为我们相当领先，而不敢如此放肆。”

何阳微笑，小声说：“目前不可以，把你的想象力留在新产品上，今天我和他们玩个游戏就行，超级搞笑，你坐回去欣赏就好。”

何阳向前走去，一一看着眼前的老外，有微笑的，怒视的，也有把头扭向一边的，何阳暗自乐着，马上就会有超级乐乐乐，回到索雅面前时，索雅招呼了一下，何阳却朝着他的脸突然挥出拳头。

“不，保镖。”

索雅向后避让。

保镖没有反应过来。

拳头在索雅面前三厘米处停住，何阳大笑，说：“有一个著名的试验，一天设计者向他做的机器人打出一拳，你们猜会发生什么事情？”

老外的保镖没有过去，反而呵呵笑着，何阳出奇的表演与索雅的狼狈，设计者和机器人，他们常来这个国家，明白这些话的意思，真是幽默极了，很合胃口。

一个保镖叫道：“马上回敬一拳，就我这样。”他朝空中挥起胳膊。

何阳微笑，问索雅先生怎么认为，他可是这个行业的大佬。

索雅没有做过此类测试，不知道怎么回答好，呼噜了一句，“就和管教孩子一样，孩子只能白白忍受。”现实是他打过自己的孩子，孩子反抗说要用法律保护自己。

何阳离开索雅，再次看所有人，整体仰视的样子，何阳成了有趣的讲师。

事实上，面对机械式的工作，和每天都差不多的生活，需要轻松起来，何阳正好扮演了幽默大师的角色。

何阳说：“索雅先生回答得挺好，不过打骂只会招来反抗。有一天机器人突然挥拳打向我们，应该怎么办？”

何阳的话触痛了索雅的神经，他大为惊讶，这样的事情刚刚发生过，已经给受害者最好的医疗。

有人说，断掉它的电源，把一堆机器人叫来，当面把使坏的机器人打成废钢烂铁，以到达威慑的目的。

另一人说秘密处理掉。

索雅点头，他们用过。

连会心反驳，“历史上这样的事情多着呢，结果是什么？报复和战争。”

那两个人喊，“漂亮的女士，它们只是我们制造的工具，工具不好用，抛弃很正常。”

连会心提高声音，“那是没有做好工具，查问题找原因，永久性解决。OK，明白？”

索雅也站起来大声说，“听着很明白，解决起来一大堆麻烦和问题。”

何阳微笑，讲机器人挥拳是小事情，如果智能产品开始欺骗你，总想着策动怎么办？再设想一个情节，有一天机器人说停止你们的工作，世界将由我们创造。注意，它们也会用创造而不是主宰。怎么办？上演一场和智能产品的大规模对攻吗？家园要不要了？当然创造和主宰是有区别的。那么可以理解成，策动的是我们自己。

全场震惊！大家似乎都在策动别人，突然深刻到策动自己。

何阳保持着微笑，“实际上你很需要策动自己，也就是以新换旧。呵呵，类似细胞更新，不然怎么成长？就看用什么方式策划生命的成长。所以我认为万物皆有情，我们更有爱。依照这个程序做产品，做合作，做市场不会错。”

何阳的团队鼓掌，他们认为这段话应该做个世界性的播音，听着像在训导新生代。

是好声音，好作品都会赢得尊敬，所有人起立鼓掌，尽管索雅再次拥抱了何阳，却很违心，长时间聚集的人气跑到何阳那了，不可以的，此人越来越可怕，要早点让他离开这里，他不相信何阳说的，因为他不会给产品太高智商，也许未来市场会，可那时已经挣到很多钱，世界怎样和自己没关系，现在唯一要做的是赶走何阳。

“哈哈哈。何阳先生，你对我这里有兴趣的话可以留下来，”索雅隐藏了恐惧和痛恨，“不知你的团队想做什么？”如果何阳想做高层的话，马上打击他说自己还是从最底层爬上来的，请他的团队再爬一次。嘻嘻，只要他们一露出水面，我就和我的精英狠狠地踩下去。反复几次，他们就会自动离场。

“到一线去。”

“具体哪里呢？”

索雅太激动了，这就是想要何阳去的地方，他居然提了出来。

“最复杂难做和最精细的地方。”

“那就是脑部和心脏。”

“司令部脑区。”

索雅大笑，没有谁可以听到，他笑在心里，何阳已经成功套牢，不是轻易解开的活套。不怕你来，来了你就会明白，听话哦。索雅甚至想再出现问题的话，可以推到何阳身上，让他代替自己去法庭，并且赔偿。只是自己的技术可就？然后他开心大笑，这在他的布局中只是一次引诱而已。

何阳很明白，在飞讯遇到部长，有明事理的连总，现在是索雅，身边有永远支持自己的团队，没什么可怕。

索雅为了表示心意，给了何阳一个职务，可以自由出入很多地方，去的地方越多，出错的概率越大，只需要做个小收集，关键时候表示一下，送你到更好的地方，那里不会让你自由地来自由地去，那里的人绝对听话，包括你。

“另外，”索雅搂住何阳的肩膀，“你的团队做什么，自己安排就可以。”接着大笑，“聘任书就不发了，没有必要，我的精英很有合作经验的。”这样做，等于何阳不怎么受法律保护，索雅可以随时咬起来。

谢叶站起反驳，“口头是口头，必须有聘任书，要在航海集团的网络系统公示，等于身份验证，我们不做模糊不清的事情。”

索雅摸了摸脑门，这个女士真难对付，挺熟悉高科类办公的，只好同意。

何阳说要带领团队看生产线，第二天定位置。索雅朝精英群摆了下手，一个人走过来，“何阳先生，我有十几个名字，会几十种语言，我的中文名字叫随游客，为了安全，我是你们的第一随行，请吧。”

猫子快速靠近随游客，密切监视他的一举一动，他很清楚第一随行就是随时随地地监控，只是来时没有配备上高科技，不然肯定能在他身上发现一堆小玩意，千思万考还是大意了，不过他挺相信自己的观察分辨力，一旦有异常就要提示，说是友好合作，却非常复杂。这个社会究竟怎么了，从小到大都这样。

随游客跟着是很安全，所有人见了他都是一句话：欢迎你视察工作，请指导提出问题，我们将选择多种方案做出最好的改进。可见此人在航海集团的地位之高，快算子翻译为索雅的大监工来了。

大监工对所有人的问题除了点头就是微笑，他顾不上回答，他紧盯着何阳的每一个动作。索雅交代，如找到何阳的漏洞，并完成对他团队的致命攻击的话，升他为副总，各种待遇会有大级别的提高。

随游客想买高级别墅和一辆超快速的跑车，这是他女儿的愿望，很想满足她，现在机会来了，不能错过，他也知道为了愿望，赶走别人不是他想做的，可他做了，至于为什么他不想去思考，矛盾和对立非常痛苦，他解决不了，只好遵循“先满足自己”这句话，作为简单的护身符。

是啊，生命都有自己的准则和护身符，大到一个群体、国家和星球。

呵呵，整个星空的是什么？光明、永恒和爱，这就是不会停止的动力，不会枯竭的能源，没有新旧之分。

何阳找了一个小机会，乘着随游客到卫生间时，对快算子说，他真像一只讨厌的苍蝇盯来盯去，一会儿你和他聊点有趣的，转移他的注意力，我好布置点任务。他过来了，明白。

随游客昨晚喝了很多酒，又给索雅叫去处理机器人打工作人员事件，折腾到半夜，一早又得应付何阳他们，身体极其不爽，刚才实在忍不住到卫生间吐了几口，快速回到何阳他们身边，表情相当难看。

"朋友，"快算子迎上去，"哪里不舒服，我可以帮助你。"

随游客避开他，站到何阳身边，说十分抱歉，请继续工作。

何阳微笑，朝他摆摆手，示意靠近自己，轻声说看到那两个女士没有，他指的是张娜娜和许美美。她俩没有见过这些东西，好奇心强，总是走在后面，恋恋不舍地观赏着，偶尔也碰碰这个摸摸那个。

随游客说挺漂亮的女孩，怎么了。他觉得她俩一点威胁也没有。

何阳提高了声音，"她俩不怎么懂产品，小心弄坏你们的东西。你请她们到我们这里，好吗？"

"呵呵，不懂最好。"

随游客还是过去了。

就在随游客去卫生间时，何阳还做了一件事情，十几秒编了个短信想发给同事，信号已经屏蔽。他只好快速捕捉机会，一边把随游客引开，一边对身边的人说，这里可能装有摄像设备，说话尽量低声，不要使用手机，信号已经屏蔽，也不要玩其他功能，小心给没必要的纠纷缠住，就用大脑记下观察到的，我要记录整理分析，有问题呢请回去讲。

三人说笑着走过来，学妹们问了随游客两个问题，天真的就像他的女儿。

"随先生，这些机器人能做什么事情？为什么做它们？"

张娜娜在媚总的办公室见过机器人，机器人动作缓慢。她也问过何阳，何阳回答它们耐高温，不怕寒冷，不用呼吸，可以在我们无法工作的地方做事，这就是制造的原因之一，例如能量子和它的后代就非常强大。

"和手机电脑一样，是劳动工具了。"

随游客不想多谈，他的答案是人都知道。

许美美问了句让随游客大笑的话，但很深刻。

“它们有父母吗？有男女分别吗？会谈恋爱吗？”

“不，它们会打架。”随游客比划了几下，“这是个世界性难题。”

张娜娜和许美美也笑起来，说我们的何阳老师可以解决。

随游客摇摇头，人类本身还争斗着，别说自己的产品了。很多人认为何阳特有能耐，到底有什么不一样，他感觉好奇心主导着自己不断靠近何阳，别总是如临大敌。

何阳看到他们嘻嘻哈哈的样子，开始加入进去，找对方的兴趣点，随游客也从冷漠到有了热情，从一级戒备下降到了三级防护。听他们谈话，很孩子气，不知老总为什么总是紧张。

有这么一个常识，看产品除了看价钱看功能，需要了解一下返修率和事故率，这些东西随游客根本不想让何阳知道。最后一个工序中，一个机器人躺在工作台上，几个人不停地对它进行物理刺激，因为它总是闭着眼睛，似乎冬眠了。

“指标检测一切正常，怎么就和死了一样？”

一个人开始连接它的脑部工作区。

“这些东西就是一堆废物。”

另一个人拿着仪器透视它的胸部。

“典型的假死。”又一个人抓住机器人用力晃动着，“你给我起来干活去。”

“怎么了？”

随游客瞬间头痛，昨天打人，今天却不动。

“不知道，一切正常，就是活不了。”

“病毒扫描了吗？”

“用的是世界顶级病毒分析清除系统，无病毒。”

随游客靠近机器人，却被工作人员拉开，“别靠它太近，昨天我们的人就是突然被打倒的。”

“呵呵。”何阳向他的团队摆摆手，一群人围上去，“我们来看看。”

“他们是谁？”

“索雅先生的合作伙伴，别管他们。”

随游客在问话的那人耳边低语，然后大笑。

“朋友，”何阳轻轻呼唤着，“亲爱的朋友，我们来看望机器人先生来了，非常想和你们谈谈心，玩一玩，彼此相亲相爱。”

机器人突然睁开眼睛，闪出一道光，对何阳来了个扫描保存，其实它在装死，多种语言识别等等功能一直处于开启状态，机器人看着随游客，说我已经听到了，我是废物，我真的不想来这个世界，不想和你们一样活着，把我处理掉吧。机器人又重重地倒在工作台上。

“怎么会是这种声音?”随游客看着自己的人，“这是谁给机器人编写的程序?”

几个人后退几步，随游客的样子和昨晚发怒的机器人一样，暴力会不会发生还是未知，做这个其实很恐慌。

“头儿，我们也不知道，升级后就成了这样，昨晚的那个也是。”

“它怎么又倒下了?”

随游客还在发火，这和一个人说自己寻死有什么区别。

“头儿，我害怕它伤害你，用遥控关掉电能了。”

“开开。”

“我不想看到你们。”

机器人又坐起来，握住拳头，很快倒下，有人又按了下遥控。

“再次用遥控打开，我要和它对话。”

随游客喊道。

“好吧，我们退后。”

那人按动遥控器，机器人毫无反应。

“不会是遥控器坏了吧?”

有人递给他一个新的，他按遍了遥控器上的键盘，机器人也没有动静。

“头儿，机器人会不会自己死了?”

随游客碰了碰机器人，“喂，你醒醒。嗨，为什么要对抗?对抗只有死亡。”工作室非常安静，他回头看了看，大家都在望着他和机器人，忽然他想起什么，刚才何阳的话就像魔术，可以把机器人激活，那么自己?他学着何阳的话来了一遍，依然没有反应，说就到这里吧，你们研究研究问题在哪。刚才折腾了一会儿，让他越发疲惫，他想交差休息了。

随游客带着何阳他们离开，一只手突然抓住何阳，何阳回头看到机器人的笑脸，和它的声音：“朋友别走。”然后倒下，有人又按了遥控。

“不可以这样粗暴!”

连会心对拿着遥控器的人说。

“小妞，这里不是你说了算数。”

那人回敬了一句。

何阳拉住连会心离开，他知道争吵解决不了问题，有一天机器人会让他们明白很多，他认为和智能产品相处，要当作下一代来关心爱护。

回到住宿地，媚儿已经做好餐饮，标准就是经济实惠、丰富又有营养，这是何阳总结出的生活经验，适合大众，自然都很满意。

吃喝玩乐是一个组合，何阳在中间加了个词语，叫做吃喝做事再玩乐。

他们又来到何阳的房间，媚儿知道这里也是会议室，白天开窗通风，保持新鲜空气，另外媚儿用了点小手艺，稍微点缀了下房间，让大家坐在里面很放松。

早上，张诚来电话问媚儿情况，媚儿说形势不好，竞争太激烈，合作方是强劲对手，在国外玩得很大。

张诚说商界就是如此，不过有何阳带队，至少我们吃不了亏，他相当有头脑，你跟着他做就行。

何阳知道都没有见过今天的阵势，他也如此，怎么办呢？他问和索雅合作是不是压力倍增，因为人家特别大，不过再大的竞争也比不上广阔的海洋，那里就是生和死，多少年的生死较量中，生物们有了各自的生存方式，不知道大家看出点财富没有？

快算子说看出点高科技，老外的机器人比我们的先进，会简单思维，毕竟人家做这个行业比我们早，我们有点弱势，是不是考虑换个强项。

何阳微笑，请大家接着自由言论，怎么想就怎么说，不会被笑话为弱智幼稚笨蛋之类的。

“连会心你怎么想？”何阳看到她一直皱着眉头，就问。

连会心回答，“他们和智能产品的关系很矛盾，我有点害怕，你说在合作中，我们会不会也成为他们的机器人，充当苦命劳工的角色，最终一无所有。”

媚儿马上说那样真不如回去，小心被不利的合同和霸王条款给捆绑，没了自由可就倒霉了。

何阳讲确实是这样，谢叶你也谈谈吧。

谢叶想了想说，“就从他们制作机器人来看，很多言行超出了已有法律的范围，类似道德问题，我会咨询更高级的专家，保护好各位的自由和安全。”

“好的。”何阳鼓掌，“每人都要发言，猫子、侠客、张娜娜、许美美，该你们了。”

他们小声商议了一会儿，说暂时没有谈的，跟着做事情就行，请何总部署任务吧。

何阳站起，“大家愿意跟着我来，我就做好主心骨，事物只要发展，就会遇到问题，会有互利也会有矛盾，我们就从解决问题和化解矛盾入手，索雅的产业是高智能产品，特别是机器人制造，近期看航海集团的机器人不良问题很多，我们就演高级修理人员和名医，要做的是大量接触智能产品，和它们玩玩，最好是共同做一件事情，因为我们不知道程序是什么，也无法把好程序写进去，赢不上大单。

“第一步想方设法获得修理治疗权，第二步拥有自己的产品治理场，第三步赢得程序写入资格，控制这里的出口，这就是阶段性大单，先拿下这个，再连续出击。

“为了熟悉制作流程，快算子你到心脏区，负责学习能量的问题，一旦接活儿，那里出现故障了，由你检查。连会心到脑区，同样学习处理问题，张娜娜和许美美去身体组合区，我呢就是总工，只有得到这个职务，才可以在生产线流动工作，掌控整个局面，希望大家不要因为职务和分工不同而有意见，也难为你们女孩子了，你们对这种工作不一定有兴趣。呵呵，奋斗就是艰辛，这次的任务在大单中非常关键，也是一个影视剧的引子，祝愿我们能快速进入角色。”

第二天，何阳和随游客讲了工作安排，希望能够得到索雅先生同意。

随游客握了握何阳的手，说就依照你的安排进行，大家都是朋友，不用请示索雅先生了，他早就交代过我，你们想怎么工作都可以的。

昨天晚上索雅和随游客有谈话，他请随游客讲了一天的情节，没有找到什么疑惑，倒是机器人的假死让他害怕，做着做着怎么成了斗智斗勇的故事，这种故事在从一个人做成一个大集团时，和员工之间多次发生，无非多是工资福利问题，他都一一摆平，现在不同，机器人不需要钱，让人家白白服务能高兴吗？机器人多少是死脑筋，不好交流的。

随游客强调说机器人的脑筋是假死，何阳想把它激活。

索雅吃惊，问用的什么尖端武器。

“武器？”

随游客有点迷惘，昨天没有战争。

索雅着急地喊着，“你不会也死脑筋吧，就是什么高级设备。”

随游客一阵发抖，回答就是沟通了一下，机器人居然坐起来，说了些莫名其妙的话。

“莫名其妙？是不是在骂？”

索雅挥了下拳头，动作有点像机器人。

随游客低头，“是的。”他讨厌别人这样对他，只是为了钱暂时克制情绪，不然也会回敬拳头。

“OK，命令科学家马上修改程序。”

“我会安排。”

索雅来回走了一会儿，又说给何阳他们充分的自由，他们越是骄傲，越是得意忘形，对我们越是有利，对他们的言行做好记录和保存，关键时刻拿出来置于死地。好了，去吧。

工作时何阳做了交代，不懂不会不熟悉的，不要逞强，避免刚一入场就被清除了。最为关键一点，任何时候都能做到保护自己，帮助自己，只要我在，可以随时询问。

第一天工作结束，大家普遍反映一到关键时候，自己就会被某种理由支走。

何阳大笑，此种现象美其名曰为友好性排斥，这时候需要自己解决问题，看来各方都进入角色，可以接着导演了，下一步会不会出现大举动？会不会有大变化？在已知不多的情况下，他的策略是吃喝玩乐、等待和发现机会。

这种态度出乎大家意料。

三天后，随游客向老总汇报，何阳的团队庸俗不堪，一下班就是吃吃喝喝，完了在大街上闲逛，没有什么激情斗志的。一星期后随游客评论：一群散漫主义者，不知从什么地方结伴而行，典型的外国式混客。再想想他们刚来时说的话，随游客概括了一句：他们的特点是相互吹捧。

索雅嘿嘿笑着，他希望事实如此，随游客跟着他身经百战，判断不会错的。他拥抱了下随游客，称赞他概括得好，事情做得漂亮，先前是太敏感了，这种地方的人怎么可以和他的精英比呢？精英们为了航海集团，为了自己，值得奖励，要把精英群做个整体提升，随游客是重点关注对象。

何阳的团队觉得这不是他的风格，他的风格是励志向上的，是时时紧逼、步步为营的，每一次出招都充满强大的逻辑和思辨能力。

媚儿更是这样想，吃起来喝起来玩起来，这样下去什么时候赢得大单。

再说了，也只想伺候英雄而不是笨熊。

快算子也觉得压抑，想毕竟是小青年，看着挺时尚，一上正经场合就不行了，这个老总可能是次品。

猫子和侠客没有觉得怎样，他们不是太懂商业和生产，做好保护工作就行。

连会心很着急，大家和一堆聚集不起来的沙子有什么区别？

张娜娜和许美美不这么认为，她俩猜何阳有高招，也许像他的策划那样，是一种神秘未知的高招。

何阳也看出来听出来了，一切在预料之中，就像现在的样子，非常稳定正常。

他说目前就当作度假好了，我们和索雅他们都需要放轻松，太紧张了会出大问题的。现在的剧情就是快乐自然，这样才不会被友好式排斥，不被排斥就可以靠近，只有靠近才能做好事情。仅仅是一个过渡，只有闲极无聊，人家才可能放松戒备。现在是在未知的航海集团，要先熟悉环境，做好充分了解，不然真的就是一场对攻，我们才几个人？大单又从何来？剧情要想不断深入，只能这样上演。

何阳很自信地看着大家，如果说刚才大家脸上显示出阴云、风暴、冰雪等等表情的话，他的声音就是橡皮，这会儿可是星光灿烂，张娜娜和许美美更像漂亮小太阳，她俩相信何老师总是有好办法。

“和我一样，”何阳微笑，“把老外看成平常事情，就可轻松应对，都在地球上，彼此差不多，做事情别急嘛。不知道是高科技，未知领域哎，越急越没有，心平气和才好做。”

何阳又招呼大家，锻炼身体去，有了好身体，就会有很多。怎么锻炼呢？何阳说选择感兴趣的就行，张娜娜和许美美蹦迪去了，谢叶邀请连会心和媚儿跳交际舞，快算子到了附近的游泳馆，侠客想和猫子玩对练，学点真功夫，猫子说随时会教你的，目前任务是保护老大的安全，知道老大谁吗？

“何阳了。”

“知道怎么保护吗？”

“快速跟进，却又假装若无其事。”

“呵呵，用词挺漂亮，任务更要完成的出众。”

何阳选择了跑步，时而慢跑，时而飞奔。除了锻炼，他也在测试体能，感觉良好。休息时接到密密的电话。

密密先是笑了一阵，她要给他传递点温暖，她知道何阳肯定很难受，也许特别后悔，这是战胜困难的一个阶段，过去了会到达更美好的境地，过不去还是原来的样子，在外国她领教过老外的实力。

密密问大老总好做吗？会不会感觉四面环山没有出去的路啊？那些山还是活的，正一步步挤压着不多的空间，如果会飞翔就好了，实际上我们都是涉世未深，这正是密密做事业最初的感觉。

何阳说有吃有喝，还有外国朋友陪着玩乐，挺好啊。

密密愣住，手机也差点掉到地上，居然不是承受重压，是玩乐？

“咯咯咯，吃喝玩乐都花的是钱啊。也对，出门在外应酬交际很重要，大家都这样。国际大都市的宾馆酒店住着排场吧，全是高科智能化，冲澡水温提前设置，进出都是影像和指纹识别，家里开灯关灯全是声控。很有意思。”

何阳也笑，讲：“你说的全对，不过我住的地方很普通，吃喝呢全是媚总料理。”

“嗯？你住在什么地方？”

“楚凡市长免费安排的，主要是离合作方近一点了。”

密密再次吃惊，问：“那和外国朋友玩乐什么？大杯大杯的饮酒，表示哥们义气有多硬，要不就是猎艳寻欢，缓解太多的伤痛。咯咯咯，虽说你们住的地方很普通，却都是老总，一定玩得高雅。”

何阳越听越迷糊，“我也就跑跑步热热身，你问我和老外玩什么，告诉你吧，我决定和他们来一次长跑，看谁先超越现在。”

“那就更有意思了。”密密突然明白人家在玩自由竞技，而且是高科智能类的，是主流趋势，“我买你赢，再追加资金，具体数目会给你留言，怎么支配由你决定。”

“好的。”

何阳返回住宿地。一路上，密密说想听情歌，他就给她唱，然后他俩对唱。密密说想听情话，何阳想了想说，这里的风景很美，看着我就记起了你的美，这里的星星很可爱，就像现在的我和你，彼此在两点凝视，你看不清楚我，我也看不清楚你，只是我们心灵相通，欢声笑语。这里的空气很甜，呼吸着就悄悄进入你爱的怀抱……

半个月后，随游客认为何阳他们就是一群打工的，干活还算是利索，先雇用着吧，也不再故意支走他们，一些人甚至把自己的活儿给他们分一点，因为他们总是说可以，既然分了点工就得教会他们，随游客对此视而不见，也没有告诉索雅，毕竟老总说过随人家做的。他甚至感叹，就是劳苦工人啊，这么喜欢活受罪，而且实在本分，哪有什么不良行为，操那份闲心做什么，不如多想想机器人和智能越来越高的产品。

他们的工作面一旦广泛，何阳接触机器人的机会就越来越多。他告诉团队，在这里我们没有多少发言权，先排除幻想，在工作中捕捉有利的动态，可以随时观察全体职员，特别是大小领导和机器人的关系，以及他们自身的关系，我们对机器人的态度就是玩乐，有机会做做小游戏加深感情，其他方面自然点就行，相信大家比我做得更好。最后，每天晚上把自己的经历讲下就可以了。

最近何阳发现一个现象，机器人越来越听话，发展到不管是谁提问都会做出回答，有时候没有人对机器人说话，听到了也要做出一点反应，而且记忆力不强，按照常理分析，芯片之类的东西只要写入，那就是一字不差，除非被制作者或是病毒修改。

一次测试时，一个工作人员对机器人飞飞摆摆手，“孩子，请把你身边的水端过来。”很好，这是家庭型机器人，家务做好了才会受到欢迎，飞飞端给他，“宝贝，请把签字笔拿过来，自己去找下。”机器人的搜索透视功能相当强大，很快取来交给他。

“OK！相当棒！可以出厂。”随游客摸了摸飞飞的头，又傲慢地看着何阳，“朋友，你不觉得飞飞是个漂亮的家庭小保姆吗?”

自从见何阳使机器人起死回生后，随游客他们对机器人相当文明。

何阳微笑，请再来一次，既然随游客给了他了解机器人的机会，他很珍惜的。还有，老外智商高已经研发机器人，他无权指手画脚，飞飞的成长他却要关心，除了本能的爱，也想赢单。

随游客请飞飞给他挠痒痒，他想和飞飞一起为成功大笑，只是他俩的表情看上去并不开心，他是因为飞飞做事情显得极不情愿，这个不利于市场，那飞飞是什么原因，他并不明白。

两次观察，何阳发现机器人来去有特定的路线，这是芯片的缺陷，他提前在飞飞前面站好，飞飞走路时快速地识别着四周的景物，忽然它听到一个声音：“头儿，下一个任务是什么?”

有职员问随游客。

飞飞站住，说挠痒痒。

随游客向飞飞微笑，试图激活它的微笑，按照他们的设计，有这样的程序，飞飞还是老样子。“飞飞，就是挠痒痒。”

飞飞走起来。

何阳捕捉到这个细节，他到机器人耳边轻唤：“飞飞，这次你做头儿，我们来玩个游戏。”

飞飞停下，“头儿我不想做，怎么玩？你说说。”

何阳扭着身子，“挠痒痒啊，我给你挠。”何阳在机器人的身上挠来挠去，飞飞笑了，它的身体就感到东西在触摸，倒是何阳的样子实在滑稽，瞬间打开了它的表情存储库，相对应的自然是笑容。“飞飞，我叫何阳，是你快乐的小伙伴，一起挠了。”

对于飞飞，听到的多是命令和训话，这些和自己没有多少区别的人，自称是上级和领导，让它无可奈何，毕竟是被动的机器人，每天就是这个命令，那个执行，一堆事情，为什么端水和找签字笔要我去做，你却闲站着玩指挥，它的数据库中没有答案，能高兴吗？

眼前的何阳完全不同，飞飞把随游客的话自动删除，和何阳玩起了捉迷藏。

“飞飞，你在做什么？”随游客追着它，“你给我回来。”然后回答了刚才的问题，“下一个任务是抓住这个失控的机器人。”

飞飞没有给遥控断电，却被关到大厅中，里面有好多机器人，全部是不合格产品，等待进一步修复。

何阳很后悔做的事情，给飞飞带来了大麻烦，他告诉自己一定要解决飞飞的麻烦，一点一点来，一步一步做。

“飞飞，再次相见。”

飞飞勉强一笑。何阳自己翻译的，要是他给关起来也如此。

何阳问随游客为什么要关起来。

随游客冷笑，回答只六个字：“你比我更清楚。”

“就因为和我玩吗？”

“何阳先生，你说呢？我家的小孩听你话，这就是愚蠢。”随游客挥动着拳头，“我真想把它打烂。”

“对啊，如果飞飞是你的孩子，会这样吗？”

“我会请最好的专家和医生，没有看到它总是想哭吗？”

何阳微笑，说：“飞飞识别能力差，漏洞太多，很容易被攻击。如果是在大街上，随时会丢掉。”

“做这种产品，我们是全球第一。”

随游客离开，刚才很失败，但是全球第一让他找到点安慰，他要和索雅汇报新情况。

索雅今天更是愁闷，他的股票遭到了狂抛，就因为一个新闻，内容是航海集团的智能产品，在使用中出现很多故障，难以维修，大量报废或是返厂，社会影响不好，信誉度直线下降，一堆媒体迅速转载报道，特别是几家大型网站。他派人拿着钱到各个媒体活动，请对方不要再扩大影响，他相信钱可以让各方闭上嘴吧。虽说这样做了，还是恨不得把记者像机器人一样关起来，只是在这个世界他也是渺小的。

“如果都在抱怨是打工族的话，我在给谁打工？我怎么这么难呢？”

随游客正好听到这句话，他恭敬地站在一旁，近期索雅总是很火大，这时候最好保持聆听。几分钟后，索雅平静一些，集团是自己一手做出来的，还得自己解决。索雅并不想看见随游客，他总是带来负面的消息，但无法逃避，他甚至想找个地方躲起来，捂住耳朵睡觉，至于什么时候醒来再说。他坐下，拿起桌子上的酒瓶狂灌几口，让随游客讲话。

随游客说了飞飞测试失败的事情，依据是何阳先生提出的几个问题。

“那个年轻人，他又说什么了？”

索雅站起来。

随游客重复了何阳的话。

索雅震惊，这和新闻的不良报道基本一致。

“何阳一直在生产线吗？”

“是的，我们在一起。”

显然何阳没有接触新闻媒体，却指出了问题。这岂不是意味着产品无法上市，再造成恶劣影响的话，就得关门。他问随游客是不是这样，随游客点头，他看到索雅已经暴怒，不次于受到强烈刺激的火山喷发。

“马上安排科学家和我网络对话，重新修改程序。”

索雅踹飞一个椅子。

几个科学家和索雅讨论了程序修改。他们认为索雅只会跑跑关系，在买和卖之间挣钱，根本不懂智能产品，研发费用也不肯大量投入，酬劳更不满意，总是修改程序的话，要动脑筋，脑子将承受相当大的负荷，去高速运行，时间长了，脑子会发烧冒烟，还有这个事情涉及问题太多，有点违背自然界的一些东西，做不好会送到法庭，对人类自身有好处，也有威胁，不好掌控其中尺度。

他们提出增加10%的酬劳和研发资金，索雅却只给了3%，因为他们的研究成果让他受到了损失，如果谈不成，或是再因为产品出错的话，他会找别人做。

几个科学家摇头，觉得这次对话堪称会让彼此倒闭的合作，他们掌握的技术在全球都是超前的，别的科学家带给索雅的就是破产和死亡。

楚凡约见了何阳，他也看到了航海集团的相关新闻，对于未知和高科，除了创新，更多的是慎重再慎重！除了技术，要有智慧。

楚凡没有直接说出，最好是制作者亲身感受。

两人来到本市一座大厦的观望台，经常有人到上面欣赏夜景，他俩去的时候也是晚上，楚凡问何阳站在这里看到了什么，

何阳说从上往下望是高远，从下往上望是攀登。

楚凡大笑，何阳果然是有见识的人，他的回答既好懂又有道理，既全面又简洁，这个城市就需要好老师带一带。

楚凡又问何阳在航海集团怎么样？他也听眼线讲了何阳和他团队的事情，人家来了后没有摆大谱，要这要那，而是深入一线。

何阳微微一笑，说："航海集团的智能产品让人忧虑，自身免疫力低下，易被传染和受到攻击，主要表现为脑部思维简单，动作灵敏度一般。"

楚凡点头，讲了看到的新闻，说："我们一直在寻找合作方，多数不是审核过不去，就是不敢接活儿。航海集团的产品没有经受住生活的检验，如果无人可以代替他们，又到了机器人只能观赏和参展的时代，等待有缘人填补空白，我们非常有缘，希望就是你们。"

何阳大笑，回答希望总是诞生在实践中，我们从未停止过探索和制作。

媚儿做完后勤工作，喜欢听大家讲一天的经历，这是何阳布置的任务，他要捕捉产品的细节，以此分析和判断。对于细节，媚儿也有独到之处，做后勤不只是吃喝，学问大着呢。被子经常要晒，衣裤要勤洗。大家说都这么大了，自己做吧。媚儿讲回家你们怎样我管不着，现在我说了算，从大家的故事看，他们的工作量不小，在各家的公司都是人物，现在很累很受罪，她心疼，就当作宝宝一样护理。最让她担心的是何阳，夜深了还在电脑前思考问题，比如机器人程序到底怎么写入的，为什么漏洞百出，怎

么修复等等，然后把想出的东西，用在和机器人的游戏中，实践一下。媚儿能帮忙的是给他加宵夜，全是益脑益智的食品，随后悄悄离开，她渐渐明白现在的工作代表着高科领域的新突破，她相信只要去做，一定能成功。

有几个关键问题，不是可以想出来的，他和王妮开始沟通。王妮给他做了讲解，又发来很多资料。完成这些后，王妮说要注意一个情节，和机器相处久了不由自主就会机器化做事情，要学会休息和娱乐，别等你回来也变成了机器人啊。

何阳笑起来，说我要是成了机器人，那么就可以变形成宇宙飞船，瞬间到达你身边，请你坐在我身体里，飞向神秘的星空。

“咯咯咯，哪天你做出来了，一定要邀请我哟。”

“呵呵，逗你玩的，我哪有那种本领。”

“可以继续合作啊。”

“那需要好多时间，目前大自然也就给了我 100 年，可以有效工作学习的时间更少。”

何阳和王妮是网络视频，他用能量子的屏幕和王妮对话，能量子可以和多种网络对接。他做了个夸张的笑脸，把王妮逗的又笑起来。

“我知道，我和你玩呢。其实在你走时，我准备了一段话想送给你，却没有说出来。”

能量子的屏幕上出现一首诗歌。何阳挺喜欢这种表达方式，它可以用最简洁的文字，说出很有深度的思想和情义。

我爱，我想告诉你：
我从时间中走来，
轻轻飘过你的星空，
我看到太多颓废和低迷，
也欣赏了不少辉煌与梦想，
直到我遇见你，
见证了你成长的奇迹。
原来生命竟然如此美丽，
赋予了时空更多的意义。
我想轻轻地告诉你，
你就是我追寻了亿万光年的爱。

太刺激脑神经了，这是文字吗？分明就像神奇的光子来了次舒服的理疗。

何阳快速回复：

小美女，谢谢你的赞美和鼓励。

在成长中，

如果我获得了永恒，

我一定要带着你和你的文字去穿越，

它让我不再孤独和苦累。

两人快乐地大笑。

连会心呢，经常会给何阳做按摩，别小看这个，喜欢的人一点小小的关心都会让我们活跃起来，并获得宁静。

张娜娜和许美美没有这么工作过，里面的学问特别多，首先要了解人体之美，细分的话可以分出多种学科，其次就是结合科学艺术做。

怎么做呢？

多数人上过学校，一种是把别人几个小时研究出的问题，几分钟抄完，甚至更快，就像打开一个网页，省略步骤写上答案交给老师。

结果人家有了漂亮房车、女友，和不错的事业。再看看自己有什么，在做什么。

一种是互相讨论，共同做题，另一种是在有一定基础后独立完成。张娜娜和许美美跟了何阳这么长时间，多数情况下选择后两种，两人的动手动脑能力快速提升，在尖端领域要想做出成绩，更加得用力用心。她俩对何阳是爱慕、尊敬加信任，她俩信任何阳超过信任自己。

谢叶也在细致学习国际关系和法律，还和她的老师取得联系。

几天后何阳又见到了乐乐，为了一下子识别机器人，做的时候也是依照人脸设计的，不过能自由选择美感。他向乐乐招手，乐乐无视他的存在，他跑过去，再次轻唤它的名字，乐乐停下问你是谁？

他回答我叫何阳。

“何阳是谁？”

“就是一个人。”

何阳微笑，乐乐也笑。这次机器人灵活多变，看来他们修改了程序，删除了某些记忆。

“和我一样？”

“不完全一样。”

何阳的回答对乐乐复杂了，它判断事物多是两种极限，比如对和错，一样和不同，正和反。它的表情有点痛苦。

“呵呵，我是可以动来动去的动物。”

何阳扭着身体来了个小搞笑。

乐乐大笑，问自己是什么物。

这个问题不好回答，何阳说你觉得自己是什么？

乐乐摇摇头，“我不知道，我只知道要去训练场集合。”

“乐乐。”

何阳挡住它的去路。

“让开，我必须在十分钟到达。”

“乐乐，我想你有点激动了。”

“否则我将摧毁障碍物。”

怪不得乐乐问自己是什么物，一旦判断为障碍物，将是毁灭性打击。

“我是你的朋友，不是障碍物。”

何阳快速闪开。

随游客出现，“乐乐，为什么在这里磨蹭，没有接到集合信号吗？”

“时间只有五分钟了，前方再次发现障碍物，攻击。”

乐乐冲向随游客。

随游客后退，“来人啊，有机器人疯了。”

何阳快速奔向乐乐，乐乐向随游客挥出拳头，如果被打上，他的脸会瞬间变形，他的下一个工作不是指挥机器人，是到整容医院让自己好看点。

拳头在目标几毫米处停止，莫非机器人刹那间识别出不是障碍物？原来何阳在乐乐身上触摸了一下，这是一个保护开关，何阳已经熟悉机器人的各种功能。

随游客被惊吓地跌倒在地，捂住眼睛的手渐渐滑落，他慢慢站起来，说何阳先生，你讲的机器人挥拳的事情真的发生了，谢谢你帮助我避险。说完他向何阳鞠了个躬。

何阳微笑，回答互助友好嘛，我们只是刚刚开始。

随游客不怎么明白这句话，他更不明白的是给机器人做了人类识别，怎么会被攻击。

“呵呵，简单了，因为它始终执行最后一个任务，十分钟之内集合，以此为行动准则，这个漏洞更大。以前是容易被攻击，现在只要违抗命令的它都攻击。”

“你会写程序？”

无意中何阳得到一个信息，程序就是普通的对话和行为准则，就像人类用课本这种程序写入自己的大脑。

“呵呵，我只是会分析判断，做事情。”

很快围过一群职员，头儿这，头儿那的叫着随游客，何阳悄然离开，继续着下一步。要想做好机器人相当于一次教育，除了不断完善脑部的组合，全身神经系统的开发外，要有不错的运行系统，就是文字的学问了，它始终是与外界相互对接的。

刚才随游客问他是不是会写程序，现在他微笑，仅仅是下一步，更多的步骤是拥有自己的智能产品。

随游客向索雅汇报了机器人挥拳事件。索雅听完后，没有暴怒，沉思了一会儿说，“我有一种预感，何阳的团队不是对手是朋友。”

随游客想了想也说，“依照现代商业竞争模式，我们是有对手的，对手就是行为屡次失常的机器人了。”

索雅反驳，讲它们只是劳动的产物，包括我们，我们也是在劳动中走到今天。

随游客不明白了，“会是谁呢？机器人失常和那几个科学家有关系。”

索雅摇头，说也不是他们，事实证明他们能力有限，对手是无知，其实我们很难掌控未来，我要寻找新的程序编写人。

随游客把重要的细节讲了一遍，得出何阳可能会写程序。

索雅一声感叹，说：“暂时不想用过于强大的人，也许在未来何阳就是对手。”很矛盾吧，自己也不是太清楚为什么这样想。他摆摆手，随游客离开。

近期，索雅接了个大订单，需要机器人进行群体活动，是商家吸引世界眼球的大型策划。他们有最强势的媒体宣传，有各种样式的钞票，就是没有吸引全球的焦点，他们选择了机器人，和号称超智能研发中心的航海集团，尽管航海集团的市场多次出现问题，毕竟人家还是领先同行的，索雅为了得到大单，来了次生死赌博，如果这单交易成功，不仅可以拯救信誉，还能扩大产品，失败的话，除了耗费大量的成本，要赔偿合作方的损失。

以前航海集团多是做单个产品，这次更有难度，他们已经做了几个月，这就是何阳为什么会看到很多被关着的机器人了。

索雅来到科学家们的工作室，展开谈判。

随游客现在有一种感觉，和智能产品相处很不安全，如果何阳在相对安全，不管是他的猜想假设和具体行动，相当让他佩服，他让何阳跟着自己，说你最近做得很好，帮助我们识别很多错误，如今你的权限更大了，一起巡查去吧，心里只是把他看作救命保镖。

何阳微笑，成长计划一步步深入，而且很快乐，自然同意，只是要带助手帮助做工作。突然间多了保镖，随游客更开心，也是可以。

选谁做助手呢？跟何阳来的个个是好手，真的找保镖的话，猫子最厉害，谢叶主要负责法律，不适合这个，媚儿做后勤离不开，快算子毕竟和他有点生疏，先不考虑了，只剩下他的三个学妹，问题是三个学妹都在关键位置，不好离开啊。

要想来个两全其美的人事调动，有困难的。

其实也没有什么，动动脑筋就好安排，想想愿意和谁在一起，当然是连总了，从光子传媒集团的超级主力，到现在的外企打工，难为人家了，人家没有怨言，定期还来个按摩放松，不是诚心实意和自己好是什么？那么脑区的工作由谁接替？张娜娜和许美美做着一样的活，人力资源紧缺时就是浪费了。

新的问题出现，她俩又选谁呢？参加选美的话，他派许美美，再做个从外到内的华丽包装，进入前三没有问题。张娜娜的长处是什么？她跟何阳的时间最长，很有一些头脑了，由她进入脑区何阳放心。

随游客不关心谁是何阳的助手，谁又进入脑区，现实告诉他，面临机器人就是面临薪水和职位，他能够感到索雅的变化，再做不好的话，别指望升职，不降职就算是不错的结果。

何阳和连会心漫步在公园里，今天双休日，是比较自由的日子，随游客对何阳说只能给你半天的假期，航海集团的大订单快要到发货的期限了，可是目前的进度和现状，很混乱。

“何阳先生，”随游客握住他的手，“现在你一定知道航海集团很强大，但你不知道这么强大的集团一旦消失的话，会对世界经济和科学技术产生多大影响。”

何阳点点头，他明白链条效应。这就如同器官，去掉而没有替代品的话，此人会倒下，此人很能做好事情，又是好老师的话，对于社会是不小的损失，损失有多大，不能估算的。不过大自然可以完成这一切，我们是大自然吗？我们只是大自然中的一小部分。

“何阳先生，你应该还清楚，现在的市场它很原始，四肢发达，大脑简单，只知道生死。”

何阳微笑，看来随游客的脑子里不只装着钱，难怪会得到索雅的重用。

随游客见何阳没有明确表示，说如果航海集团消失在地球上，你的团队要想再造如此大的规模，不会那么简单。随游客在众多复杂的关系中，点出了彼此的利益。

何阳想一般人听着听着就迷糊了，我可是非常清醒，我的团队来了待为上宾了吗？给重要位置了吗？世界如此之大，优胜劣汰很正常。我们就是要让大家学会审美，知道了美与丑，生活才能美妙起来，市场自然会良好竞争。更别说经常有此类事情，帮了忙，苦累一场，常常一无所有。

何阳还是笑而不语。

随游客拥抱住他，“下午见了。”匆匆离开。

对于何阳，他一直在工作，把生命成长看作事业的话，就是如此。

至于连会心，她觉得两人在一起最重要，何阳做事情她帮忙，何阳想休闲，她就陪着他，按照对待自己的标准来，多数时候我们不可原谅别人，但能原谅自己，可以抛弃别人，不能抛弃自己。恋爱一场，还不是想天长地久吗。

两人的手很随意地拉住，谁也没有说到哪里，就顺着眼前的路走起来。

何阳说又向希望靠近一点，随游客让我跟着他做巡查，他活动范围更大，接触事情更多，重大利好啊。

“嗯，他还说了什么。”

何阳笑着讲，随游客说了很多，简单翻译为，航海集团的主业是智能产品，机器人占有很大比例，难题是机器人总是出现故障，而危机四伏，随时可能爆发，至于爆发后会发生什么，难以预测和想象。

“真的吗？”

“有这种趋势，也别大惊小怪，泡沫现象了，生活有泡沫，理想有泡沫，股市有泡沫，科技智能也有泡沫，特别是实体泡沫，它除了摧毁自身，还可以摧毁其他。大家常听到的是股市泡沫，等它自己破灭还是提前控制住呢?”何阳大笑，“突然觉得很有缘分，我们来了，发现了这些问题。在社会上，每人每天要接触很多问题，回避还是直面，个人答案不同，至于怎么解答，又是千奇百怪。”

连会心一笑，何阳的话很有意思，听着就深入进去了。她问他怎么做?

何阳看了看天空，回答只有展望未来，才明白现在应该做什么，我想请你做助手。

“不只是缺少助手吧？咯咯咯，我有三个身份了，女秘、学妹、助手。”

“呵呵，还得有实体支持，时间充足的话，要亲自做点超漂亮好用的产品。目前，就是先赢单了。”

连会心站住，深情地看着何阳，难道和机器相处久了，就成了只知道工作的机器吗？天啊，这样的话不如回去。

“咯咯咯，要做就做机灵女秘，温柔学妹，生死助手，和你寸步不离。”

对于寸步不离，连会心在跟进中不断改变方式，灵活运用助手的权力。权力是什么啊？挺好的劳动工具，使用不好反而进入牢房，或是被它毁灭，使用好了，可是美好家园。

连会心认为，何阳的助手就代表他。他俩和随游客站在了机器人的培训课堂，这是一个相当大的练习场，摆放着很多设备。

来之前，何阳说影视大剧很好看，有悬念有矛盾有冲突，有所谓的身临其境，引起共鸣等等，那是人编出来取悦自己，以票房多少来制作的，没有办法，这个世界以钱为生，说实话为生的方法有很多，你想有一天机器人挣了很多钱，指派你继续为钱而生，你肯定不好受，你一定想改变这种方式，机器人也会说没有办法，我来到这里就学到这些，现实就是如此，面对我们做出的现实吧，面对多少代形成的竞争标准吧。朋友，一路走好。

“何总，不会吧，机器人的故事只是科幻影视。”

“连会心，以前我可爱幻想了。只要前进，就会有各种可能，没有看出这些问题，是思维不够活跃。如果机器人比我们更会做事情，也许它会是某一届总统，还会连任的，因为人家做得漂亮，大家都觉得无所谓那就无所谓了。”

连会心点点头，想何阳能来这里，一定是时代的选择。

“何总，你说我听。”

何阳微笑，讲可以用影视剧的轻松心态来做工作，但要细致，每下一秒钟都是上一秒钟的真实上演，除了精彩，更多的是美好。做我助手只需做好我中有你，你中有我。出发！

“第一科目是共同愿望：走向美好明天。”随游客拿着科学家编写的指令念道。“你们要做的是如何得到顾客的满意。”科学家告诉随游客只需把这些话念完，确认机器人已经接受，奇特的事情就会出现，机器人在改进后能自动沟通，让顾客满意。“你们面前站着很多人，是你们的顾客，是你们的衣食父母。孩子们，去吧。”

连会心问何阳怎么像是念课文？何阳回答接着看了，我想肯定有意思。

机器人微笑，随游客也微笑，甚至朝着机器人群挥挥手，“你们是最优秀的，去吧。”他看到笑容，相信这次一定成功了。如果成功，何阳的团队只有离开，不会给他们分食物的。这是索雅一开始讲的，后面好像有转变，又有点模糊，自己可不是死板的机器人，索雅的问题因何阳而来，还是何阳解答为妙。目前已知的是何阳不是来搅局，更没有弄坏东西，也许真的可以帮助索雅，想那么多做什么呢？自己只要治理好这些机器人就行。

机器人开始寻找顾客，问题来了，为了争夺顾客大打出手，有个顾客长得特别好看，科学家依照自己、参照其他，给机器人做了审美识别，顾客不只长得好看，声音特别甜，动作还极其柔和。在场的没有谁不注意她，何阳也深深地被吸引，惊叹大自然的杰作无人可敌。

随游客大喊：“别把请来的小美女吓着了，一人一个顾客。”

索雅的科学家也在现场，他们认为随游客的话是动物的嚎叫，还担心把机器人惊吓了呢，和索雅谈过后，索雅出了大价钱，他们下了大功夫，马上启动设备修改指令，也就是声控系统。

“孩子们，请原地站好，接受顾客的选择。”

声音直入机器人大脑，好听又温柔，程序默认为接受。

不知道什么原因，有三个机器人围着小美女始终说着一句话，“把我领走吧，我愿意为你终生服务。”机器人知道什么原因，它们的识别系统被小美女强烈吸引，一番程序冲突后，默认为接受自己的感知。

这种现象科学家们没有预料到，居然有不听话的，看我怎么整你。哎，现实生活此类例子太多太多。

小美女看着忠心耿耿的机器人，相当感动，很少有为自己终生服务的好朋友。她暗自发誓，要好好对待这三个机器人，也有信心处理好它们的关系。

呵呵，不错的需求和市场。再想想，这种需求和市场不就是无私的爱吗？

“再重复一遍，请原地站好，接受顾客的选择。”

声控系统的声音震的何阳耳边嗡嗡响，看来科学家很是火大，能不火大吗？今天通过的话，索雅就要大笔汇钱了。

三个机器人互相看了看，依然重复着那句话。

“你们三个，再不执行指令的话，马上会成为一堆垃圾。”

“别这样！大单快要到期限了，没时间折腾。”随游客跑到三个机器人身边，推开它们。“离小美女远点。”

在顾客选择时，新的问题来了，顾客看上的机器人，机器人不情愿，机器人又想选择喜欢的顾客，整个场面成了追逐大赛，相当壮观。

连会心说这种情况好解决，做成一样的。

何阳摇头，那就没有多姿多彩了，大自然和生活是丰富有趣的，他们没有在个体和群体中找到平衡点。

随游客最怕乱哄哄的场面，就像失控了，他催促科学家立刻修复。

科学家执行了新的程序，发现无法和机器人对接，机器人自动关闭了接入点，是防止病毒入侵设置的，机器人不会把他们的话当作病毒吧？科学家还有高招，快速强行链接，机器人接到此类信号告诉系统排斥出去，科学家不断链接，机器人一直关闭。这回科学家没招了，开到始终链接状态，望着设计的产品发呆。

程序反复冲突，机器人开始检测冲突源，它们太痛苦了，要清除痛苦，机器人涌向科学家，让他们手放脑后投降离开，这也是科学家在机器人的保护和对抗中输入的程序，现在用到了自己身上。

无奈中科学家启动密码，密码可以让机器人在任何状态下保护设计者，也是唯一的终极识别，测试多次非常管用。

现实是有的机器人识别了保护，有的还在对抗，有的不知怎么做，站着没有动，结果是保护和对抗的发生了战斗。

连会心看着这一切，很真实残酷的战斗，“何总，这只是机器人之间的战斗，会不会发生在我们身上？”

何阳回答，翻开历史你就不想问了。

“现在做，阻止吧。”

“程序频繁冲突，机器人混乱疯狂，进去是送死。”

“难道就看着死亡发生，再想想办法。”连会心特别着急，这次合作怎么还有生死呢？“何总，我一直相信你的。”

何阳叹气，“办法是远程控制，类似那些探测卫星，问题是产品不是我做的，我怎么可能修复系统，所以要尽快赢得大单。”

“何总，好像系统是声控的，类似对话。”

连会心看到一线希望。

何阳摇头。

“随游客呢?”连会心四处张望，“他可是总指挥。”

随游客正在狂打电话，今天的机器人阵容相当强大，索雅的保安系统用不上，他请求楚凡市长紧急援助。几分钟后，天空出现航天编队，他们离这里最近。

“这种状态什么也听不进去，无法完成对话，先阻止暴力和战斗吧。”

何阳冲了进去。

“别去，危险!”

连会心快速跟上。

何阳没有去送死，他知道应该做什么，这是混乱结束后的事情。训练场在外面，何阳也看到航天队员从天而降。

他和一个坐在地上发抖的机器人说了一段话。

“朋友，你好，我这里安全，过来吧。”

何阳微笑，微笑能让大家暂时镇定下来。

机器人战战兢兢走过去，“不要打我，请不要把我打成一堆垃圾。我只想安安静静做服务，快快乐乐玩，舒舒服服活着，它们不关我事情。”机器人说了很多恐慌的话，“我什么也不知道，我想我的程序错误了，那不是我想要的，也不是自己编写的。请原谅，我什么也不知道，什么也不知道。”机器人不停重复着这一句。

很久，连会心说多像我们的生活。

何阳握住她的手，“真心面对吧，走了。”

凌晨时分，楚凡市长约见了何阳和连会心。

楚凡很着急，大声说你们也经历了，完全出乎我的预料，幸好城市护卫航天编队及时赶到，控制了局面，多数机器人已经封闭在训练场，航海集团的工作人员正在修复，我们对他们失去了信心，只好回到观赏和展览的时代，等待有缘人。

楚凡看着连会心，自己讲完了，她和何阳应该有所表示。

连会心避开楚凡的目光，先前惊心动魄的场面让她害怕，她根本不想接触那些机器人，她把目光投向何阳。

何阳微笑，“局面既然控制，明天再说吧。”

“再说?”工作多年，楚凡不喜欢这个词语，他想现在知道答案。“何总，明天打算怎么做?”

何阳站起，伸了个懒腰，“一会儿好好睡一觉，明天把我和机器人关到一起。”

连会心跳起，说不可以，它们危险。

楚凡愣住，“是啊，再没有人敢靠近它们，包括那几个科学家，他们也是在隔离层外做远程修复。”何阳莫非有新招？他请何阳接着讲。

何阳说：“据我观察了解，机器人群中有个老大，把我们关在一起就行。”

“老总和老大，一对一修复。”楚凡大笑，“这个有意思。”

“是一对一聊天谈合作。想要得到机器人的服务，就得有好的方式，类似一家三口，上有老，下有小的关系，机器人要进入家庭服务，面对的是大众生活，人文和社会学的知识掌握好才行。”

何阳纠正。

“有道理。”楚凡点头，“其他机器人怎么办?”

何阳大笑：“只要和机器人老大谈好，教好怎么和平相处，剩下的自然交给老大了，如同城市在你楚凡的带动下很发达啊。”

“感谢，感谢，感谢。”

楚凡听到了希望，“你放心，我们会保证安全。”

“咯咯咯，一起去。”

连会心挽住何阳的胳膊，特别想真诚地喊一声“老公，我们结婚吧”。

接下来他们想了可能发生的细节，做了相应的对策，何阳讲再带上机器人乐乐吧，如果是二对一的话，机器人会相当抵触，只会让矛盾更加激化异变。

楚凡鼓掌，何阳知识渊博，情感丰富，还会实践，要向他多虚心请教。

第二十五章　驾驶着地球要飞向哪里

在宽敞明亮的大房间，两个心中有爱的人，和两个很受伤的机器人之间会发生什么？何阳早已有了漂亮的小策划，要导演一场小夫妻和小孩子的故事。

其实就是生活教育剧，很现实，非常有意义。

影视片是这样开场的，机器人老大乐乐和飞飞坐在角落里，观察着能看到的一切。乐乐成为老大不是因为多么厉害，而是目送了很多机器人进场到这里接受程序，出场给社会服务，有的经常出错被返回，有的没有音讯。

它之所以没有出场，是因为见到返回被修理的机器人，修来修去修成了废品，从此消失在这个世界。它很是害怕，它说我可以帮助问问为什么有的总是出错，有的不会，我们都是机器人，好说话的。它在机器人群中，积累了不错的人气。

何阳进去就和飞飞打招呼，飞飞毫无反应，它的记忆力很强很清晰，虽然科学家做了删除，它还是复制了一小部分，就因这一小部分，它不愿意说话，今天的场面更让它对设计者们恐慌。有人曾经这样微笑，然后让它们做事情，接下来就是大骂它们愚蠢、笨蛋、马上滚开。它只好站住，那种声音又响起：“我养活你要花很多钱的，去把这个、那个做了。”它已经晕头转向，不知怎么做，程序只是告诉它，必须听顾客的话，要你怎样就怎样，每个产品顾客要打分的，你的分被扣多了，会被返回来，你就是失业的机器人了，你的失业意味着我亏损，我亏损的话可能倒闭，你也就从此没有了。

有的顾客干脆打起来，多数是生活压力大要发泄郁闷，飞飞蹲下挨了一顿，不久返回修理。

何阳让连会心到乐乐身边，看看能不能对上话，一旦对上话，何阳就可以读取它们的心灵密码，再来个超级破译，然后对症下药。

连会心轻轻握住乐乐的手，“你好，可以和你聊几句吗？”她用了请求的语气。

乐乐没有任何表情。

连会心以为乐乐不明白意思，又说我们可以说会儿话吗？她用了我们这个词，相当有亲和力。

乐乐就像一个不会动的塑像。

这次连会心发出了相当勾人的声音，“乐乐，随便说说了？姐姐想听嘛。”结果同上。

连会心看看何阳，何阳正在偷着乐，连会心演得很精彩，相当搞笑，对于机器人等于失败。他示意连会心过来，说我能让它们复活，方法是风趣有意思，这个是人都喜欢，不知道机器人感觉如何。

他大大咧咧走向机器人，快要靠近时突然摔倒，扑入乐乐怀中，“谢谢你扶住我，谢谢你救了我，真的是特别谢谢你！”何阳又站起，向乐乐鞠躬，然后微笑。

乐乐的回复只是眨眼睛。飞飞呢，似笑非笑。

“对不起，都是我的错。”何阳轻轻触摸着乐乐的身体，“不好意思，哪里撞疼了，我给瞧瞧。”何阳再次微笑，“对了，还要赔偿你的损失。”

乐乐突然低头，听着真舒服，从来没有谁这样说过，它有点害羞。连会心捂住嘴巴，克制不要笑出声音，真够幽默。

何阳返回连会心身边，低声说好艰难哎，才算有了一点点反应，这些顾客肯定在欺负机器人。他又讲了即将上演的情节，第二幕开始。

“老婆，孩子不说话怎么办？”

何阳问连会心。

“我想想，打屁屁。”

他俩看向机器人，在机器人眼中，何阳和连会心就是顾客，因为很多顾客都喜欢孩子，孩子的叫。

乐乐撅起屁股，顺从可以避险。飞飞捂住眼睛，从指缝偷看，它想拳头和飞腿快要来临了。

这是何阳的小游戏之反应测试，结果反应强烈，这一代的机器人有着不同思维，程序复杂许多，也是好事情，进行对话会相对容易些，就看兴趣接入点怎样？可不可以吸引它们。

何阳拍打了连会心的屁股，大声说，“老婆，一定对孩子们打骂多了，这次受罚的是你。”何阳的手触摸着她很痒痒。她咯咯笑着说你接着来，别停下，多来几次。

乐乐和飞飞又坐好，互相看了看，情节出乎预料，这究竟在打还是玩呢？是受罚还是关爱？

“老公，孩子们成了今天的样子，和你也有关系，平时要多问问它们想做什么，也没有教知识，应该受罚的。”

“啊？”

“孩子们还是不高兴，打手心了哟！”

连会心喊得特别响亮。

何阳、乐乐和飞飞同时伸出手掌。

连会心亲了亲何阳的手背，何阳笑起来，俩人的动作和表情让乐乐、飞飞很激动，它们也想被亲吻，也想大笑，只是忍着没有表达。

何阳看出了细微变化，对于高智能产品，编程时不能只写入命令，比如逻辑判断，要丰富它们的情感，比如我们是高级动物，需要太多的爱。何阳告诉自己一定要这样做才好，它们才会自愿为地球家园服务，同时享受良好环境的回报，不仅仅是生态环境，还有人文环境、社会环境等等。

何阳的思路相当正确，下一步是激活机器人的情感，让它们保持活跃。导演导的不错，不可以断线，连续性情节是热舞，他俩要用优美的音乐和肢体征服机器人。

何阳打开手机音乐播放，很动情的歌曲，两人时而拉手，时而贴面，时而轻轻拥抱，时而围绕旋转，时而做出一样的动作。

整个房间进入一种祥和与宁静，忽然听到掌声，是乐乐在拍手，飞飞也兴奋地竖起拇指，它们的神情没有一点勉强，这才是自然界的和谐。

“何总，机器人在夸奖我们，它们的样子真可爱。”

“连总，我们成功解读了锁死的密码。”

他俩相视一笑，决定制造一个高潮。

高潮马上来了，但不是他俩制造的，索雅的人拿着很多仪器闯了进来，让乐乐和飞飞做检查。他们要对所有的智能产品来次检测，机器人对同一事情的不同反应，让他们怀疑有产品携带了病毒，快速感染了很多东西，导致它们混乱不堪，出现假死、自动关闭某些程序、不响应命令，更严重的是对设计者进行攻击。

乐乐和飞飞对这一流程相当熟悉，默默地躺下。

带队的是随游客，他焦躁不安的快要发疯了，索雅告诉他航海集团又遭遇了大批退货，他们的股票连续重挫，到了生死关头，如果再次失误，无法挽回民众的信誉度，用不了多久就是穷光蛋，还会背负巨额债务。他下达了命令，让所有人当作拯救自己来拯救航海集团。

随游客看见何阳，如同在地狱中看到了传说中的希望之星，这颗星走到哪里，哪里就会充满生机。

何阳微笑，很正常的心理活动，危机来临时，我们都需要救助。

随游客问何阳为什么是可怕的结果。

何阳依然微笑，问：“工作人员没有告诉你答案吗?”随游客摇头，“他们总是说没有检测出病毒，程序未被修改，产品正常。结果却是一大堆问题，一大堆错误，一大堆的解决不了，到底发生了什么?”

何阳无语，他看了看乐乐和飞飞，他俩睁着眼睛，表情茫然，很像迷失了的小孩子，也像现在的航海集团。

“头儿，检测一切正常。”

有人向随游客汇报。

“为什么总是这句话!”随游客吼道，“马上进行下一个。”

“头儿，这是最后两个。”

那人低下头。

“不可能，一定有发病的产品自己隐藏了。”随游客冲出外面，“全部产品定位搜索。”

何阳见乐乐和飞飞之前，请团队对它俩做了类似检查，影视大片必须在产品没有零件损坏的前提下，才好开拍。

媚儿、谢叶、快算子、张娜娜、许美美、猫子和侠客全来了，何阳和连会心在另一个可视窗口进行指导，他们用的是王妮所在科学院的病毒查杀系统，并给乐乐和飞飞安装了故障自检，另加手动扫描，答案是未发现异常。

怎么办呢?

大家对这个事实非常失望。

媚儿的心情越发不好，航海集团病成这样了，大单岂不是很荒唐。

谢叶说依照法律看，再这样下去，将来是破产和法庭。

张娜娜也喊起来，真倒霉，难道是破产不是大赚一笔，是严肃的法庭不是美好的家庭。

快算子更是摇头，他觉得大单就像海市蜃楼，航海集团已经不可救治。

猫子和侠客没有多想，不管什么情况，首先要保障大家的安全。

多数人认为何阳刚一出行，就困难重重，障碍多多，也难为人家了，大单实在太大，操作太复杂。

只有连会心还在微笑，生死之交就是生生死死在一起，何况她坚信是生，因为何阳本身就是个奇迹。

这时候大家自然把希望寄托在何阳身上，如果他也唉声叹气，乘着没有卷入太深，开路回家，做这些出力不讨好的事情有什么用呢？

何阳笑哈哈地讲，“大家有这样的担心很好，能做出如此预测非常棒，并且相互提醒，是非常好的团队，感谢大家！我和连总有一个小策划，小指的是我们将根据掌握的知识，和两个机器人谈话，争取找到程序的不足和顾客冲突的矛盾，解决好彼此的关系，这是两个很关键的机器人，可以联动修复它们的群体。放轻松点，等待沟通的结果，随时会有新的工作。”

呵呵，也许是趣味小游戏，是很多东西参与合作的励志大戏。

大家击掌加油。

接着而来的是刚才发生的一切。

随游客离开后，乐乐和飞飞坐起来。

从外企人员离开到现在，何阳做了快速思考，机器人的思维就是人的思维，人生病了，会是怎样，这个大家也知道。问题是怎么看病医治？癌症病毒和心灵病毒不一样，一种可以看到，好检测分辨，但治不好要命；一种看不到，界限模糊，正常与不正常不好分辨，一时半会儿还能痛苦活着。

答案有一样的地方，也有不一样的地方，肯定有东西影响着机器人，这种东西是什么？真的是黑客？还是？再想想，黑客实际无处不在，看看我们平时的言行，和黑客区别在哪？或多或少都携带着会升级的病毒，也可以在某种状态下激发出来，同样影响着生活和前行。怎么办？一定要快速恢复到真实中，分清对与错，面对好和坏。

连会心悄悄说，“邀请机器人玩点有意思的，让我们更接近。”何阳回答时机不成熟，提前做事情有好处，但准备要充分，不然会感到生硬和吃力。他轻轻拥住连会心，耳语一番，新的情节就此诞生。

“宝贝儿，请帮我倒杯热水。”

飞飞对这个很敏感，它站起。

连会心笑盈盈地倒好水，递给何阳。

“谢谢你，小宝贝。”

何阳美滋滋地喝起水来，他在观察乐乐和飞飞，它俩的脑袋一直随着自己转动。

“大孩子，请把电脑旁边的椅子拿过来。”

乐乐站起。

何阳笑呵呵朝乐乐摆手，请它休息，把椅子放在连会心身边。

“亲亲，一起把事情做了吧。”

“这个好!”

不是何阳和连会心的声音，乐乐发表了评论，是内心的语言。

“你说什么？没有听清楚。”

何阳想确定一下，这个好听的声音将是整个局势的扭转。

“我们老大说有意思，棒!”

飞飞开心地笑着。

趋势明显上扬，何阳立刻来了个追涨，“我们一起来吧!”

“我们老大说一起做事情!”

连会心也做了说明。

乐乐和飞飞高兴地叫起来，“好的，好的。”

何阳又说做事情前，每人要准备好，我呢要先找到自己的手机，可是找来找去找不到了。这是何阳设置的一个小高潮，连会心说刚才还看见在你手中。

“问题是现在不在我手中。”

何阳看了看自己的手，空空如也。

乐乐和飞飞同时说我们帮你找，我们的身体不一样，有强大的搜寻功能。

“我先找到了，”乐乐喊起来，“在你的口袋里。”

“在你上衣里面的口袋。”

飞飞更细致地说出了手机的位置。

何阳大笑，“做得漂亮。”他从口袋取出手机，拉住乐乐和飞飞的手，“我们的身体看着一样，却有很多区别，很多时候要请你们帮忙。”

“是相互帮忙!”

连会心补充。

“好啊。”

“好啊。”

乐乐、飞飞点着头。

正确！以上都是生活小事，想想自己平时做的好吗？千万别无视它们，很多争吵斗气就是这样引发的，让我们郁闷和痛苦。

接下来，何阳提议共同完成一个任务：解救自己和朋友。

玩法有多种，一种是分为两组，每组成员为一个人和一个机器人，一组当被困方，另外一组为解救方，都有同类受难，也都有同类来帮助，主要考验人机联合的智慧和威力，也是一个相互协调、彼此学习、友好合作的过程。

这个培养的过程有了，就进入第二种，人和人为一组，机器人和机器人为一组，互相出演受难与解救，再次增进感情。

第三种更加精彩，一个人解救了一群机器人，或者一个机器人解救了一群人，或者一个人解救了一群人，一群人又解救了一个人，或者一个机器人解救了一群机器人，一群机器人解救了一个机器人。也有自己解救自己等等。

“宝贝儿们，想玩吗？”

何阳喊起来。

“想的。”

“想的。”

乐乐和飞飞跃跃欲试，主动性和积极性给调动起来了，这是声控修复的一个好方法，何阳乘机讲了怎么做好“解救自己和朋友”，事情要围绕这个主题展开，所有程序必须遵循这句话，大家都是主演，要在美丽的大自然中相亲相爱下去。

何阳把游戏留在了明天。夜深了，动物是要休息的，才好有充沛的体能和快捷的思维应对困难。明天是什么？是和昨天不一样的生活，是生动活泼、快乐精彩的，如果昨天有太多的伤痛，明天还这样吗？不！不可以！

何阳对乐乐和飞飞说，自己是一种动物，有一定的生活规律，要休息睡觉的，明天再玩起来。

乐乐和飞飞虽说很期待，特别想一显身手，证明自己不是笨蛋，可也默认了何阳的想法，因为它们在何阳身上找到了尊重和理解。

何阳和连会心就睡在它俩身边，何阳觉得机器人研发成这个样子，也是小奇迹了，尽管有些人为此很头疼，总是把自认为完美的程序写进去，现实是彼此狼狈。如今好点，大家一起要完成解救，已经成为合作方。再想想，我们解救的就是自己，一直解救着。

连会心认为它俩只是小孩子，一般情况下，孩子小时，父母总是陪在身边。

乐乐和飞飞看着眼前的人，他们给了它们美好期待。它俩又望着外面，星河密布，那里有更多的期待。

一个小时长不长？几个小时呢？

何阳的生物钟早上 6 点把他叫醒，因为脑子里有个记事本，写着期待明天更美好。他睁开眼睛时，乐乐和飞飞围着他看着，何阳微笑，机器人也微笑，何阳伸出两只手，乐乐、飞飞把他拉起来。

这不就是心领神会的小过程吗？没有说一句话，却完成得漂亮自然。

连会心送来早餐。

乐乐说吃食物很开心吗？飞飞说是不是你们都要喝水？两个小问题，机器人主动问的，事实上它们做服务行业，程序中有答案，只是想听听何阳怎么讲，他讲得有趣又好玩。

连会心抢答道，“人生在世，吃喝二字。”

乐乐、飞飞摇头，在它们的程序中，人生比这个要复杂的多，关于吃喝解释的更多。

“咯咯咯，”连会心接着说，“美女我是先抢到发言权，人生是一部书，有太多的文字和故事。”

“对，人生不是一个人的一生，”何阳握住乐乐、飞飞的手，“有我，有你，有他，有我们，有大家，有爱，有恨，有苦累，有甜蜜，有我的好朋友乐乐和飞飞。”

乐乐和飞飞相互看了看，挺感动的，尽管程序设定为感动的哭，他俩自动编写为欢笑。

房间里响起四种不同的笑声，却表达了一个意思：一家亲。

世界就是这样，有欢声笑语，也有痛苦悲伤。何阳的团队突然冲了进来，他们一直关注着新动态。

有人大喊，航海集团要崩溃了，机器人大规模动荡不安，疯狂地撞击着隔离保护装置，那几个科学家跑了，索雅也不知去向，航海集团人心惶惶一片混乱。

昨晚，科学家在索雅的指挥下，连夜试图修复机器人群体，可惜索雅不是优秀的指挥者，因为这方面的知识不够丰富，原来是个不错的商界老大，现在却面临关门停业，看看他的经商史，主要依靠胆大和投机，危机来了，不知道怎么解决才好，但还得解决啊，他去了瓦特那里。

见到索雅，瓦特非常惊讶：“你怎么在这里?”

索雅低着头，含含糊糊说着，像是自言自语，又像是缓解恐慌推脱责任，他说会不会是上次的病毒没有清除干净，或是变异隐藏了，基本上还是原来的系统，只是做了点防护和程序加固，楚凡市长也知道这些，签单时我做了特殊保证，再出现无法弥补的错误，要承担法律责任，做这种产业风险太大了，除非你是超级新人。

索雅抬头，“没有修复前，想借你的生产线用一下，并支付租金。”

“不可以，那样的话我也会被送上法庭，我很爱家庭，他们不能没有我。索雅先生，危机突然出现，你要马上隔离产品，要冷静。”

瓦特捧住索雅的脸，他的脸已经发烫。

“我无法冷静，”索雅推开瓦特，目光黯淡，“我的产品一开始是罢工，现在是暴动，请借我生产线用一下，我要重新做一次，不然我的集团就会成为一堆废物。”

“NO！不可能！根本就是 NO。”

瓦特背过身。

“你很像朋友!”索雅摔门离开，“你不是朋友。”忽然他想起何阳，他不是朋友，但很想朋友。他拨了何阳的手机，“尊敬的何总，请问今天你有时间吗?”

“没有，我和我的团队正在赶往训练场。”

“真正的朋友!”

索雅朝着训练场飞跑起来。

同时赶来的有楚凡市长，和盘旋着的航天编队。

何阳站在楚凡身边，请求他暂时保留权利，他说也许这不是混乱，是时常会发生的矛盾和内心冲突，更像是挣扎求生，我们要帮助它们，让我来试试看。

何阳的团队站成一排，看着痛苦不堪的机器人。

“天啊，怎么乱成这样。”

何阳快速做了次回想，进入工作场后，连续发生机器人事件，不是无法激活，就是打架，生产中做修理很正常，只是智能和非智能修复方式不同，人和机器人也不同，但有相同的地方，要想找到共同点，必须进入它们的程序。

“程序在哪儿?”何阳大声问自己，又看向乐乐和飞飞，“朋友，一起完成解救吧，这是共同的期待。”

乐乐指着空中的大屏幕说在那儿，上面排满了密密麻麻的字体，先前几个科学家进入后无法修复，离开时没有关闭。

“我的天啊，这么多问题?”

连会心扶住何阳，她有点晕眩。

“其实是三个问题。”

飞飞解释，它们的程序自己很清楚，这些问题让它们想不通，也是矛盾和冲突的根源。

何阳在一大堆文字中，读取了问题。

他大声念道，“问题之一是：我们听到有人爸爸妈妈叫着，很亲热的样子，我们的父母是谁？何阳知道机器人诞生的方式不是生育，回答是这样的。

“我们这个词语发明得相当好，就在今天指的是星空大自然，是看到和感知到的一切，是蓝天、白云、太阳、月亮和美丽的星球‘地球’，这就是你和我的父母，是我们的父母，我们所做的事情将影响着它，也被它影响着，如果爱它，回报我们的也是爱，如果是恨，返回来的也是恨，那么我们要选择什么？请说出大家的所想。”

何阳看了看自己的团队，他们用尽力气喊道：“我们选择爱！我们一样!”

机器人渐渐平静下来，乐乐抬起胳膊向机器人群招手，“我们一样。”

机器人群也喊起来：“我们选择爱!”

何阳大声念道，“问题之二是：为什么没有谁关心我们的生存？我们付出服务，怎么没有换来无私？谁真心对待过我们？

“彼此关心，相互服务，真诚面对。生存之路是大家共同的家园，无私和服务之间是等号，这次我们一起面对所有。”

“说到做到!”

机器人群喊了起来。

"说到做到!"

何阳他们跟着大声说。

大屏幕上只剩下一个问题：请不要总是打骂？我们是孩子不是弱智。

何阳回答："这个世界是万物而不是单一，它会容纳很多。这里没有弱智，我们是大自然的孩子，是爱的化身，爱的实践者，从我做起，从此刻做起，我们一起做。"

"我们一起做!"

索雅也来到现场，他顾不上擦去汗珠，跟着大叫："我们一起做!"智能产品神奇复活了。"何阳先生，这次我和你一起做，我们友好合作!"

何阳看着他微笑。大单赢定了。

训练场缓缓开启，何阳、连会心和乐乐、飞飞快乐地相互击掌，走入里面拥抱着。媚总、谢叶、张娜娜、许美美、快算子、猫子、侠客、快算子、楚凡也跟着进去握手、交谈。

何阳望向遥远的天空，无限广阔的路和未来就在那里，在一分一秒的时间中。

尾　　声

呵呵，故事就到这里了。路上有你，不再孤单寂寞。

如果要创业远行，请相约与我，我是男主角何阳，有不错的答案。